Kirsten John
Pandora
Zeitreisende soll man nicht aufhalten

Weitere Bände in dieser Reihe:
Ariadne – Zeitreisende soll man nicht aufhalten

Kirsten John
denkt sich Geschichten aus, seit sie zehn Jahre alt ist.
Eine Zeitlang schrieb sie nach der Schule, dann während des Studiums,
schließlich neben ihrer Arbeit als Redakteurin bei einem Stadtmagazin.
Irgendwann konzentrierte sie sich ganz und gar darauf – und veröffentlicht seitdem
Bücher für Kinder, Jugendliche und Erwachsene. Von ihrem Schreibtisch aus
hat sie einen wunderbaren Blick über Hannover, die Stadt, in der sie,
ihre Familie und ihr Hund leben.

Kirsten John

Pandora

Zeitreisende soll man nicht aufhalten

Arena

1. Auflage 2012
© Arena Verlag GmbH, Würzburg 2012
Alle Rechte vorbehalten
Einbandgestaltung: Frauke Schneider
Gesamtherstellung: Westermann Druck Zwickau GmbH
ISBN 9-783-401-06813-8

www.arena-verlag.de
Mitreden unter forum.arena-verlag.de

I.
Murmeltiertag

Kapitel 1

Sonntag im Oktober, wahrscheinlich kurz nach halb sieben, es ist noch dämmerig draußen, und es ist wichtig, sich das zu merken: Wer in der Zeit herumspringt, für den ist es manchmal nicht ganz klar, was vorher und was nachher und was noch gar nicht passiert ist. Das kann dann sehr verwirrend werden.

Nicht dass ich in letzter Zeit viel gesprungen wäre.

Ich schließe die Augen wieder und ignoriere den großen, zotteligen Kopf wenige Zentimeter vor meiner Nase. Ohne großen Erfolg, also muss ich wohl deutlicher werden: »Hau ab«, brumme ich.

Als einzige Reaktion weht mir fauliger Atem ins Gesicht.

»Rufus, hau ab«, wiederhole ich etwas lauter, strecke den Arm aus und versuche, unseren Bernhardinermischling vom Bett wegzuschieben. Rufus bewegt sich nicht einen Millimeter. »Böser Hund«, murmele ich, drehe mich auf die andere Seite und wäre sicher auch wieder eingeschlafen, wenn nicht in diesem Augenblick ein Kichern zu hören gewesen wäre. Ein Kichern, das sicher nicht von Rufus stammt.

Ich kneife die Augen zusammen und atme hörbar aus. »Es ist Wochenende. Ich will ausschlafen.«

Es bleibt ruhig, dafür kann ich jetzt fühlen, wie etwas auf mein Bett krabbelt, sich weiter hocharbeitet und in meinem

Rücken verharrt. Nicht mal eine Minute später wühlen kleine Hände in meinen Haaren.

»Aella, ich will schlafen.« Ich greife hinter mich und ziehe meine Haare nach vorn.

»Nein«, sagt meine kleine Schwester. »Ich.«

»Du willst auch schlafen?«

Statt einer Antwort patscht ihre Hand auf meinem Gesicht herum.

»Na gut.« Seufzend drehe ich mich auf den Rücken und breite den Arm aus. Wenig später kann ich ihren Körper an meiner Seite fühlen. Sie riecht nach Milch und warmem Kuchen und sie lacht, als ich sie an mich drücke und herzhaft gähne. Eine kleine Weile bleibt sie ganz still liegen, doch die Geduld einer Zweijährigen hält gerade mal so lange vor, wie eine Maus braucht, um einmal mit den Wimpern zu klimpern. Schon strampelt sie sich wieder frei, windet sich aus meinem Arm und lässt sich auf den Boden gleiten.

Ich reibe mir die Augen und gebe es endgültig auf. »Na gut, gehen wir frühstücken.« Auf der Bettkante recke und strecke ich mich und versuche herauszufinden, was Aella gerade anstellt, doch außer Rufus, der mich schwanzwedelnd begrüßt, kann ich niemanden sehen.

Was mich nicht weiter wundert, schließlich hat Aella diese ganz besondere Fähigkeit: Sowie ihr etwas nicht passt oder sie schlechte Laune hat, wird sie unsichtbar. Manchmal aber auch einfach nur so. Sie kann ihr »Hexending«, so nennt unsere Mutter das, noch nicht kontrollieren. Anders als meine Schwester Alex, die Dinge nur mit ihrem Willen ankokeln kann. Und anders als ich: Ich brauche für meine Zeitsprünge zwar immer noch eine Menge Konzentration, habe sie inzwi-

schen aber einigermaßen im Griff. Zu sehr erschrecken sollte man mich allerdings nicht: Das kann immer noch einen unkontrollierten Sprung auslösen. Aber wenigstens habe ich keine dieser unangenehmen Nebenwirkungen wie Schwindel, Gedächtnis- oder Zahnverlust.
»Aella?«
Kichern aus der Ecke.
»Was machst du denn da?«
Meine Schultasche hebt sich zentimeterweise vom Boden und fällt wieder zurück.
»Ich muss heute nicht zur Schule. Es ist Sonntag.«
Wie von selbst öffnet sich die Tasche.
»Nein, lass das«, sage ich, während ich mit nackten Füßen nach meinen Hausschuhen taste und hineinschlüpfe. »Wir malen jetzt nicht.«
Mein Federetui fliegt durch die Luft.
»Aella, lass das bitte sein.« Als Antwort höre ich wieder ihr Kichern. »Lass uns frühstücken gehen, ja? Vielleicht macht Mama uns Kakao«, locke ich sie. Mein Federetui vollführt eine Pirouette. »Wer möchte Kakao?«, frage ich mit aller Begeisterung, zu der ich am frühen Morgen fähig bin, ins Blaue hinein, und Rufus wedelt noch heftiger mit dem Schwanz.
»Ich«, ruft Aella und wird endlich sichtbar. Es ist besser, sie erst dann zu packen, wenn sie zu sehen ist, sonst kann es leicht passieren, dass man ihr ins Auge fasst, einen Arm verdreht oder so.
»Komm her, Süße«, sage ich und nehme sie hoch. Sie trägt noch ihren Schlafanzug, daher stelle ich sie auf den Stuhl und ziehe ihr schnell meine rote Strickjacke über. Sie ist ihr viel zu groß, aber ich krempele die Ärmel um, bis sie aussehen wie

Schwimmflügel. »So. Und jetzt holen wir uns Kakao.« Rufus folgt uns, auch wenn die Einladung nicht ihm gilt, aber die Hoffnung großer Bernhardinermischlinge stirbt ja bekanntlich nie.

Unten ist noch niemand. Warum auch. Seitdem Mama die Gitterstäbe an Aellas Bett wegnehmen musste, weil sie rüberzuklettern versuchte und sich fast das Genick gebrochen hätte, können wir abwechselnd nicht mehr ausschlafen. Heute ist die Reihe anscheinend an mir.

Ich lasse meine kleine Schwester einen Topf aussuchen und Milch eingießen, wobei sie auf der Anrichte eine gigantische Überschwemmung verursacht. Sie darf Kakaopulver in die Milch löffeln, von dem das meiste danebengeht, und mit einem Schneebesen umrühren, was unzählige Spritzer auf dem Herd hinterlässt. Als wir endlich mit unserem Kakao in der Hand am Küchentisch sitzen, ich müde, sie quietschfidel, sieht es in der Küche aus wie auf einem Schlachtfeld.

Das fällt offenbar auch Pluvius auf, als er hereinkommt. An ihm vorbei drängelt sich Kaspar, unser anderer Riesenhund. Kaspar und Rufus begrüßen sich stürmisch und auf einmal wird es in unserer Küche sehr, sehr eng.

»Wow. Hier sieht es aus wie nach einer Kakaoschlacht«, bemerkt Pluvius und schmeißt als Erstes die beiden Hunde raus. »Wer hat gewonnen?«

»Der Kakao«, erwidere ich. »Möchtest du auch?«

Aber Pluvius ist eh schon dabei, sich eine Tasse einzuschenken.

Er ist mein Onkel, genauer gesagt mein Großonkel. Noch genauer ist er das dann aber doch nicht, weil meine Uroma ihn nur adoptiert hat, was ich allerdings erst seit Kurzem weiß. Und er ist vierzehn, also nur ein paar Wochen älter als ich, weil er aus dem Jahr 1968 hierhergesprungen ist. Nun ja, das ist alles ein bisschen kompliziert.

»Hast du das heute Morgen auch gehört?«, fragt Pluvius, als er sich mit dem dampfenden Becher in der Hand setzt.

»Heute Morgen? Es ist Morgen.«

»Ich meine dieses... dieses Geräusch eben.«

»Rufus? Kaspar?«, schlage ich vor.

»Nein, nicht die Hunde. Ich hab das schon mal gehört, aber wo?« Er denkt nach und nippt dabei an seinem Kakao, während ich ihn heimlich beobachte.

Seine langen rötlichen Haare hat er sich nur wenig kürzer schneiden lassen. Das sieht nicht mehr ganz so sechzigermäßig aus, trotzdem aber irgendwie retro und steht ihm großartig. Die psychedelisch gekringelten Hemden mit den Riesenkragen aus seiner Zeit allerdings hat er weggeworfen und trägt jetzt meist T-Shirts, und diese gigantische Schlaghose, in der ich ihn das allererste Mal gesehen habe, hat glücklicherweise auch längst das Zeitliche gesegnet. Ein Wunder, dass die Menschen bei der Mode damals nicht ständig über ihre eigenen Füße stolpern mussten und sich den Hals gebrochen haben. Oder an purer Geschmacksverirrung eingegangen sind.

Pluvius unterscheidet sich rein äußerlich kaum mehr von den anderen Jungen in seinem Alter. Jungen wie Moritz beispielsweise. Und schon wird's wieder kompliziert. Wie man sieht: An Komplikationen mangelt es in meinem Leben wahrhaftig nicht.

»Wie hat es sich denn angehört, dieses Geräusch?«, erkundige ich mich schnell, um gar nicht erst weiter über Moritz nachzudenken.

»Keine Ahnung.« Mein junger, aus der Vergangenheit stammender Großonkel legt seine Stirn in Falten, was ihn unwiderstehlich macht. »Wie ein leises Plopp oder so. Als hätte jemand eine Sektflasche geöffnet, aber leise. Gleichzeitig war dieses Geräusch so präsent, dass ich einen Augenblick geglaubt habe, mein Bett hätte leicht gezittert.«

Kakao und Moritz sind schlagartig vergessen. Ich richte mich kerzengerade auf und stelle meine Tasse so heftig auf den Tisch, dass sie überschwappt. »Ein leises Plopp?«

»Ja. Wieso? Kennst du das Geräusch?«

In meinem Magen ballt sich eine Faust zusammen, eisige Kälte strömt von dort durch meinen Körper. »Du hast so ein Geräusch gemacht. Immer, wenn du in unsere Zeit gesprungen bist«, erkläre ich. »Und die Luft schien sich zu bewegen. Wie ein Sog. Manchmal ist dabei sogar etwas umgefallen, eine Vase oder ein Bild oder so.«

»Du meinst ich bin... ich meine: Ich? Mein älteres Ich?« Auch Pluvius wirkt jetzt alarmiert. Es ist niemals gut, sich selbst in der Zeit zu begegnen. Eines der beiden Ichs fällt dann in Ohnmacht, und das ist keine angenehme Erfahrung.

»Nein, höchst unwahrscheinlich.« Sein älteres Ich hat sich diesen Sommer von uns verabschiedet. Endgültig.

»Dann könnte es jemand anders sein? Ein anderer Zeitreisender?«

Pluvius und ich sehen uns an.

»Du bleibst hier bei Aella«, sagt Pluvius ernst und stellt seine Tasse ab. »Rühr dich nicht von der Stelle. Ich sehe mal nach.« Er schlüpft zur Tür hinaus.

Ich blicke zu meiner Schwester, die mit einem Löffel in ihrem Plastikbecher manscht und ihn anschließend mehr oder weniger erfolgreich zum Mund führt. Das Lätzchen, das ich ihr umgebunden habe, hat große braune Flecken, aber sie ist zufrieden und brabbelt in Babysprache vor sich hin.

Menschen, die nicht wissen, was uns im Sommer passiert ist, kommt diese Vorsicht sicherlich merkwürdig vor. Ich meine, da ist ein Geräusch, ein banales Plopp, und schon ist die Stimmung im Keller (wobei das schon ein Fortschritt ist, bis vor Kurzem war nämlich ich diejenige, die vor Schreck sofort im Keller gelandet wäre). Aber die Ereignisse des letzten Sommers hatten es echt in sich und seitdem sind Pluvius und ich etwas empfindlich, was mysteriöse Vorkommnisse angeht. Genau wie meine Schwester Alex, die jetzt hoffentlich noch in ihrem Bett liegt und schläft, und Moritz, der mit der Sache eigentlich gar nichts zu tun hatte und so mir nichts, dir nichts hineingezogen wurde.

Und mit uns erst im Jahr neunzehnhundertsechsundachtzig und dann im Mittelalter landete.

Das war aber alles noch harmlos, verglichen mit dem, was passiert ist, als wir in einem Hotel in der Gegenwart festsaßen und von einem hinterlistigen Typen namens Zelos angegriffen wurden. Zelos schwirrt jetzt irgendwo zwischen den Zeiten umher und ist dort gefangen, aber seitdem sind wir ein wenig belastet, was komische Geräusche angeht. Und wer könnte uns das verdenken?

Es dauert recht lange, bis Pluvius zurückkommt. Ich habe inzwischen den Herd und die Anrichte sauber gemacht und den Topf gespült, wobei ich bei jedem Glucksen meiner kleinen Schwester zusammengefahren bin, so sehr habe ich mich auf die Geräusche in meiner Umgebung konzentriert.

Als Pluvius die Tür aufmacht, bin ich das reinste Nervenbündel. »Und?«, will ich wissen, während ich angespannt an meinem Armband nestele, das ich von meinem Vater zum Geburtstag bekommen habe. Insgesamt war mein vierzehnter Geburtstag eher mau: Da die ganze Zelos-Geschichte gerade erst ein paar Tage her war, war keinem von uns so recht zum Feiern zumute. Es gab einen kurzen Festtagsbesuch bei Oma Penelope und Uroma Kassandra und abends haben wir zu Hause ein kleines Grillfest veranstaltet, nur Mama, meine Schwestern, Moritz, Pluvius und ich. Von Moritz habe ich ein neues Portemonnaie bekommen – »Garantiert glitzerponyfrei« war sein Kommentar – und von Pluvius einen Taschenkalender mit einem wunderschönen grünlich schimmernden Einband. Aber das schönste Geschenk wartete auf meinem Kopfkissen auf mich, als ich hundemüde in mein Bett kriechen wollte: ein kleines Leinensäckchen, in dem ein schmales, geflochtenes Lederarmband mit einer einzelnen, schlichten Holzperle lag. In die Holzperle ist ein filigranes Muster geschnitzt. Auf den ersten Blick sieht es aus wie ein paar umeinander schlängelnde Linien, aber wenn man genauer hinschaut, erkennt man einen Anfang und ein Ende: ein Labyrinth. Und auch wenn mein Papa sich nach wie vor im Mittelalter verstecken muss, habe ich ihn so immer bei mir – ein schönes Gefühl.

»Nichts«, sagt Pluvius und streicht sich über die Stirn, wie er es immer tut, wenn er besorgt ist. »Ich habe den ganzen Keller durchsucht, das Wohnzimmer und den Flur, dein Zimmer und meins natürlich auch, selbst auf dem Dachboden war ich. Alex schläft, ich habe nur kurz reingeschaut. Bei deiner Mutter habe ich mich das nicht getraut, aber es war ganz ruhig: Ich habe sicher fünf Minuten oder so vor der Tür gestanden und gelauscht.«

Ich merke, wie ich mich wieder entspanne. »Vielleicht hast du geträumt?«

Pluvius nickt. »Ja. Vielleicht.« Er kommt zu mir herüber und lächelt auf mich herunter.

Wie immer läuft mir dabei ein Schauer über den Rücken und ein Schwarm Schmetterlinge kitzelt in meinem Magen.

»Mach dir keine Sorgen«, sagt Pluvius, während ich in seinen dunkelbraunen, grün schimmernden Augen versinke. Für einen Moment sind alle meine Sorgen so weit weg wie ein Regenwurm vom Mond. »Rufus hätte sicherlich gebellt, wenn hier jemand eingedrungen wäre. Und dann haben wir ja auch noch Kaspar.«

Ich mache den Mund auf, um zu widersprechen, dann klappe ich ihn wieder zu. Rufus würde keineswegs bellen, und wenn hier eine ganze Horde von Zeitreisenden einmarschiert wäre. Zum einen ist er Zeitreisende gewöhnt, weil Pluvius (sein älteres Ich) früher ständig hier aufzutauchen pflegte, und zum anderen begrüßt er alle Menschen inklusive Einbrecher nur höflich. Mit dem Rauslassen hat er so seine Probleme, aber reinspazieren in unser Haus darf, wer will.

Bei Kaspar ist es genau andersherum: Der graue Wolfshund stammt aus dem Mittelalter und ist ungeheuer schreckhaft. Er bellt alles und jeden an und niemand nimmt ihn mehr ernst.

Aber das sage ich jetzt nicht. Das Einzige, was gerade von Bedeutung ist, ist, wie gut sich Pluvius' Hand auf meinem Haar anfühlt. Und wie seine Augen funkeln, während er mich beruhigend anlächelt. Langsam, wie von unsichtbaren Fäden gezogen, beugt er sich zu mir herunter. Ich kann mich nicht rühren. Sein Gesicht ist nah bei meinem und ich spüre, wie mein Herz einen irrsinnigen Stepptanz aufführt. Er kommt näher, noch näher, ich schließe die Augen und... peng!, sucht sich Aella just diesen Moment aus, um ihren Löffel auf die Fliesen zu schmeißen und den leeren Plastikbecher gleich hinterher.

Pluvius und ich fahren auseinander, als hätte man uns bei Werweißwas erwischt.

Wir haben eine Abmachung. Eine Abmachung, die ich hasse und die ich kein bisschen begreife, an die ich mich aber gezwungenermaßen halten muss.

Es gibt Geheimnisse in unserer Familie. Und aus irgendeinem geheimnisvollen Grund dürfen Pluvius und ich uns nicht küssen. Ein Grund, der übrigens nicht in den zweiundvierzig Jahren Altersunterschied besteht, sondern mit einer Geschichte um einen geheimnisvollen Urahn zusammenhängt. Und mein ständiges Argumentieren, unsere nächtelangen Diskussionen, ja selbst das einigermaßen entwürdigende Betteln und Flehen haben daran nichts ändern können. Unsere Abmachung steht: Wenn wir keine Freunde sein können, dann muss er gehen. Was ich natürlich auf keinen Fall will. Also sind wir Freunde. Und Freunde küssen sich nicht.

»Also«, sagt Pluvius. Seine Stimme ist so belegt, dass er sich räuspern muss, bevor er erneut ansetzt: »Also, es ist niemand da. Wir... wir sollten nicht so nervös sein.«

»Nein.« Ich schüttele leicht den Kopf. »Sollten wir nicht.«

Mir ist traurig zumute.

Pluvius scheint es ähnlich zu gehen. Er sieht mindestens genauso unglücklich aus, wie ich mich fühle. Eine kleine Ewigkeit stehen wir so da, dann strafft Pluvius die Schultern und blickt zur Seite. »Äh, deine Schwester«, sagt er, »sie ist schon wieder unsichtbar.«

»Oh nein«, seufze ich, »Aella.« Noch bin ich nicht nervös, noch nicht.

Erst als ich auf ihrem Hochstuhl herumtaste, als sei sie nicht nur unsichtbar, sondern plötzlich auch klitzeklein geworden, als ich wie eine Verrückte das Holz entlangfahre, auf dem sie eben noch gesessen hat, in die Luft greife und den Boden abtaste und sie nirgends, nirgends zu finden ist, da werde ich nervös. Und wie.

»Ich hab sie angeschnallt. Ich weiß, dass ich sie auf dem Stuhl angeschnallt habe.« Doch noch während ich das sage, weiß ich es eben nicht mehr. Ist sie runtergefallen? Weggekrochen? Aber wie hätte sie die Küchentür aufbekommen sollen, wie?

Meine Mutter knetet das Lätzchen in ihren Händen, Aellas kakaobesudeltes Lätzchen, das merkwürdigerweise nicht verschwunden ist. Als wolle meine kleine Schwester uns damit sagen, dass wir das alles nicht geträumt haben. Dass sie tatsächlich in der Küche gewesen ist und mit Pluvius und mir Kakao getrunken hat.

»Ich schnalle sie immer an. Immer.« Tränen rinnen mir die Wangen herunter, während ich das sage. Pluvius, der hinter meinem Stuhl steht, legt mir die Hand auf die Schulter.

»Das ist wichtig«, sagt meine Mutter. »Das weißt du ja.« Sie sagt es müde und mehr zu sich selbst. Oder zu dem Lätzchen, das sie wieder und wieder ansieht, als könne es ihr das Geheimnis um Aellas Verschwinden offenbaren.

Natürlich weiß ich, wie wichtig es ist, Aella anzuschnallen. Ein Kleinkind, das nicht zu sehen ist und es liebt zu klettern, möchte man am liebsten an allem und jedem festschnallen.

»Die Gurte sind auch weg«, stellt Pluvius zum soundsovielten Mal fest.

Und das ist es ja, was ihr Verschwinden so merkwürdig macht: Leblose Dinge wie Kleidungsstücke können nur im direkten Kontakt mit Aella nicht mehr gesehen werden. Der dreifarbige Gurt für den Kindersitz endet also praktisch im Nichts, wenn Aella unsichtbar ist. Sie müsste ihn sich schon um den Körper geschlungen haben wie ein Seil, damit er sich ebenso in Luft auflöst wie sie. Und das Lätzchen? Wieso hat sie das abgenommen?

»Es waren höchstens zwei, drei Minuten, in denen Pluvius und ich abgelenkt waren. Und wir standen dort, an der Spüle. Ist ja nicht so, dass wir in einem anderen Zimmer gewesen wären.«

Die Tür geht auf und Alex kommt herein. Sie trägt noch das lange T-Shirt, in dem sie geschlafen hat und das ausnahmsweise einmal nicht schwarz ist: Sie hat seit Kurzem einen Freund, der aussieht wie Edward-der-Vampir persönlich, und macht seitdem auf Bella. Dunkel gefärbte Haare und bleiches Aussehen inklusive. Obwohl sie heute allen Grund dazu hat, blass zu sein: »Nein, nichts.« Sie lässt sich auf dem Stuhl neben Mama nieder und fährt sich durchs Haar. Seit sie im Mittelalter als Junge durchgehen musste, hat sie es wachsen lassen und trägt jetzt ein wildes Gestrubbel, das sie nach jeder Wäsche mühsam glättet, damit es noch ein bisschen länger aussieht. Für einen Jungen wird sie dank ihrer knabenhaften Figur, den langen Beinen und schmalen Hüften trotzdem noch ab und zu gehalten. Etwas, das sie hasst wie die Pest. »Ich habe alles abgetastet.« Meine große Schwester starrt den Kinderstuhl an, als könne Aella dort jeden Moment wieder erscheinen.

»Noch einmal«, sagt meine Mutter und sieht zu mir und Pluvius. »Ich will es noch mal hören. Du hast ein Geräusch gehört, Pluvius? Wann genau war das?«

Pluvius hat das schon mehrmals erzählt, lässt sich aber nichts anmerken. »Es war noch dunkel draußen, also nehme ich an, es war so gegen sechs. Es war ein leichtes Ploppen, weiß auch nicht, warum ich davon aufgewacht bin. Mein Bett bebte. Ganz leicht, als hätte es sich geschüttelt. Dann nichts mehr. Ich bin wieder eingeschlafen, aber nicht lange. Dann habe ich Schritte auf dem Flur gehört, das waren Ariadne und Aella. Und Rufus natürlich. Ich bin aufgestanden, habe mich gewaschen und angezogen, weil ich eh wach war, und bin ihnen gefolgt. Im Flur kam mir Kaspar entgegen und wir sind zusammen runter in die Küche.«

»Und dir ist nichts aufgefallen?« Auch das hat meine Mutter wieder und wieder gefragt.

»Nein, nichts. In der Küche waren nur Ariadne und Aella und haben Kakao getrunken.«

»Rufus hat die beiden begrüßt und wir haben ihn und Kaspar ausgesperrt«, ergänze ich mit erstickter Stimme. Hätten wir das bloß nicht getan. Schreckliche Wachhunde hin oder her: Vielleicht hätten sie ja doch was mitgekriegt. Meine Augen brennen, mein Hals tut mir weh. Ich glaube, ich habe mich in meinem ganzen Leben noch nie so elend gefühlt.

»Ich habe mir Kakao geholt und Ariadne von dem Geräusch erzählt«, fährt Pluvius fort.

»Und ich habe Pluvius gesagt, dass mich das an das Geräusch erinnert, das Zeitreisende machen, wenn sie springen. So hat es früher immer geklungen, wenn er aufgetaucht ist.«

Wie oft müssen wir das wohl noch durchkauen?

Mama reibt sich die Stirn, während sie mit der anderen Hand das Lätzchen fest umklammert hält. Sie sieht bleich aus und viel zu dünn. Meine Locken habe ich ebenso wie die grünen Augen von ihr geerbt, doch sie trägt ihre Haare kurz, weil das praktischer ist. Es lässt ihren Kopf noch kleiner erscheinen. Ihre Nase ist spitz und ihre Wangenknochen zeichnen sich deutlich unter der blassen Haut ab. »Und dann hat Pluvius...«

»Dann habe ich das Haus durchsucht.«

»Du hast in jedes Zimmer gesehen?«

»In jedes bis auf deins, Theresa.« Es klingt immer noch komisch, wenn Pluvius meine Mutter beim Vornamen anspricht, aber sie hat es ihm angeboten. Schließlich kennt sie ihn, oder besser gesagt: sein älteres Ich, schon ihr Leben lang.

»Die Küche«, sagt meine Mutter plötzlich. »Hast du die durchsucht?«

Ich kann Pluvius' Gesichtsausdruck nicht sehen, weil er hinter mir steht, aber ich kann spüren, wie sich sein Griff um meine Schulter verstärkt. »Die Küche? Nein, natürlich nicht. Ich meine, wir waren ja hier, Ariadne und ich. Zuerst zusammen, dann Ariadne alleine. Und die hat die Küche nicht eine Sekunde verlassen. Hast du doch nicht?«

Ich schüttele den Kopf und bringe mühsam hervor: »Ich habe sauber gemacht. Aella..., sie hat eine ziemliche Sauerei mit dem Kakao veranstaltet, also habe ich schnell abgewaschen.« Was das bedeutet, ist jedem von uns klar. Unsere Küche ist unterteilt in zwei Bereiche: Es gibt die Küchenzeile am Fenster mit den Geräten, dem Herd und so, und es gibt einen großen runden Esstisch, neben dem der Kühlschrank steht. Dazwischen ist eine Theke, die in den Raum hereinragt und auf der ein Holzregal bis zur Decke reicht. Darauf stapeln wir das Geschirr, Tassen hängen an Haken, ganz oben steht Mamas Kaffeekannensammlung. Wer abwäscht, kann nicht die ganze Küche einsehen, und Aellas Platz ist hinter dem Regal verborgen. »Aber ich konnte sie hören«, sage ich. »Beinahe die ganze Zeit über.«

»Vielleicht hat derjenige, der das Geräusch verursacht hat, sich versteckt«, murmelt meine Mutter selbstvergessen.

»Wer denn? Und wo?«, fragt Alex. Sie sieht jetzt definitiv so bleich aus wie ihr Bella-Vorbild. Nach der Verwandlung.

»Ich weiß es nicht«, antwortet Mama tonlos und starrt auf das fleckige Lätzchen.

Es gibt, wenn man sich nicht wie Aella unsichtbar machen kann, nur einen Platz in der Küche, an dem man sich verstecken könnte, und das ist die Speisekammer, die rechts vom Kindersitz in einer Nische liegt.

Die Speisekammer! Die haben wir völlig vergessen! Wir alle starren sie an, als müsse daraus gleich ein Kastenteufel hervorspringen.

Mama fährt hoch, doch Pluvius ist schneller. Mit drei Schritten ist er bei der Tür und reißt sie auf. »Aella?«, ruft er hinein, geht dann in die Hocke und tastet den Boden ab. Selbst hinter dem Korb mit Kartoffeln guckt er, während wir uns von unseren Plätzen erheben und uns hinter ihm aufbauen. Eine unerträgliche Spannung liegt in der Luft, man kann es fast knistern hören. Schließlich sagt er: »Nein, nichts«, um gleich darauf ein »Wartet mal« hinterherzuschieben.

Niemand von uns sagt ein Wort, als sich Pluvius umdreht und uns meine rote Strickjacke entgegenhält.

Kapitel 2

Wir brauchen Hilfe. Natürlich können wir nicht zur Polizei gehen und erzählen, dass ein zweijähriges unsichtbares Mädchen wahrscheinlich von einem Zeitreisenden entführt wurde, aber dennoch brauchen wir jemanden, der uns hilft.

Ich räuspere mich. »Wir müssen Papa fragen, ob er herausfinden kann, wo Aella steckt.«

»Papa?« Alex sieht hoch. »Der sich Wer-weiß-wann befindet?«

Meinen Vater. Ihren Vater, von dem sie die strahlend blauen Augen geerbt hat, mit denen sie mich jetzt ansieht. Der sich im Mittelalter versteckt hält. Er ist unsere einzige Hoffnung. »Er hat die Zeitkarte. Das Kästchen, in dem jeder markiert ist, der sich nicht in seiner eigenen Zeit aufhält. Wir brauchen zumindest das, um herauszufinden, ob Aella wirklich von einem Reisenden entführt wurde. Wenn das der Fall ist, könnten wir sie mit der Karte aufspüren.«

»Kommt nicht infrage«, mischt sich Mama ein. Sie hat inzwischen die sechste Tasse Kaffee getrunken, obwohl das wahrscheinlich nicht der alleinige Grund dafür ist, dass ihre Hände so stark zittern. »Das ist viel zu gefährlich. Für euch und für ihn.«

Unser Vater hat gleich in mehrfacher Hinsicht gegen das Zeit-Raum-Kontinuum verstoßen, um mich und die Karte vor

Zelos zu retten. Seither sind Zeitwächter hinter ihm her und er kann sich hier nicht mehr blicken lassen.

Pluvius reibt sich die Stirn. »Ich sehe aber auch keine andere Möglichkeit, als ihn herzuholen, Theresa«, sagt er. »Und wir kennen den Weg ja und wissen, was uns erwartet.«

Allerdings. Ich erinnere mich noch mit Schaudern an die Belagerung der Burg und an das Spiel, das wir mit den mittelalterlichen Jugendlichen gespielt haben. Bruchenball. Ein echter Spaß, wenn man auf Schlammcatchen steht und sich danach sehnt, von einer Riesenmurmel überrollt zu werden.

»Papa muss ja nicht mitkommen«, werfe ich ein. »Wir sagen ihm, dass wir die Karte brauchen. Dann sehen wir nach, ob Aella sich in einer anderen Zeit befindet, und wenn ja, dann kennen wir ganz genau den Tag, das Jahr und den Ort.«

»Und dann?« Mama sieht hoch. »Wollt ihr dann hinterherspringen und sie retten? Zwei Teenager irgendwo in der Zeit unterwegs, die es mit Wer-weiß-wem aufnehmen? Das ist kein Abenteuer, Ariadne, keine Geschichte in irgendeinem Buch. Das ist die Realität.«

»Das weiß ich auch«, erwidere ich kleinlaut. »Ich meine ja nur, dass wir als Erstes rausfinden sollten, wo Aella steckt. Und dann sehen wir weiter.«

Mama starrt wieder in ihre Tasse und antwortet nicht. Es ist ruhig in der Küche, nur das Ticken der Küchenuhr und das leise Summen des Kühlschranks sind zu hören. Endlich räuspert sie sich. »Er soll mitkommen«, sagt sie.

Ich wage kaum zu atmen. »Wirklich?«

»Natürlich wirklich.« Tränen laufen ihr die Wangen herunter. »Er soll gefälligst kommen und seine Tochter retten.«

Pluvius geht zur Tür. »Wir sollten wohl besser keine Zeit

vergeuden«, drängt er. »Wir bereiten alles für den Sprung vor und ziehen uns um. Und dann holen wir Chris und die Karte.«

Dass er auch meinen Vater beim Vornamen nennt, fühlt sich fast noch merkwürdiger an als bei meiner Mutter.

»Da fällt mir ein«, unterbricht er sich und sieht mich an. »Hast du nicht noch etwas vergessen?«

Ich starre ihn an.

»Den Schlüssel.«

Den Schlüssel für die Zeitkarte, oh nein, den hätte ich in der Tat fast vergessen.

»Sag bloß, du hast ihn wieder hinter dem Sofakissen versteckt.«

»Nein, natürlich nicht.« Ich beiße mir auf die Lippen. Ich habe ein viel, viel besseres Versteck gefunden. Eines, das Pluvius allerdings ganz und gar nicht gefallen wird.

»Moritz. Wie konntest du den Schlüssel nur Moritz geben?«

»Jetzt hör schon auf«, versuche ich, ihn abzuwimmeln, und lausche aufmerksam dem Tuten im Telefon. »Geht keiner ran. Wahrscheinlich schläft er... hallo? Hallo Moritz? Tut mir leid, wenn ich dich geweckt habe.«

Pluvius, der gerade versucht, seine Füße in spitz zulaufende Schnabelschuhe zu quetschen, schüttelt den Kopf und verdreht die Augen.

»Lass das. Jetzt...«, zische ich ihm zu, die Hand über dem Hörer.

»Ariadne? Bist du das? Ist etwas passiert?« Moritz' Stimme klingt in der Tat verschlafen.

»Wieso passiert? Muss denn immer etwas passiert sein,

wenn ich dich anrufe?« Was rede ich denn da? Natürlich ist etwas passiert. »Na ja«, gebe ich zu, »in diesem Fall ist schon etwas passiert. Wir brauchen den Schlüssel.« Schon während ich es ausspreche, weiß ich, dass das ein Fehler war.

»Wir?« Jetzt klingt Moritz hellwach.

»Ja, äh, Pluvius und ich. Wir brauchen den Schlüssel für die Zeitkarte, den ich dir gegeben habe.«

»Warum? Ihr habt doch die Karte gar nicht mehr? Die hat doch dein Vater, und der sitzt in seiner Hütte im Mittelalter, oder?«

»Ja, schon, also«, stammele ich. Dann hole ich tief Luft. »Moritz, wir haben jetzt ehrlich nicht die Zeit. Wir brauchen einfach nur den Schlüssel. Kannst du ihn schnell vorbeibringen? Ich könnte ihn auch holen...« Ein Blick an mir herunter lässt mich mitten im Satz innehalten. Wir haben uns bereits umgezogen. Und unsere Mittelalteraufmachung seit unserem letzten Ausflug ordentlich aufgemotzt: Im Schrank von Onkel Pluvius haben wir Klamotten aus den verschiedensten Zeiten gefunden. Es ist nämlich wichtig, auf Reisen nicht so aufzufallen. Überlebenswichtig. Allerdings würde ich in dem Mieder und dem langen Rock jetzt sicherlich einige merkwürdige Blicke ernten und zum Fahrradfahren eignet sich mein Outfit auch nicht gerade...

»Nein, nein«, macht Moritz meine Überlegungen überflüssig, »schon gut. Ich beeile mich und komme rüber. Bis gleich.«

Und schon hat er aufgelegt.

»Was ist? Bringt er den Schlüssel?«, fragt Pluvius. Er steht auf und versucht zwei, drei Schritte in seinen ungemein spitz zulaufenden Schnabelschuhen zu laufen.

»Ja, natürlich«, sage ich und zerre an dem Band unter meinem Kinn.

Damit mir nicht wieder so etwas wie mit dem muskelbepackten Hünen passiert, der mich unbedingt »trouwen« wollte, trage ich ein Leinenband um die Stirn, das über die Ohren geführt und dann unter dem Kinn festgemacht wird. Im Mittelalter trugen alle verheirateten Frauen so etwas, soweit man dem Internet glauben kann. Ich finde ja eher, ich sehe aus, als hätte ich gerade eine Hirn-OP hinter mir.

»Er kommt? Einfach so?«, fragt Pluvius und zupft an seinen »Beinlingen« herum: Wehe, man sagt Strumpfhose. Bei so etwas ist er sehr empfindlich.

»Natürlich einfach so«, verteidige ich Moritz. »Er bringt den Schlüssel, geht wieder und dann können wir beide springen.« Ich beschließe, zukünftig weniger Worte zu gebrauchen: Schlüssel hier, wir los, oder so. Dieses »Gebende« oder wie das Band auch immer heißt, wirkt wie eine Maulsperre. Und war wohl auch so gedacht.

»Kaum zu glauben.« Pluvius gibt es auf, noch ein paar Millimeter aus dem eng anliegenden Stoff herausschinden zu wollen. »Je eher wir weg und wieder hier sind, desto besser.«

Ich nicke stumm und huldvoll.

Knapp zwanzig Minuten später ist Moritz da. Er hat sich wirklich mächtig ins Zeug gelegt, und das ist zweifellos… mittelalterlich!

»Oh nein«, sage ich, kaum habe ich die Tür aufgemacht.

»Auch dir einen wunderschönen guten Morgen, holdes Weib«, grinst er, beugt sich vor und gibt mir einen Kuss auf die Wange. Er trägt ein weißes, aufgeplustertes Piratenhemd über einer engen, an den Seiten der Beine geschnürten Lederhose und dazu wadenhohe Schnabelstiefel, die um einiges bequemer aussehen als die von Pluvius.

»Du kannst nicht mit.«

»Und ob ich kann«, verkündet er und geht an mir vorbei. »Hallo, Pluvius.«

»Moritz«, erwidert dieser kühl und richtet sich auf.

»Hübsche... äh, Hose«, bemerkt Moritz und sein Grinsen wird noch breiter.

Pluvius verzichtet auf eine Antwort, probiert aber anscheinend, ob Blicke töten können.

Können sie nicht: Moritz redet ungerührt weiter. »Wenn ihr dann so weit seid, können wir los. Den Schlüssel habe ich, Duschgel auch.« Er klopft auf den Lederrucksack, den er bei sich hat, und ist bester Laune. Das mit dem Duschgel ist hoffentlich nur ein Witz, obwohl es uns tatsächlich einmal das Leben gerettet hat.

»Moritz«, sage ich und fasse ihn am Arm. »Wir müssen zu meinem Vater und ihn um die Karte bitten, das stimmt schon. Aber das machen wir nicht zum Spaß: Aella ist verschwunden.«

Er sieht mich wortlos mit seinen seeblauen Augen an.

»Wir nehmen an, dass ein Zeitreisender sie entführt hat. Wir müssen meinen Vater und die Karte holen.«

Immer noch kein Wort.

»Es ist ernst«, ergänze ich eindringlich.

»Umso wichtiger, dass ich mitkomme. Damit dir nichts passiert.« Moritz' Stimme klingt entschlossen.

»Da passe ich schon auf«, mischt sich Pluvius wütend ein.

»Klar«, erwidert Moritz. »Das haben wir ja schon gesehen.

Oder halt mal: Das haben wir eben nicht, denn du hast ja im entscheidenden Augenblick bewusstlos irgendwo rumgelegen.«

»Dafür wusste ich im Gegensatz zu dir noch, wer ich bin und wie ich heiße.«

»Vor oder nach deiner Ohnmacht?«

»Jungs«, unterbreche ich die Auseinandersetzung, »es reicht.« Ich zerre an dem Kinnband. »Meine kleine Schwester ist verschwunden. Pluvius und ich holen meinen Vater, du bleibst hier, Moritz.« Ich kann jetzt keine Rücksicht auf verletzte Gefühle nehmen. Und viel erklären schon gar nicht.

»Nö«, sagt Moritz schlicht und einfach. »Ich weiß, dass Pluvius alles tun würde, um dich zu beschützen. Und ob ich das weiß.« Er wirft Pluvius einen raschen Blick zu. »Aber ihm wird es nicht gut gehen nach dem langen Sprung. Er wird minutenlang nichts unternehmen können. Ich schon.« Dieses Mal sieht er unverwandt Pluvius an, der zunächst wortlos zurückstarrt und schließlich zögernd nickt.

»Er hat recht«, sagt Pluvius und man kann ihm ansehen, wie wenig ihm das behagt. »Leider.«

Den Jungs kommt anscheinend gar nicht in den Sinn, dass ich fähig sein könnte, zwei bis drei Minuten ohne sie zu überleben, doch noch bevor ich den Mund aufmachen kann, sagt Moritz:

»Und wie heißt es doch so schön? Einer für alle ...«

»Und alle für einen«, ergänzt Pluvius.

Die beiden lieben diese Musketier-Geschichte: das Einzige, was sie gemeinsam haben. Wobei Pluvius sich auf eine französische Fassung von 1961 bezieht, während Moritz den »Mann mit der eisernen Maske« liebt. Die allerneuste Verfilmung mit Orlando Bloom finden sie dagegen wahlweise »unauthentisch« (Pluvius) und »strunzblöd« (Moritz).

»Also gut«, knirsche ich zwischen zusammengebissenen Zähnen, was weniger meiner Wut als meinem Kopfschmuck zu verdanken ist.

»Worauf warten wir dann noch?«, strahlt Moritz und öffnet einladend seine Arme.

Moritz ist mein Freund. Kennengelernt haben wir uns vor ein paar Monaten, und genau genommen hat ihn sogar Pluvius ins Spiel gebracht, zumindest sein älteres Ich: Moritz sollte ursprünglich in den Besitz eines Kästchens kommen, mit dem man verschwundene Zeitreisende aufspüren konnte und hinter dem der Sammler her war. Das konnte Onkel Pluvius mir noch sagen, bevor ihn ein Arm in ein Zeitloch riss. Bei dem Versuch, ihn zu retten, stieß ich erst auf Moritz und dann auf den jungen Pluvius und seitdem ist mein Leben gelinde gesagt kompliziert. Und aufregend und anstrengend, schön und traurig zugleich. Irgendwie ist halt alles durcheinander.

Moritz und ich haben uns geküsst, um zu springen. Pluvius und ich haben uns nicht geküsst, weil wir das aus irgendeinem Grund nicht dürfen. Obwohl ich mich bei Pluvius die meiste Zeit so fühle, als hätte ich zu viel Cola getrunken und dabei versehentlich eine Riesenladung flatterige Schmetterlinge mit verschluckt, die nun aufgeregt in meinem Bauch herumschwirren. Und Moritz... Tja, man muss ihn einfach nur ansehen, um zu wissen, warum ich jedes Mal verwirrt bin, wenn er in meiner Nähe ist. Moritz ist nicht geheimnisvoll und kompliziert, sondern witzig und sieht verdammt gut aus. Mit ihm bin ich einfach ein im Jetzt lebendes, vierzehnjähriges Mädchen. In einem im Moment zugegebenermaßen ziemlich blöden Outfit.

Seufzend zerre ich ein letztes Mal an dem Gebende. »Also gut. Lasst uns das schnell hinter uns bringen, bevor mich dieses Teil hier noch umbringt.«

Wir stehen im Garten. Ich sehe noch einmal zur Tür, winke meiner Mutter und Alex, die auch mitkommen wollte, aber nicht durfte: Wir brauchen jemanden, der dafür sorgt, dass Mama nicht völlig durchdreht. Damit dürfte sie schon genug zu tun haben.

»Dann mal los.« Moritz greift nach meiner rechten Hand, Pluvius nach meiner linken. Es ist ein merkwürdiges Gefühl, so zwischen ihnen zu stehen, doch darüber kann ich mir jetzt keine Gedanken machen: Ich muss mich konzentrieren und schließe die Augen.

»Fertig?«, fragt Pluvius. »Kannst du dir den Tunnel vorstellen? Das Bild deiner Mutter?«

Mein Vater hat einen Zeittunnel entdeckt, der direkt ins Mittelalter führt. Nur so kann er hin und her reisen und uns besuchen. Das Bild meiner Mutter davor dient als eine Art Passwort. Darauf muss ich mich konzentrieren. Als würde ich auf einer hohen Klippe stehen und unter mir, ganz klein, liegt der Zeitpunkt, an den ich reisen will. Dann muss ich tief Luft holen und mich fallen lassen.

Ganz so einfach ist es natürlich nicht: Es braucht schon einiges an Konzentration. Aber ich habe es schon einmal geschafft und es klappt auch dieses Mal: Ich sehe zunächst das Bild meiner Mutter, dann nur noch Farben und Sterne, ein Rauschen kommt auf, das immer lauter wird, bis es mich ganz auszufüllen scheint, sowohl meinen Körper als auch meine

Ohren. Die Farben verwischen, verdunkeln sich, ballen sich zusammen und werden zur gräulich schimmernden Wand der Höhle.

Und das war's. Cool. Inzwischen bin ich wahrscheinlich schon so etwas wie ein Profi.

In der Höhle ist es dämmerig. Der Boden ist matschig und voller Pfützen, es riecht nach Feuchtigkeit und Schimmel und von irgendwoher kommt das Geräusch von tropfendem Wasser.

Ich kümmere mich sofort um Pluvius, stütze ihn, so gut es geht, damit er sich auf einen der Felsbrocken setzen kann, um sich zu erholen: Zeitreisen bekommen ihm nicht. Diese Reise allerdings scheint nicht so schlimm zu sein wie die letzte: Pluvius hält sich zwar den Magen und sieht aus, als müsse er sich jeden Moment übergeben, aber Schmerzen scheint er nicht zu haben.

»Geht es?«, frage ich ihn und er nickt. »Na also. Wir haben es geschafft. Jetzt ruhst du dich am besten noch ein wenig aus und dann...« Weiter komme ich nicht.

Moritz, der sich zum Eingang der Höhle vorgetastet hat, pfeift durch die Zähne.

»Was denn?« Ich blicke auf.

»Äh, ihr solltet lieber herkommen und euch das ansehen«, erwidert Moritz und seine Stimme klingt merkwürdig. »Wo immer wir auch sind: Mittelalter sieht anders aus.«

Kapitel 3

Wir blicken auf einen riesigen Park. Auf den Wiesen- und Rasenflächen sind geschlängelte Wege zu erkennen. Überall gibt es kleine Kanäle und Brücken, unter Baumgruppen stehen Bänke, riesige Rhododendronbüsche sehen aus wie farbige Inseln inmitten all des Grüns. Unsere Höhle befindet sich am südlichen Ende des Parks. Ich kann einen kleinen Tempel in der Ferne erkennen, der den nördlichsten Punkt markiert, dahinter ragen Häuser auf: Dort ist anscheinend eine Art Stadt. Mittelpunkt des Parks ist ein größerer Ententeich genau an der Stelle, an der früher die Hütte meines Vaters stand. Wobei »früher« in diesem Fall »ein paar Jahrhunderte früher« heißt. Die Sonne scheint und überall sind Menschen zu sehen, die auf den Wegen spazieren gehen.

Moritz pfeift erneut durch die Zähne. Das tut er ständig, wenn er nervös ist, so wie Pluvius dann immer seine Stirn reibt.

»Du hast recht, Moritz.« Pluvius atmet tief durch. »Das ist eindeutig nicht das Mittelalter.«

»Und die Hütte meines Vaters ist auch verschwunden.« Ich deute auf den Teich.

»Aber das verstehe ich nicht. Der Zeittunnel führte doch direkt dorthin?« Pluvius reibt sich die Stirn. Jetzt im Hellen kann ich sehen, wie blass er noch immer ist.

Moritz schüttelt ungläubig den Kopf. »Kann es sein, dass wir falsch abgebogen sind?«

»Nein. Das hätte ich gesehen.« Pluvius ist der Einzige, der bei diesen Sprüngen erkennen kann, wo wir uns befinden: Ich sehe nur Sterne und Farben. Wahrscheinlich muss er deswegen so leiden.

»Dann sind wir vielleicht in der Zeit, in der dein Vater sich aufhält, Ariadne. Vielleicht hat er sein Versteck gewechselt«, mutmaßt Moritz. Er blickt mich an. »Welche Zeit ist das wohl?«

Ich zucke mit den Schultern und kneife die Augen zusammen, um die Aufmachung der Spaziergänger besser erkennen zu können. »Lange Röcke. Die Frauen tragen lange Röcke, oder? Und die Männer... Die haben was auf dem Kopf.«

Die beiden Jungen neben mir starren ebenfalls angestrengt hinunter in den Park.

»Einen Zylinder«, sagt Moritz und zeigt mit dem Finger auf eine Figur neben dem Tempel rechts von uns. »Der Mann dort trägt einen Zylinder.«

»Stimmt«, nickt Pluvius langsam. »Also keine Perücken oder so. Seht ihr Pferde, Kutschen oder Ähnliches?«

Nach ein paar Sekunden schüttelt Moritz den Kopf. »Nein, aber in einem Park darf man vielleicht nicht reiten.«

»Aber spazieren gehen«, sagt Pluvius.

»Und? Was ist daran schon besonders?« Ich versuche, das Band unter meinem Kinn aufzukriegen. Dass ich den Kopfverband nicht mehr brauche, macht mir diese Zeit sofort sympathischer.

»Nun, die Parks wurden von Königen oder dem Adel angelegt und waren lange Zeit auch nur ihnen vorbehalten. Dass hier ganz normale Menschen herumspazieren dürfen, der Park also anscheinend öffentlich ist, sagt uns daher schon eine ganze Menge.«

Also, mir ehrlich gesagt nicht. Aber ich gucke Pluvius voll Bewunderung an, während ich weiter an meiner Kopfbedeckung nestele. »Und das wäre?«

»Auf keinen Fall befinden wir uns im Mittelalter, klar. Und der Garten sieht auch nicht gerade barock aus...«

»Barock?«

»Das sind diese Gärten, die ganz akkurat geschnittene Hecken haben, schnurgerade Wege, wo alles streng geordnet ist.«

»Okay.« Das Gebende ist endlich ab und ich lasse es achtlos fallen.

Pluvius atmet hörbar aus. »Ich würde auf das frühe neunzehnte Jahrhundert tippen. Also achtzehnhundertirgendwas.«

Er sieht zu Moritz, doch der zuckt nur mit den Schultern. »Wenn du es sagst, Alter. In Geschichte bin ich nicht gerade eine Leuchte.«

»Warum wundert mich das so gar nicht«, murmelt Pluvius.

»Was?«

»Ach nichts.« Anscheinend geht es ihm noch nicht gut genug, um zu streiten.

»Achtzehnhundert und ein paar Zerquetschte also.« Das erhebende Gefühl, meinen Unterkiefer wieder bewegen zu können, steigert meinen Optimismus. Ich schüttele meine Haare. »Und können wir jetzt so rausgehen und nach meinem Vater suchen oder werden wir sofort verhaftet?«

Pluvius mustert mich von oben bis unten. »Geht so, denke ich. Langer Rock ist schon mal gut, und aufgeplustert sieht er auch aus: Wenn ich mich nicht irre, tragen die Frauen hier jede Menge Unterröcke«, erklärt er, als er meinen fragenden Blick sieht. »Du solltest vielleicht deine Haare zusammenbinden.«

Natürlich. Wäre ja auch zu schön gewesen, um wahr zu sein. Seufzend hebe ich das jetzt nicht mehr ganz so blütenweiße Band auf und binde mir damit einen Zopf.

»Und du«, Pluvius wendet sich an Moritz, »siehst eh aus wie ein Piratendarsteller aus einem zweitklassigen Film. Da ist nicht mehr viel zu retten, fürchte ich.«

»Ach ja? Dann kannst du ja nur hoffen, dass Männerstrumpfhosen hier groß in Mode sind«, entgegnet Moritz wütend.

»Sind sie ganz sicher nicht.« Pluvius sieht an sich herunter. »Ich kann hier so auf keinen Fall herumspazieren.«

»Oh.« Womit die Möglichkeiten, wer von uns nach meinem Vater suchen wird, natürlich erheblich eingeschränkt werden. »Das bedeutet also, ich muss alleine losziehen?« Die beiden Jungs sehen mich an, als hätte ich mich gerade als Menschenopfer dargeboten. »Nun kriegt euch mal wieder ein. Das ist schließlich mein Vater. Der uns hierhergeführt hat. Sicher hat er irgendwo einen Hinweis hinterlassen, wo er steckt. Den müssen wir nur noch finden.«

Also suchen wir erst einmal gründlich die Höhle und die nähere Umgebung ab, doch nichts. Kein Willkommensgruß oder so, keine geheime Botschaft. Die gab es das letzte Mal allerdings auch nicht. Das letzte Mal war er einfach so aufgetaucht, um uns abzuholen, fällt mir ein.

Ich richte mich auf. »Es gibt vielleicht so eine Art Bewegungsmelder, der meinem Vater sagt, wann jemand den Tunnel benutzt. Eine Alarmanlage.«

»Du meinst, wir müssen nichts anderes tun als zu warten?«
Moritz wischt sich die Hände an der Hose ab, Pluvius setzt sich auf einen Stein am Eingang der Höhle.

»Kann doch sein, oder?«

Eine Stunde später ist immer noch nichts passiert und so langsam kommen mir ernste Zweifel an meiner Theorie. Außerdem ist es recht kalt hier im Schatten. Ich stehe auf und klopfe mir entschlossen den Rock ab. »Ich gehe jetzt da runter und sehe nach, ob ich einen Hinweis finden kann.«

»Das tust du nicht«, sagt Pluvius und sieht hoch.

»Und ob ich das tue.«

Er steht auf, als wolle er mich aufhalten, doch Moritz ist schneller.

»Ariadne.« Moritz fasst mich an der Schulter. »Das ist zu gefährlich.«

»Ach nein. Aber hier herumzusitzen, bis vielleicht einer der Spaziergänger auf die Idee kommt, sich die Höhle ansehen zu wollen, das ist es nicht?«

Ich kann förmlich sehen, wie es in ihm arbeitet. »Dann komme ich mit.«

»Das geht nicht«, schüttele ich den Kopf. »Du bist viel zu auffällig angezogen. Und wenn ich eins aus unseren Zeitreisen gelernt habe, dann dass man auf keinen Fall zu viel Aufmerksamkeit erregen sollte.« Ich sehe um ihn herum zu Pluvius, der die Arme vor der Brust verschränkt und die Lippen so sehr zusammengepresst hat, dass sie wie ein dünner Strich wirken. »Ich passe schon auf«, versichere ich ihm und Moritz gleichzeitig.

Moritz sieht über seine Schulter. »Was denkst du?«

Zögernd nickt Pluvius. »Bis zum Teich. Dort, wo früher die

Hütte von deinem Vater stand: Da können wir dich im Auge behalten. Aber dann kommst du zurück, versprochen?«

Ich nicke eifrig. Der Teich ist von der Höhle aus gut zu sehen. Was kann auf diesem kurzen Stück Weg schon passieren?

Den steilen Hang hinunterzuklettern, ist gar nicht so einfach: Kein Wunder, dass Spaziergänger sich selten hierherverirren. Unten auf dem Weg angekommen, blicke ich hoch, kann Pluvius und Moritz jedoch nur erahnen, so dicht bewachsen und verborgen ist der Eingang der Höhle.

Ich sehe mich vorsichtig um, bevor ich aus dem Gebüsch trete, und klopfe mir den Rock ab. Dann flaniere ich so unauffällig wie möglich Richtung Teich. Die Sonne scheint, es weht ein angenehm warmer Wind und die Vögel zwitschern. Unter meinen Füßen knirscht der Kies: Ich trage Samtschuhe mit Riemchen, die höchstens im Mittelalter als geschmackvoll durchgehen würden. Nein, wahrscheinlich nicht mal da, denke ich.

Als mir die ersten Spaziergänger entgegenkommen, klopft mir das Herz bis zum Hals. Inzwischen hat Mode für mich wahrhaftig eine lebenswichtige Bedeutung bekommen.

Es ist ein Mann mit Zylinder, langen Hosen und einem Gehrock, der mit seiner Begleitung plaudert und mich nicht weiter beachtet. Der Kragen reicht ihm bis zu den Ohren und das Tuch, das er trägt, sieht aus, als würde es ihn angreifen und würgen. Die Frau an seiner Seite starrt mich so ungeniert und mit offenem Mund an, als wäre ich nackt: Sie trägt einen weit ausgestellten, langen Rock, vor dem mich Pluvius ja gewarnt hat, dazu einen Schal und einen mit Blumen und Bändern geschmückten Hut, unter dem sich kunstvoll arrangierte Locken kräuseln. Am auffälligsten jedoch sind die Ärmel ihrer Bluse, die wie riesige Schinken aussehen und ihre Figur ebenso breit wie hoch erscheinen lassen.

Ich schreite so langsam wie möglich weiter, auch wenn mein Gesicht glüht. Als ich mich umdrehe, sehe ich, dass die Frau mir immer noch nachstarrt. Kein Aufsehen zu erregen, ist etwas anderes. Ich überlege fieberhaft und warte, bis das Pärchen hinter einer Kurve verschwunden ist, dann ziehe ich mir das Gebende aus den Haaren und lege es mir um den Hals, um den für diese Zeit zu üppigen Ausschnitt zu verbergen. Aus meinen Socken werden kurzerhand Zopfbänder, mit denen ich meine lockigen Haare hochbinde. So. Das muss genügen.

Als Nächstes begegne ich zwei Herren, die mich neugierig, jedoch nicht schockiert ansehen; einer von ihnen lüftet sogar seinen Hut. Ich nicke huldvoll und lächele in mich hinein. Die Damen, die mir dann entgegenkommen, tuscheln zwar und ziehen die Augenbrauen hoch, rufen aber auch nicht gleich die Sittenpolizei.

Ich drehe mich erleichtert in Richtung Höhle um und hebe die Daumen, auch wenn Pluvius und Moritz das aus der Entfernung wahrscheinlich nicht erkennen können.

In dem großen Park nicht die Orientierung zu verlieren, ist schwer. Von oben sah der Teich nicht allzu weit weg aus, doch inzwischen spaziere ich schon eine ganze Weile in der Gegend herum, ohne darauf gestoßen zu sein. Als ein Weg an einer kleinen Brücke abzweigt, nehme ich den und folge in etwa dem Wasserlauf, und endlich: Da ist er, der Teich. Menschengrüppchen stehen darum herum, Kinder in putzigen Kleidchen füttern Enten und ich schlendere so unauffällig wie möglich an ihnen vorbei. Mir werden neugierige Blicke zugeworfen, ein kleines Mädchen zeigt sogar auf mich, doch rasch wenden sich die Umstehenden wieder ihren Gesprächen zu. Ich kann Satzfetzen auffangen: »Die Herrschaften von oben...«, »... habe ich dir doch schon immer gesagt...«, »... das ist Politik, meine Liebe«, also sprechen sie wenigstens unsere Sprache.

So unauffällig wie möglich suche ich mit meinen Augen die Stelle ab, an der früher, Jahrhunderte zuvor, die Hütte meines Vaters gestanden hat. Ich kann nichts Ungewöhnliches entdecken: Der Teich ist einfach ein flaches, großes Becken, das Wasser darin fast ockerfarben und riecht muffig. Enten tauchen nach Futter oder putzen sich schnatternd, Fischschatten huschen unter der Oberfläche entlang. Zwei Jungen in einer Art Uniform fischen Wasserlinsen heraus, ein anderer, kleinerer Kerl in einem Kleidchen fährt mit seinem Holzpferd die Umrandung des Beckens ab.

In der Mitte des Teiches steht oder schwimmt ein großes Entenhaus, das meinen Blick auf sich zieht. Es hat drei Stockwerke und ein rot bemaltes Dach. Als ich die Augen zusammenkneife und so nah wie möglich an den Beckenrand trete, kann ich ein kleines Schild neben dem ausgesägten, halbrunden Eingang sehen. »Willkommen« steht da.

Ob das das Zeichen ist?

»Willkommen«, sagt in diesem Moment eine Stimme in meinem Rücken und lässt mich zusammenzucken. Ich bin nicht mehr so schreckhaft, dass ich bei jeder Kleinigkeit springe, aber das war knapp, ehrlich.

Als ich mich umdrehe, stehen zwei Personen hinter mir: Eine alte Frau in einem hölzernen Rollstuhl mit hoher Rückenlehne und ihre Begleiterin. Die Frau im Rollstuhl, die mich angesprochen hat, trägt ein schwarzes Kleid und eine Haube, ihre Begleiterin die üblichen Riesenärmel, dazu jedoch einen schlichten schwarzen Hut und einen Schleier vorm Gesicht.

»Willkommen«, wiederholt die alte Frau. »Bist du allein?«

Ich muss mich beherrschen, um nicht zur Höhle hinüberzublicken, als ich mit »ja« antworte. Aus keinem bestimmten Grund, vielleicht einem instinktiven Schutzmechanismus heraus.

»Dann komm.« Die Alte macht mit einer herrischen Handbewegung darauf aufmerksam, dass sie weiterfahren will.

Mühsam wendet die verschleierte Frau den Rollstuhl, stemmt sich dagegen und beginnt zu schieben.

»Was ist?«, beugt sich die Alte aus dem Stuhl heraus, als ich nicht sofort folge. »Brauchst du eine Extraeinladung?«

»Ich gehe nirgendwohin.«

»Papperlapapp. Dann wirst du deinen Vater wohl auch nicht sehen wollen.« Die Alte lehnt sich wieder zurück. Knirschend setzt sich der Rollstuhl in Bewegung.

Ich werfe einen unsicheren Blick in Richtung Höhle und beschließe, den beiden Frauen erst einmal zu folgen. Sie sind mein einziger Anhaltspunkt.

»Wissen Sie denn, wo mein Vater sich aufhält?«, frage ich, sobald ich zu ihnen aufgeschlossen habe.

»Nicht hier«, knurrt die Alte. »Du hast in deinem Aufzug schon genug Aufmerksamkeit erregt.« Wieder macht sie ihre unwirsche Handbewegung, als wolle sie meine Frage verscheuchen wie ein lästiges Insekt.

Der Rollstuhl fährt sich fest, die Räder blockieren.

»Soll ich helfen?«, biete ich ihrer Begleiterin an, die mir schweigend etwas Platz macht. Ich kann ihr Gesicht nicht sehen, doch sie scheint jung zu sein: Ihre Hände zumindest sind es. Gemeinsam schieben wir den Stuhl, der mit seinen Rädern tief im Kies versinkt.

»Der ist... aber... auch schwer«, schubse und drücke ich und frage mich unwillkürlich, wie es die beiden Frauen überhaupt bis an den Teich geschafft haben. Und wo um Himmels willen wir noch hinmüssen. Ab und an werfe ich einen Blick in Richtung Höhle und hoffe inständig, dass Moritz und Pluvius die Nerven bewahren und nicht zu meiner Rettung eilen. Schließlich bin ich nicht in Gefahr.

Das Schloss, auf das wir zuhalten, ist nicht gerade riesig, wirkt aber trotzdem imposant. Es hat eine schöne weiße Fassade, zwei Türme, hohe Fenster und eine Freitreppe, die aus dem ersten Stock nach links und rechts in weiten Bögen abwärts verläuft.

Von dem ganzen Rollstuhlgeschiebe schwitze ich mittlerweile ordentlich und frage mich verzweifelt, wie um alles in der Welt wir das Monstrum die Treppe hochbekommen sollen. Müssen wir nicht: Wir marschieren zwischen den beiden Treppenbögen hindurch auf eine Flügeltür zu. Sie führt in eine schwarz-weiß gefliese Halle, die ihrerseits von einer Steintreppe beherrscht wird.

Schweißüberströmt und mit offenem Mund sehe ich mich um, während die stumme Dienerin, wie ich sie inzwischen nenne, die Alte in den Raum links der Treppe fährt.

Die Halle ist einfach prächtig. Rechts und links hängen Porträts ernst dreinblickender Menschen mit weiß gepuderten

Haaren, am Fuß der Treppe lehnt eine Ritterrüstung, in den Nischen stehen Marmorbüsten. Ein imposanter Kronleuchter mit Hunderten Glaskristallen hängt von der Decke herunter, doch er brennt nicht. Tatsächlich weiß ich gar nicht, ob es in dieser Zeit schon etwas anderes als Kerzenlicht gibt, und das bringt mich wieder auf die Frage, in welchem Jahr wir uns eigentlich befinden. Wir, denn ich bin ja nicht alleine: Ob Moritz und Pluvius sich inzwischen Sorgen um mich machen?

»Was ist? Kommst du?«, höre ich die Stimme der Alten aus dem Nebenzimmer und reiße mich vom Anblick des Kronleuchters los.

Es ist wohl die Bibliothek, in der wir uns befinden: Regale voller Bücher bekleiden die Wände gegenüber der Fensterfront. Ein Kamin prunkt an der Stirnseite des Raums, in seinem Inneren steht ein großer Blumenstrauß. Die Uhr auf dem Kaminsims erinnert mich an das goldene Exemplar bei uns im Esszimmer, das mit dem nackten kleinen Kerl auf dem Pendel, doch diese Uhr ist nur mit Blumen und einer lateinischen Inschrift verziert: *Cessante causa cessat effectus*, kann ich entziffern, als ich näher herangehe. Sie tickt unverhältnismäßig laut. Die riesigen Fenster, die von der Decke bis zum Boden reichen, sind von schweren Vorhängen eingefasst. Üppige Gardinen verhängen die Aussicht, was schade ist, schließlich liegt dahinter der wunderschöne Garten.

»Nun schnüffel da nicht herum. Setz dich«, befiehlt die herrische Alte und zeigt auf das Sofa ihr gegenüber.

Ich gehorche, während die Dienerin hinter dem Rollstuhl stehen bleibt und auf Anweisungen wartet.

»Bring uns den Tee.« Die alte Frau wedelt sie mit der Hand fort.

Dieses Handgewedel geht mir allmählich auf den Geist und Tee mag ich auch nicht sonderlich. Also frage ich schärfer als beabsichtigt, ob sie nun wisse, wo mein Vater sei, oder nicht.

»Natürlich weiß ich das«, entgegnet die Frau im Rollstuhl. Ihr Ton ist nicht zu deuten. Lauernd vielleicht, vielleicht auch voll unterdrückter Wut. »Wir haben stets ein Auge auf ihn.« Sie lehnt den Kopf zurück, schließt die Augen und atmet hörbar aus, als hätte meine Frage sie vollkommen ermüdet oder sei einfach nur unendlich dumm.

Erst jetzt komme ich dazu, sie mir genauer anzusehen. Die Frau mir gegenüber könnte ebenso gut sechzig wie hundert sein. Mit ihren Falten und der fleckigen Haut erinnert sie mich an meine Urgroßmutter: Sie hat denselben herrischen Zug um den Mund und eine ebenso spitze Nase. Allerdings sind ihre Lippen schmal und bläulich und unter der Haube, die ihre grauen Haare fast vollständig bedeckt, baumeln extrem lange Ohrläppchen. Ich überlege gerade, ob das angeboren ist oder vom Tragen schweren Schmucks herrührt, als die Alte mich anspricht:

»Und? Gefällt dir, was du siehst?«

Ich fühle mich ertappt und werde rot. »Ich bin nur neugierig.«

»Auf mich?« Sie macht ihre Augen einen Spalt weit auf, um mich unter schweren Lidern zu taxieren, was gruselig aussieht.

»Auf das, was Sie mir sagen können. Darüber, wo mein Vater ist.«

Die Augenschlitze bleiben offen. »Nur mit der Ruhe. Wir haben es nicht eilig.«

Ich richte mich auf. »Das haben wir wohl. Sie haben ja keine Ahnung ...«

Weiter komme ich nicht, denn jetzt beugt sie sich so blitzschnell vor, dass ich fast einen Zeitsprung mache vor Schreck. »Rede nicht so mit mir, Mädchen«, faucht sie und reißt ihre Augen so weit auf, dass ich ihre gelblich verfärbte Netzhaut sehen kann. »Du weißt ja gar nicht, wen du vor dir hast.«

»Warum sagen Sie es mir nicht?«

»Ich bin der Sieg«, zischt die Alte.

»Aha«, sage ich möglichst verständnisvoll und versuche mit aller Macht, ernst zu bleiben. Die Frau ist zweifellos völlig durchgeknallt. Der Sieg, also ehrlich. Und ich bin Rumpelstilzchen, falls einer fragt.

Gott sei Dank fragt niemand und bleibt mir sowieso jede Erwiderung erspart, denn in diesem Augenblick kommt die stumme Dienerin mit einem Tablett zurück. Sie stellt mir wortlos eine Tasse Tee hin, daneben ein silbernes Kännchen mit Milch und eine Dose mit Zucker. Dann platziert sie eine zweite Tasse mit Tee auf dem Tisch, gießt etwas Milch ein, nimmt zwei klumpige Stücke Zucker mit einer winzigen Zange heraus und wirft sie hinein, rührt um und reicht die Tasse an die verrückte Alte. Noch immer hat sie ihren Schleier nicht abgelegt.

»Danke, du kannst gehen.« Die Alte saugt geräuschvoll an ihrer Tasse.

Ich beobachte sie einige Augenblicke voll Abscheu. So langsam frage ich mich, wie ich hier wieder rauskommen will. Selbst wenn die Frau etwas über meinen Vater in Erfahrung gebracht hat, was ich inzwischen bezweifle, wer weiß, ob sie sich dann verständlich ausdrücken kann? Ich bin der Sieg, lieber Himmel!

»Willst du nicht trinken?«, fragt die Alte, die ihre gelblichen Augen wieder halb geschlossen hat.

»Doch, doch«, versichere ich und führe wenigstens schon mal die Tasse zum Mund.

»Sobald du ausgetrunken hast, wirst du erfahren, warum du hier bist.«

Oh nein, ich muss das scheußliche Zeug also wirklich trinken. Dieses Teegetrinke ist mir bislang bei all meinen Zeitreisen passiert und ich frage mich sehnsüchtig, ob nicht auch schon der Kakao erfunden wurde. »Kennen Sie Kakao?«, frage ich nach dem ersten, bitteren Schluck und verziehe den Mund.

»Trink«, befiehlt meine forsche Gastgeberin.

Ich angele mir mit der Zange nacheinander drei große Klumpen Zucker, lasse sie in den Tee fallen und rühre so lange, bis sie sich einigermaßen aufgelöst haben. Der Tee schmeckt immer noch bitter wie die Hölle, nur dass er jetzt noch eine unangenehm süßliche Note bekommen hat. Es kostet mich all meine Überwindungskraft, das Zeug herunterzukriegen. »So, fertig«, sage ich erleichtert und stelle die leere Tasse zurück. »Und jetzt sagen Sie mir, wo mein Vater ist?«

Mit einem Mal beginnt die Alte zu tanzen. Nein, Moment mal, sie sitzt immer noch in ihrem Stuhl: Es ist das Zimmer, das tanzt. Ich zwinkere mit den Augen. Tatsächlich, die Gardinen bewegen sich, bauschen sich auf, greifen nach uns, das Ticken der Uhr auf dem Kamin dröhnt wie Kirchenglocken, die Alte kichert. Bücher stürzen auf mich herab und ich hebe schützend die Arme über den Kopf, doch nichts trifft mich, ich spüre nichts. Nur eine bleierne Müdigkeit, die es mir schwer macht zu sprechen, zu sehen, ja selbst zu denken. Ich will schlafen, so viel weiß ich noch, und dann fällt mir eine Höhle ein, eine Höhle, in der jemand auf mich wartet, wer ist es doch gleich? Wieder höre ich dieses hohe Kichern, das mit den Büchern auf mich herunterprasselt, und dann nichts mehr. Nichts.

Kapitel 4

Irgendein Tag, wahrscheinlich kurz nach halb sieben, es ist noch dämmerig draußen und der faulige Atem von Rufus weht mir ins Gesicht.

»Geh weg. Ich will schlafen«, murmele ich und schließe meine Augen.

Rufus hechelt weiter und kichert.

Seit wann kann er kichern?

Moment mal, es ist Montag, oder? Der Montag nach dem Tag, als Aella verschwunden ist, wir in der Zeit gesprungen sind, eine merkwürdige Alte mir Tee ...

Ich sitze hellwach und mit aufgerissenen Augen im Bett und sehe mich um. In meinem Bett. In meinem Zimmer. Aber das kann nicht sein, oder?

Wieder dieses kurze Kichern, dann spüre ich, wie etwas auf mein Bett krabbelt.

»Aella?«, taste ich herum und dann fühle ich sie, fühle meine kleine Schwester, und eine Woge der Erleichterung überspült mich, droht mich wegzuschwemmen mit meinen Tränen, die mir die Wangen herunterlaufen, und ich drücke sie so fest an mich, dass sie »nein« sagt und sich dagegenstemmt.

»Aella, du süßes Wesen«, küsse ich sie immer da, wo ich sie erwische, während sie sich windet wie ein Wurm am Angelhaken und schließlich sichtbar wird: Mein Gott, sie ist so wunderschön. Und Rufus auch. Und überhaupt alles: mein Leben, mein Zimmer, dieser Tag. Sonntag, Montag: was immer das auch für ein Tag sein mag.

Es hält mich nichts mehr im Bett und ich springe raus, kuschele wild mit Rufus, der davon genauso viel hält wie meine kleine Schwester, dann schlüpfe ich in meine Hausschuhe und ziehe mir eine Trainingsjacke über mein Schlaf-T-Shirt. Ich bin schon halb aus dem Zimmer, als mir etwas einfällt: oh nein. Ich werde Aella sicher nicht eine Sekunde aus den Augen lassen. Soweit das bei ihr eben möglich ist.

In der Küche schleppe ich ihren Kinderstuhl neben den Herd und sie darf sich ihren Kakao zusammenmatschen wie gehabt. Während Aella die Umgebung einsaut, beschleicht mich ein seltsames Gefühl, als hätte ich das alles gerade erst schon einmal erlebt. Dabei war das ein Traum, oder? Der intensivste, längste und merkwürdigste Traum meines Lebens, nichtsdestotrotz nur ein Traum.

Traum, Schaum, was soll's: Ich bin bester Laune und solange Aella bei mir ist, ist alles gut.

Pluvius kommt in die Küche, Kaspar im Schlepptau, und ich muss mich beherrschen, um mich ihm nicht auf der Stelle an den Hals zu werfen. Soweit nichts Neues: Das muss ich ja immer, Traum oder nicht.

»Auch einen leckeren, warmen Kakao?«, frage ich ihn und lege sofort los, als er nickt und dann die Hunde rausschmeißt. Es ist inzwischen hell geworden und zur Feier des Tages sogar so etwas wie eine fahle Herbstsonne zu sehen. Das wird ein herrlicher Tag heute, ach was, ein perfekter Tag.

»Hast du das heute Morgen auch gehört?«, fragt Pluvius plötzlich und meine Hand, die gerade den Löffel hält, um Kakao einzurühren, erstarrt. »Da war ein Geräusch, ein leises Plopp oder so, von dem ich aufgewacht bin. Als hätte jemand eine Sektflasche geöffnet, aber leise. Gleichzeitig war dieses Geräusch so präsent, dass ich einen Augenblick geglaubt habe, mein Bett hätte gezittert.«

Ich starre auf Aella, die mich mit großen Augen über ihren Becher hinweg ansieht, ihn dann sinken lässt und mich mit braun umrandetem Mund anstrahlt.

»Ich habe davon geträumt«, flüstere ich. »Davon, dass du genau das sagen würdest.«

»Ach ja? Vorsicht, Ariadne, die Milch kocht über.« Pluvius beugt sich vor, pustet in den aufsteigenden Schaum, schiebt mich zur Seite und nimmt mir dann den Löffel aus der Hand. Während er seinen Kakao fertig zubereitet, kann ich kaum den Blick von Aella nehmen.

»Wollen wir uns nicht hinsetzen?« Pluvius nimmt seine Tasse, dann sieht er mich fragend an. »Ariadne? Was ist los?«

»Nicht hier«, schüttele ich den Kopf. »Ich werde mich auf keinen Fall hier in die Küche setzen.« Dann fällt mir siedend heiß etwas ein. »Wärst du so nett und würdest in der Speisekammer nachsehen, ob da jemand ist?«

»Jemand? Du meinst: ein Mensch?«

»Ja, jemand, ein Mensch, eine Maus, irgendetwas. Bitte.«

Meine Stimme klingt so flehentlich, dass ich nicht länger betteln muss. Pluvius stellt seinen Becher ab und geht zur Tür.

Ich ziehe Aella auf ihrem Stuhl ein Stückchen weiter nach links, damit wir ihn ums Regal herum beobachten können, und lege sicherheitshalber eine Hand auf ihren Arm.

»Vorsichtig«, sage ich.

Pluvius wirft mir einen stirnrunzelnden Blick zu, dann öffnet er die Tür. »Hier ist niemand.«

»Wirklich nicht?«

»So groß ist eure Speisekammer nicht, Ariadne.«

»Kannst du reingehen und nachsehen?«

Pluvius verschwindet kurz und taucht keine fünf Sekunden später wieder auf. »Zufrieden?«

Ich nicke.

»Würdest du mir bitte erzählen, was hier vor sich geht?«

»Gut. Aber nicht hier.« Ich hebe Aella aus dem Stuhl und nehme sie und ihren Kakao mit ins Wohnzimmer. Selbst Rufus und Kaspar rufe ich, damit sie uns folgen: Ich habe keine Lust auf noch mehr Entführungsopfer.

Pluvius ist zunächst einmal still, als ich ihm alles erzählt habe. Seinen Kakao hat er inzwischen völlig vergessen und so kann ich ihn Aella rüberschieben, die sich begeistert über die zweite Portion hermacht. Ich schalte den Fernseher an, es läuft irgendein Zeichentrickfilm mit zwei Kindern und einem Trompete spielenden ... tja, was soll das eigentlich sein? Ein Kaninchen? »Meinst du, das ist ein Kaninchen?«, zeige ich mit der Fernbedienung darauf.

»Was?« Pluvius schreckt aus seinen Gedanken hoch.

»Das Vieh da, das dauernd so nervtötend in seine Trompete bläst. Was soll das überhaupt sein?«

»Haben wir jetzt nicht andere Sorgen?«

Ich lege die Fernbedienung hin und sehe ihm an, dass er meine Ausführungen sehr, sehr ernst nimmt. Aus irgendeinem Grund ist mir das gar nicht recht. »Du meinst, es war kein Traum?«

»Möglicherweise schon«, erwidert Pluvius zögernd, »wenn nur dieses Geräusch nicht wäre.«

Oh nein. Ich will, dass es ein Traum war. Ich will nicht, dass Aella etwas passiert, ich will nicht dorthin springen, nicht die Frau im Rollstuhl treffen und schon gar nicht Tee mit ihr trinken. Ich will, dass dieser Sonntag ein normaler Tag wird. Das sage ich Pluvius. »Heute ist doch Sonntag, oder?«, hake ich nach.

»Immer noch, keine Angst«, versichert Pluvius, doch dann verschwindet sein Lächeln und er sieht mich an. »Oder aber schon wieder.«

Den Rest des Tages haben wir nur zwei Aufgaben: Ich beobachte Aella und Pluvius beobachtet mich.

Wir frühstücken gemeinsam mit meiner Mutter und meiner Schwester, wobei Aella statt in ihrem Kinderstuhl auf meinem Schoß sitzt, was Alex übertrieben und meine Mutter merkwürdig findet. Aella hat nach dem Kakao sowieso nicht mehr viel Hunger, also nehme ich sie mit nach oben, wickele sie und ziehe sie an, was wiederum meine Schwester merkwürdig, meine Mutter aber sehr nett findet. Danach spielen Pluvius und ich mit ihr, hören Bobo-Kassetten und bauen die größte Eisenbahn der Welt. Schließlich wird es Zeit für unseren üblichen Sonntagsbesuch.

»Das passt mir überhaupt nicht«, raunt Pluvius mir zu.

»Ich bin doch nicht alleine. Ich werde schon dafür sorgen, dass immer jemand mit mir und Aella im Raum ist.«

»Das genügt mir nicht.« Pluvius streicht sich seine langen Haare hinters Ohr. Ich liebe es, wenn er das tut: Ich habe ihn damals so bekniet, sie sich nicht abschneiden zu lassen, und bin froh, dass er auf mich gehört hat. »Das genügt mir ganz und gar nicht«, wiederholt Pluvius, dann sieht er mir in die Augen. »Ruf ihn schon an.«

»Wen?«

»Na wen schon.« Seine Stimme klingt bitter. »Dann kann ich mir wenigstens sicher sein, dass du nicht eine Sekunde lang alleine bist.«

Pluvius kann nicht mit zu Oma und das hat einen Grund, wenn auch einen etwas... na ja, ungewöhnlichen: Seine Mutter wohnt zurzeit dort. Seine Mutter, die über fünfzig Jahre lang in einer Zeitschleife im Mittelalter gefangen war. Wir haben sie gerettet und versuchen gerade, ihr alles über unsere Gegenwart beizubringen, was eine Heidenarbeit ist. Bei jedem vorbeifahrenden Auto bekommt sie fast einen Herzschlag und vorgestern hat sie den Kuckuck in der Uhr meiner Oma mit einem Nudelholz erledigt. Dass Pluvius ihr Sohn ist, begreift sie nicht: Wir müssen vorsichtig vorgehen.

Ich rufe also Moritz an und frage ihn, ob er Lust hat, mit mir, meiner Mutter und meinen Schwestern zu meinen beiden Omas und meiner Großtante zu fahren, und das hat er augenblicklich: Die Gelegenheit, Pluvius eins auszuwischen, kann er sich nicht entgehen lassen.

Wie immer bin ich überwältigt von der Farbenvielfalt, als wir endlich vor Oma Penelopes Haus mit dem Vorgarten und den bunten Fenstern stehen: Das Doppelhaus ist grau auf der Nachbarsseite und lila auf der Seite meiner Oma. Auf den Fensterbrettern stehen verschieden große bunte Blumentöpfe, an der Hausmauer ranken sich Efeu und Wein empor.

Oma Penelope wohnt hier mit ihrer Mutter, also meiner Uroma. Und seit Kurzem auch mit Pandora.

Pandora ist... na ja, sie *war* eine außerordentlich begabte Zeitreisende, die überall hinspringen konnte, wo sie wollte. Seit der Sache mit der Zeitschleife allerdings ist sie ein wenig misstrauisch und glaubt, wir hätten sie in ein fremdes Land entführt. Ein Land mit Elektrizität und Autos, mit Farbfernsehern und Rasenmähern. Ein Land, das sie als Albtraum empfindet. Und wenn ich mich hier so umsehe, kann ich meine Großtante sogar ein kleines bisschen verstehen.

Ich hebe Aella aus dem Auto und trage sie an den vielen Puppenköpfen und Barbiebeinen vorbei, die meine Oma statt Gartenzwergen in den Beeten stecken hat. Erst im Flur lasse ich meine kleine Schwester herunter, ziehe ihr Jacke und Schuhe aus und stapfe mit ihr an der Hand durchs ganze Haus.

Moritz folgt uns dabei auf Schritt und Tritt. Mit einem hat Pluvius wirklich recht gehabt: Er lässt mich keine Sekunde aus den Augen. So wie ich Aella nicht unbeobachtet lasse.

Als es Zeit für den Kuchen wird, versammeln wir uns im Wohnzimmer und setzen uns an den großen Tisch. Alex und ich rechts und links von Pandora, Oma und Moritz uns gegenüber.

Mama nimmt Aella mit nach oben zu meiner Uroma, um ihr ein wenig Gesellschaft zu leisten. Meine Uroma findet dieses »Theater um das Burgfräulein« unerträglich und lässt sich kaum noch unten sehen. Allerdings konnte sie Pandora auch schon vor der Sache mit dem Gedächtnisverlust nicht ausstehen.

Oma Penelope schenkt Tee ein, hat zur Feier des Tages aber

auch Kaffee gekocht. Der ist so stark, dass ich drei Löffel Zucker reinrühre und so viel Milch, dass meine Tasse überschwappt. Aber egal, alles ist besser als Tee.

Pandora neben mir zieht angewidert die Nase kraus. »Eure Amme scheint bei Eurer Erziehung nicht die rechte Hand gehabt zu haben«, bemerkt sie und spreizt geziert ihren kleinen Finger ab, während sie die Teetasse zum Mund führt.

Als hätte sich ausgerechnet das Mittelalter durch besonders gute Tischmanieren ausgezeichnet! »Du hast im Gegensatz dazu recht schnell gelernt, wie man eine Teetasse hält, Tante Pandora«, erwidere ich spitz.

»Ihr sprecht wahr.« Pandora hält die Tasse hoch und betrachtet sie mit zusammengekniffenen Augen. »Ein Kunstwerk«, befindet sie. »Die dünnen Wände, die Bemalung... Ein Meister muss dies Gefäß geschaffen haben.«

»Gab es ganz günstig bei Woolworth«, lässt meine Oma sich vom anderen Ende des Tisches her vernehmen. »Nimm dir doch auch ein Stück Apfelkuchen, Pandora.«

Pandora seufzt. Sie kann es nicht leiden, sich ihr Essen selbst nehmen zu müssen. Anfänglich haben wir ihr den Gefallen getan und ihr die vollbeladenen Teller vorgesetzt. Als sie jedoch anfing, nach uns mit den Fingern zu schnipsen, haben wir es wieder sein lassen.

Da muss sie jetzt durch.

Pandora steht auf und streicht sich den langen Rock glatt. Sie ist groß und schlank und sage und schreibe erst sechsunddreißig Jahre alt: Die Zeitschleife hat sie gut konserviert. In Wahrheit ist sie nämlich Jahrgang neunzehnhundertzweiundzwanzig, wäre also im gleichen Alter wie meine Uroma. Doch davon sieht man ihrem blassen Gesicht mit den großen braunen Augen natürlich nichts an. Sie hat lange rote Locken, um die sie jedes Topmodel beneiden würde, die sie sich jedoch streng zu flechten und um den Kopf zu legen pflegt. Die paar Sommersprossen auf der Nase bekämpft sie erbittert mit Zitronensaft oder versucht, sie mit Gurkenscheiben auszubleichen. Was nur mäßig Erfolg hat, selbst wenn sie die Sonne meidet wie der sprichwörtliche Teufel das Weihwasser. Und das ist leider nicht die einzige Marotte, die sie aus dem Mittelalter mitgebracht hat...

Mit vor Anstrengung gefurchter Stirn und der Zunge zwischen den Lippen greift Pandora zum Tortenheber. Schiebt ihn langsam unter den Kuchen. Hebt das Stück so vorsichtig hoch, als könne es jederzeit von selbst herunterhüpfen. Lässt es über den Tisch schweben. Senkt es über ihren Teller und lässt es darauffallen, indem sie den Tortenheber seitlich abkippt.

Dann atmet sie aus und steckt den Tortenheber zurück.

»Gut gemacht, Tante Pandora«, lobt Alex.

Pandora erwidert nichts: Alex' verhältnismäßig kurze Haare machen sie in den Augen unserer Großtante überaus verdächtig. Und die schwarzen Klamotten hält sie für ein Zeichen ihres üblen Lebenswandels, also ignoriert sie Alex die meiste Zeit. Mama hat Alex überredet, wenigstens auf den Kajal zu verzichten, mit dem sie ihre Augen neuerdings immer dick umrandet: Am Anfang dachte Pandora nämlich, Alex sei der hauseigene Totengräber.

Ich betrachte das Kuchenstück, das es mit den Äpfeln nach unten und dem Boden zuoberst auf ihren Teller geschafft hat.

»Ja, das war wirklich eindrucksvoll.«

»Nicht wahr?« Pandora lächelt huldvoll auf mich herunter.

Allerdings macht sie keinerlei Anstalten, sich wieder hinzusetzen. Stattdessen faltet sie ergeben die Hände vor dem Bauch, als warte sie auf etwas.

Ich verdrehe die Augen. Das kann jetzt dauern. Also erhebe ich mich und stelle mich hinter sie, woraufhin Pandora ihren Rock glatt streicht und sich geziert auf ihren Stuhl sinken lässt, den ich ihr passgenau unterschiebe.

»Ariadne«, sagt Oma Penelope tadelnd.

Ich zucke mit den Schultern und setze mich ebenfalls wieder. Dieses vorwurfsvolle Vor-dem-Stuhl-Gestehe hält sie nötigenfalls ewig durch und dafür fehlen mir heute einfach die Nerven. Außerdem bin ich schon froh, dass wir alle nicht mehr bei Kerzenlicht um den Tisch herum sitzen müssen, weil Pandora lange Zeit glaubte, wir würden die Sonne in einer Glühbirne gefangen halten. Darüber konnte sie sich immer ziemlich aufregen.

»Und du? Du isst doch sicherlich auch noch ein Stück«, wendet sich Oma Penelope an Moritz.

Sofort richtet sich Pandoras Aufmerksamkeit auf ihn. Sie steht auf Moritz. Na ja, er sieht ja auch toll aus in seinem blauen Kapuzenpulli und dem Jackett darüber. Allerdings steht sie irgendwie auf alle männlichen Wesen, egal welchen Alters, weil sie die allesamt für Ritter hält. Und sie immer noch hofft, eines nicht allzu fernen Tages aus dieser unheimlichen, sonneneinsperrenden Welt gerettet zu werden. »Wo war doch noch gleich Euer Domizil?«, fragt sie, während sie sich mit den Fingern Stücke aus ihrem Apfelkuchen pflückt und sie sich in den Mund schiebt. Die Gabel ignoriert sie, wie gewöhnlich.

Moritz reicht meiner Oma den Teller. »Ich wohne im Hotel. Das sagte ich ja schon.«

Pandora runzelt die Stirn. »Das Haus, in dem viele Reisende weilen. Die Herberge.«

»Ja, genau. Die Herberge.«

»Denn Eure Burg ist was noch einmal? Abgebrannt?«

»Eher explodiert.« Zelos und seine Verbündeten hatten im vergangenen Sommer das Haus am Steinbruch in die Luft gesprengt, um zu verhindern, dass die Zeitkarte dort untergebracht werden konnte.

Pandora sieht ihn verständnislos an.

»Geschleift«, erklärt Alex, die von unserer Großtante weiter links liegen gelassen wird. Ihr mache das nichts, behauptet sie. Sowieso ist sie damit beschäftigt, unter dem Tisch Nachrichten in ihr Handy zu tippen.

Anstatt etwas zu erwidern, blickt Pandora enttäuscht auf ihren Teller. Mit einem Ritter, dessen Burg in Trümmern liegt, kann sie nicht viel anfangen.

»Und wie weit ist dein Vater mit dem Wiederaufbau?«, fragt Oma Penelope, während sie Moritz das zweite Stück Kuchen rüberreicht.

»Das Haus ist bald fertig. Anscheinend stimmte die Statik, also mussten sie nur die Vorderfront wieder aufbauen.«

»Dann bist du bestimmt froh, aus dem Hotel herauszukommen und wieder ein eigenes Zuhause zu haben.«

»Doch. Ja. Geht so.« Moritz zwinkert mir zu. Ich weiß genau, wie sehr er es genießt, ungestört zu sein: Seine Eltern wohnen nicht mal auf demselben Stockwerk.

Pandora schöpft wieder Hoffnung. »Dann ist Euer Vater edel?«

Das nun wieder ist ein Begriff, zu dem Moritz nicht viel einfällt. »Er ist Architekt«, erwidert er zögernd.

»Er baut das Haus aus seiner eigenen Hände Kraft?«

»Er lässt wohl eher bauen. Ich meine, er hat eine Firma beauftragt. Arbeiter und so ...«

»Also ist er edel.« Pandora nickt zufrieden. »Dachte ich es mir doch.« Mit ihren Fingerspitzen klaubt sie den restlichen Kuchen zusammen. »Und Eure Mutter? Ist sie von schöner Gestalt? Ist Euer Vater treu oder hat er eine Gespielin?«

Moritz wirft mir einen verzweifelten Blick zu.

Ich zucke mit den Schultern. Pandora will eben ihren Ritter, koste es, was es wolle. Uns bleibt nur die Hoffnung, dass sie so bald wie möglich ihr Gedächtnis zurückbekommt. Möglichst noch bevor sie uns alle in den Wahnsinn getrieben hat.

»Die ist echt anstrengend. Deine Großtante, meine ich.«

Moritz und ich sitzen im Flur unter der Garderobe, während Aella mit den Schuhen spielt. Sie versteckt Nüsse darin, holt sie wieder raus, versteckt sie wieder.

»Du wärst auch anstrengend, wenn du aus einer völlig anderen Zeit kämst und hier leben müsstest«, verteidige ich sie. »Sie kennt keine Autos mehr, keine Elektrizität, fließendes Wasser. Vor der Kaffeemaschine fürchtet sie sich fast zu Tode und uns hält sie wahlweise für Zauberer und Hexen oder so eine Art Alien.«

»Schon«, seufzt Moritz. »Aber trotzdem.« Er überlegt. »Denkst du, sie wird auch mal wieder... normal?«

»Du meinst, ob sie sich irgendwann wieder erinnern wird? Ich hoffe es. Aber so genau weiß das niemand.« Ich hoffe es allein schon für Pluvius, dem seine Mutter sicherlich fehlt. Nicht dass er sich groß an sie erinnern könnte: Er war erst vier Jahre alt, als sie verschwand.

Bis auf Aellas Geplapper wird es eine ganze Weile lang ruhig.

»Okay«, sagt Moritz mit einem Mal. »Was ist los?«

»Was soll denn los sein?«, frage ich und beobachte meine Schwester bei ihrem Spiel.

»Zum einen wirkst du völlig abwesend«, zählt Moritz auf. »Als würde dich etwas beschäftigen. Du achtest kaum auf mich, obwohl *du* es immerhin warst, die *mich* gefragt hat, ob ich mitkommen will. Und du bist ununterbrochen mit deiner Schwester zugange.«

Ich sehe ihm in die Augen. Habe ich schon erwähnt, dass Moritz unglaublich blaue Augen hat? Man kann in ihnen versinken und alles um sich herum vergessen. Normalerweise. Heute allerdings braucht es schon mehr als ein paar tiefgründige Augen, um mich Aella vergessen zu lassen.

»Ich hatte einen Traum«, erkläre ich und senke unwillkürlich meine Stimme. »Einen sehr realistischen Traum, in dem Aella entführt wird. Von einem Zeitreisenden. Und Pluvius hat heute Morgen ein Geräusch gehört, also ...« Ich zucke mit den Achseln.

»Das muss aber wirklich ein realistischer Traum gewesen sein.« Moritz zieht seinen Mund schief. Er bekommt dann immer dieses Grübchen, was süß aussieht.

»Der Traum war wahrscheinlich nur ein Traum, aber das Geräusch war da. Es war das Geräusch, das Pluvius früher immer gemacht hat, wenn er aufgetaucht ist.«

»Vielleicht ist er es? Sein älteres Ich?«

»Nein.« Wie gesagt ist Onkel Pluvius, der Großonkel, den ich gekannt hatte, gegangen, um seinem jüngeren Ich Platz zu machen. Er hat sich endgültig von mir verabschiedet.

Aus dem Wohnzimmer ist Lachen zu hören, die empörte Stimme von Pandora, die das Gelächter übertönt, dann wird es wieder ruhig. Es ist schwierig für sie. Eine fremde Zeit.

Ich muss mit einem Mal an eine andere Frau aus einer fremden Zeit denken, an die alte Frau im Rollstuhl. An ihre gelben, trüben Augen, die trotz ihres Alters durch mich hindurch zu sehen schienen, und ich schaudere. »Ich habe Angst, Moritz«, sage ich und lasse meinen Kopf auf seine Schulter sinken. Es ist schön, sich einfach einmal auszuruhen. Nicht allein zu sein mit meiner Sorge um... »Oh nein.« Ich richte mich wieder auf. Ich darf nicht nachlassen in meiner Aufmerksamkeit. Auf gar keinen Fall.

»Was ist?«, will Moritz wissen.

»Das war schon einmal der Grund. Ich meine, ich habe einmal nicht aufgepasst, als Pluvius und ich...« Ich stocke.

Moritz rückt prompt ein Stückchen von mir ab. »Was war mit dir und Pluvius?«

»Ich meine, ich und Pluvius, wir haben uns unterhalten. Und dabei ist sie verschwunden. Das war eine ähnliche Situation.«

»Eine ähnliche Unterhaltung wie diese eben?« Seine Stimme ist blankes Eis.

»Eine Ablenkung. Das habe ich gemeint. Ich habe mich ablenken lassen und schon war sie verschwunden. Das hat nur ein paar Sekunden gebraucht.«

»Schon gut«, sagt Moritz etwas versöhnlicher. »Sie ist ja noch da.« Er greift nach mir und so sitzen wir eine Weile, Hand in Hand, auch wenn das Schweigen zwischen uns immer schwerer zu werden scheint.

»Da seid ihr ja«, schreckt Alex' Stimme uns auf. »Hier ist es, das Liebespaar«, ruft sie in Richtung Wohnzimmer. »Wenn ihr fertig seid mit dem, was ihr hier tut, würde Mama gern aufbrechen.«

»Wir kommen schon«, sage ich und stehe rasch auf. Erleichtert lasse ich dabei Moritz' Hand los und greife nach der von Aella. »Nur noch heute«, flüstere ich Moritz zu. »Ich muss verhindern, dass ihr heute etwas passiert. Dann war es nur ein Traum.«

Moritz sieht mich ernst an. »Und morgen?«

»Morgen ist alles beim Alten.« Ich kann gar nicht wissen, wie recht ich damit haben soll.

Kapitel 5

Es ist noch dämmerig draußen, als ich aufwache. Ich drehe mich um und schiele nach meiner Uhr. Es ist viel zu früh, gerade einmal kurz nach halb sieben. Dann höre ich ein Schnüffeln.

»Rufus«, sage ich. »Du bist doch nicht schon wieder hier drin?« Habe ich gestern Abend nicht die Tür zugemacht?

Es ertönt wieder das altbekannte Kichern.

»Und du, Aella, mein Schatz, kannst du nicht mal jemand anderes wecken?«

Sie krabbelt auf mein Bett und spielt so lange mit meinem Haar, bis ich aufstehe.

»Schon gut, schon gut. Muss eh gleich aufstehen und zur Schule.« Auf der Hüfte trage ich sie nach unten und setze sie in ihr Stühlchen. Heute habe ich weder Lust auf Kakao noch darauf, danach die Küche putzen zu müssen, also gibt es eine kleine Schüssel Cornflakes für sie und eine große für mich.

Rufus streckt sich unter dem Küchentisch aus und seufzt vernehmlich. Es ist nichts zu hören außer der Küchenuhr und ab und zu einem Glucksen von Aella. Ich fühle mich schläfrig und gähne. Meine Füße werden kalt, also stelle ich sie auf den Stuhl neben mir.

Pluvius kommt herein, fertig angezogen und entnervend

wach. Hinter ihm drängelt sich Kaspar zur Tür herein. »So früh schon auf?«, fragt er. »Und das an einem Sonntag.«

Mir ist, als hätte man mich mit Eiswasser übergossen. »Montag«, verbessere ich ihn, während sich die Hunde stürmisch begrüßen. »Heute ist Montag. Gestern war Sonntag.« Und vorgestern übrigens auch.

»Mensch, bist du noch verschlafen«, grinst er und macht sich daran, Kaffee zu kochen. »Pfui! Aus! Raus hier, Kaspar. Und du auch, Rufus.«

Während er die Hunde hinausbugsiert, überschlagen sich meine Gedanken. Das kann doch nicht sein. Ich habe sie gerettet, oder? Aella ist gestern nicht entführt worden. Heißt das, das ganze Drama beginnt heute noch einmal von vorne? All das Aufgepasse und die Angst?

»Hast du das heute Morgen auch gehört?«, fragt Pluvius plötzlich, während er Kaffeepulver in den Filter schaufelt. »Da war ein Geräusch, ein leises Plopp oder so, von dem ich aufgewacht bin. Als hätte jemand eine Sektflasche geöffnet, aber leise. Gleichzeitig war dieses Geräusch so präsent, dass ich einen Augenblick geglaubt habe, mein Bett hätte gezittert.«

Oh nein. Bitte, bitte nicht.

Anstelle einer Antwort stehe ich auf und gehe zur Speisekammer. Ich hole tief Luft, dann reiße ich die Tür mit einem Ruck auf. Nein, dort drin ist niemand. Sicherheitshalber gehe ich noch hinein und taste in der Luft herum, aber es bleibt dabei: Die Kammer ist leer.

»Pluvius«, sage ich, kaum dass ich die Tür wieder geschlossen habe, »ich habe da ein Problem.«

»Welches denn?« Pluvius kommt um die Anrichte herum und setzt sich neben mich. Er beugt sich immer weiter vor, während ich erzähle, und zum Schluss nimmt er meine Hände. So wie Moritz gestern, fällt mir ein, aber ist das überhaupt wahr? Hat das denn stattgefunden?

»Das ist wie in diesem Film mit dem Murmeltier«, schließe ich meine Erzählung und höre selbst, wie verzweifelt meine Stimme klingt.

»Welchem Murmeltier?«

Ich vergesse immer wieder, dass er aus einer anderen Zeit kommt. »Ein Mann erlebt stets den gleichen Tag, wieder und wieder. Zum Schluss bringt er sich aus lauter Verzweiflung sogar um, mehrmals, aber das nützt nichts. Es ist immer und immer wieder Murmeltiertag.«

Pluvius runzelt die Stirn. »Nie gesehen«, sagt er. »Und wie geht der Film aus?«

»Er wird ein guter Mensch und macht alles richtig. Oh Gott, meinst du, ich muss auch ein guter Mensch werden? Ist es das?«

»Ich finde dich schon jetzt sehr in Ordnung«, lächelt Pluvius.

»Aber in Ordnung ist vielleicht nicht genug. In Ordnung reicht vielleicht nicht.«

»Ariadne«, Pluvius greift meine Hände fester, »jetzt keine Panik. Lass uns erst einmal in Ruhe nachdenken.«

Das Schöne an einer Familie voller Zeitreisender ist ja, dass sie einem sofort glauben, wenn man ihnen berichtet, dass man in ein und demselben Tag feststeckt.

Pluvius holt sich und mir einen Kaffee, den ich mir bis unter den Rand mit Milch und Zucker vollkleistere, und dann überlegen wir wieder und wieder, ziehen alle Möglichkeiten in Betracht, kurz: Wir denken nach, bis unsere Hirnrinde zwiebelt.

»Es kann nicht anders sein: Vielleicht ist Aella noch nicht

wirklich in Sicherheit. Vielleicht musst du noch besser auf sie aufpassen oder so. Und dann, wenn sie wirklich, wirklich gerettet ist, dann kann es weitergehen mit deinem Tag. Vielleicht ist es so.«

Es ist unsere beste Erklärung.

Also warten wir, bis der Rest der Familie aufgestanden ist, frühstücken gemeinsam und beschäftigen uns dann mit Aella (Bobo-Kassetten, Eisenbahnbau). Ich rufe Moritz an, obwohl Pluvius heute so gar nicht mehr dafür ist (»Das habe ich dir vorgeschlagen? Bist du dir sicher?«), wir fahren zu meiner Oma. Moritz und ich passen nicht in der Garderobe auf Aella auf, sondern im Garten. Zu Hause spielen wir weiter, ich bringe sie ins Bett und lese ihr vor. Da mir keine vernünftige Erklärung einfällt, warum ich mich im Zimmer meiner Schwester aufhalte, nachdem sie eingeschlafen ist, täusche ich Kopfschmerzen vor, sage allen Gute Nacht und schleiche mich dann zurück. Es ist perfekt: Der Tag, an dem ich perfekt auf meine Schwester aufgepasst habe. Es kann weitergehen mit meinem Leben.

Am nächsten Morgen ist es halb sieben, als ich aufwache, und Rufus hechelt mir ins Gesicht. Noch bevor ich Aella hören oder sehen kann, weiß ich, dass es nicht geklappt hat. Dass es vielleicht nie klappen wird. Ich bin gefangen in dem Tag, an dem ich die Entführung meiner Schwester vereiteln muss...

Es ist Sonntag. Mal wieder. Ich sitze mit Pluvius und Moritz in Pluvius' Zimmer und lasse Aella nicht aus den Augen. Auch mal wieder. Alex duscht, während meine Mutter den Frühstückstisch abräumt. Alle sind da, wo man sie erwartet:

Inzwischen kenne ich mich mit den Gewohnheiten meiner Familienmitglieder bestens aus.

Pluvius und Moritz haben mit ihren üblichen Sticheleien aufgehört und meinem Bericht aufmerksam zugehört, während Aella das unterste Bücherregal ausgeräumt hat.

»Und wie lange geht das jetzt schon, sagst du?«, will Moritz wissen. Der Mund steht ihm offen und seine Augen sind kreisrund.

»Vierzehn Tage.« Vierzehn Tage babysitten nonstop, und ehrlich, mittlerweile finde ich den Gedanken, dass Aella entführt werden könnte... War nur ein Scherz.

Moritz pfeift zwischen seinen Zähnen hindurch, Pluvius sieht mich entsetzt an. »Das ist ein ernsthaftes Problem«, sagt er.

»Ach wirklich. Und übrigens, Pluvius, falls dir etwas an diesem Globus liegt, solltest du ihn JETZT woanders hinstellen.«

Pluvius sieht verwirrt zu Aella, die mit einem schmalen Buch spielt.

»Das wird sie gleich werfen. Und erstaunlicherweise auch treffen.«

Pluvius steht auf und bringt seinen Globus in Sicherheit, während Aella das Büchlein danach wirft.

»Du meinst, du hast selbst das hier schon einmal erlebt?« Moritz macht eine ausladende Handbewegung. »Wir haben hier schon einmal zusammengesessen und uns beraten?«

»Viermal«, erwidere ich düster.

Pluvius lässt sich in den Sessel fallen. »Dann scheinen wir nicht besonders effektiv gewesen zu sein.«

»Nein, in der Tat«, pflichtet Moritz ihm bei. Er sieht richtig schuldbewusst aus.

»Wie weit sind wir denn bisher gekommen?« Pluvius beugt sich vor und stützt seine Unterarme auf den Knien auf.

»Es läuft eigentlich immer auf dasselbe hinaus: Ich muss es irgendwie hinbekommen, noch besser auf Aella aufzupassen. Es perfekt machen. Nur lasse ich sie inzwischen nicht eine Sekunde aus den Augen und ich kann mir nicht vorstellen, was ich noch tun kann. Und das habe ich euch auch schon gestern und vorgestern erzählt.«

»Ein Kreis«, bemerkt Moritz nachdenklich, übrigens auch wie gestern und, wenn ich mich nicht irre, vor drei Tagen.

»Wie sind wir auf die Idee gekommen, dass es mit dem Aufpassen zu tun hat? Dass du irgendwas perfektionieren musst?«, will Pluvius wissen.

Das ist auch nicht gerade originell. Ich gebe ihm zum vierzehnten Mal eine Zusammenfassung des »Murmeltierfilms« und schwöre mir insgeheim, mir den nie, nie wieder anzusehen.

»Gut«, sagt Pluvius, »gehen wir einmal völlig neue Wege. Vergesst als Erstes mal diesen Film.«

Das ist neu. Aber die letzten Tage hatten wir auch ständig neue Ideen und Einfälle, deswegen mache ich mir nicht allzu große Hoffnungen.

»Erzähl mir noch mal, was am allerersten Tag passiert ist. Dem Tag, den du als deinen Traum bezeichnest.«

Ich hole meine Aufzeichnungen aus der Tasche meiner Jeans. Ich habe alles aufgeschrieben, wie Pluvius mir am dritten oder vierten Tag geraten hat, damit ich kein noch so kleines Detail vergesse. Die Blätter sind mittlerweile recht zerknittert. Langsam lese ich noch einmal vor, wie wir Aella verloren haben, wie wir gesprungen sind, wie die alte Frau im

Rollstuhl aufgetaucht ist und ich mit ihr Tee getrunken habe. Als ich zu der Stelle komme, an der sie sich vorstellt, hebt Pluvius den Kopf.

»Noch mal. Was sagt sie genau? Den Wortlaut, meine ich. Ich bin der Sieg?«

»Ich glaube.« Ich sehe runter auf meine Aufzeichnungen. »Ich bin der Sieg, ja, das stimmt.«

»Sieg, Sieg. Ich bin der Sieg, ich heiße Sieg«, murmelt Pluvius. Moritz will etwas sagen, doch Pluvius hebt die Hand. »Warte noch, warte. Ich bin da auf etwas gestoßen, ich kann es nur noch nicht so richtig fassen. Die Bedeutung der Namen...« Er verstummt. Ich habe nicht den leisesten Schimmer, worauf er hinauswill. Dann blickt er hoch und seine blauen Augen blitzen. »Ich bin zunächst davon ausgegangen, dass sie damit meinte, dass sie siegen würde, über was auch immer. Dass sie ein bisschen verrückt ist.«

Ich nicke. »Ja klar. Du hättest sie mal dazu sehen sollen.«

Pluvius streicht sich über die Stirn, dann sieht er hoch. »Was aber, wenn sie Sieg *heißt?*«

Moritz und ich starren ihn an. Moritz, als wäre er sich nicht sicher, ob nicht auch Pluvius inzwischen völlig durchgeknallt ist, ich allerdings mit einer Spur Hoffnung. Das hier ist wirklich neu in unserer immer wiederkehrenden, endlosen Diskussion. Außerdem ist da etwas, eine leise Erinnerung, die anklopft. Ich würde sie ja hereinbitten, aber sie ist noch zu schüchtern.

Pluvius springt so plötzlich auf, dass ich zusammenfahre. Er sucht mit dem Finger die Bücherregale ab.

»Was suchst du denn?«

»Mythologie. Die Bedeutung der Namen.«

Die Bedeutung der Namen: Wir sind schon mehrmals darauf gestoßen. Kein Wunder, schließlich müssen wir uns alle mit mehr oder minder außergewöhnlichen Namen herumschlagen, die anscheinend alle etwas zu bedeuten haben oder in Verbindung miteinander stehen. Meine Schwestern und ich haben alle Namen, die mit A anfangen: Alexandra, Ariadne und Aella. Ebenfalls ungewöhnlich dürfte ja wohl der Name Pluvius sein, dessen Stiefgeschwister Penelope und Phorkys heißen.

Manchen Menschen fallen auf der Stelle Dinge ein, wenn sie unsere Namen hören: Ich bin sofort die mit dem Faden oder dem Labyrinth. Was mit dieser Geschichte aus dem alten Griechenland zusammenhängt, in der eine Königstochter dafür sorgt, dass ihr Geliebter mithilfe eines Wollknäuels wieder aus einem Labyrinth herausfindet. Ein Geliebter, der sie dafür auf einer einsamen Insel aussetzt. Selten blöde Geschichte also.

Darüber hinaus haben unsere Namen noch einen anderen Sinn als den, das Allgemeinwissen unserer Mitmenschen auf die Probe zu stellen. Mein Vater hat es erwähnt, meine Großmutter auch: Wir würden noch darauf stoßen, auf »die Bedeutung der Namen«, haben sie uns prophezeit.

»Nun sag schon, wonach du suchst«, mischt Moritz sich ein und zieht sein Handy aus der Tasche.

Pluvius blättert hektisch in einem Buch und murmelt: »Zelos«.

»Zelos?« Moritz und ich sehen ihn alarmiert an. So hieß der Sammler, der uns im Sommer so viel Ärger gemacht hat.

»Ja, Zelos. Ich suche danach, was sein Name zu bedeuten hat.«

»Wartet mal...« Da! Die Erinnerung klopft heftiger. Meine Mutter hat das auch nachgeschlagen, kurz nachdem Pluvius und ich von unserem Abenteuer im Hotel zurückgekehrt waren. »Zelos«, durchforste ich mein Gedächtnis. »Zelos hieß irgendwie Streber oder so...«

»Streber?« Pluvius sieht hoch. »Scheint mir nicht sehr wahrscheinlich zu sein.« Er blättert weiter.

»Das können wir doch googeln«, sagt Moritz und beginnt, in sein Handy zu tippen.

Ich sehe abwechselnd zu ihm und zu Pluvius und schließlich zu Aella, die sich auf einem von Pluvius' Pullovern zusammengerollt hat und uns schläfrig und mit ihrem Daumen im Mund beobachtet.

»Da, ich hab's«, ruft Moritz und liest vor: »Zelos ist in der griechischen Mythologie die Personifikation des eifrigen Strebers. Tatsächlich. Nein, Quatsch, warte: des eifrigen Strebens. Zelos ist Sohn, da fehlt wohl ein *der,* Zelos ist *der* Sohn des Titanen Pallas und der Styx, was immer das auch sein mag. Der Styx, das klingt vielleicht...«

»Weiter«, sagt Pluvius ungeduldig, das aufgeschlagene Buch noch in der Hand.

»Seine Geschwister sind Kratos, die Macht, Bia, die Gewalt und Nike...« Er sieht hoch.

»Nike«, fällt mir auf einmal ein, was meine Mutter vor ein paar Wochen vorgelesen hat. Warum habe ich nicht gleich daran gedacht? Wie konnte ich das nur vergessen? »Nike«, ergänze ich und schlucke, »ist der Sieg.«

Es ist schon merkwürdig, was Namen alles auslösen können. Inzwischen reicht der Name Nike völlig aus, um mir einen

Schauer über den Rücken zu jagen. Die Schwester von Zelos. Dem Mann, den wir vor gut dreieinhalb Monaten in ein Zeitparadox eingesperrt haben. Oder, um genau zu sein: Mein Vater hat das getan. Auf eine Art und Weise, die es ihm unmöglich macht, zurückzukehren und bei uns zu leben. Seit diesem Tag ist er ein Ausgestoßener. Seit diesem Tag versteckt er sich.

Nike. Der Sieg.

Sie sind zu viert. Vier Sammler, eine Familie, auch wenn ich nicht glaube, dass sie wirklich miteinander verwandt sind: Der Altersunterschied scheint mir doch zu groß. Ich nehme an, es ist ein Zusammenschluss, eine Art exklusiver Klub. Zelos einmal abgezogen, bleiben also noch drei Mitglieder: Kratos, ein bärtiger Riese, auf den ich im Mittelalter schon einmal gestoßen bin, seine Begleitung, die bleiche Bia, und Nike, die Alte im Rollstuhl. Auch sie habe ich schon vorher einmal gesehen, wenn auch nur kurz: Während Moritz und Pluvius sich mit einigen Mittelalterjungen eine Schlammschlacht lieferten, war sie am Spielfeldrand aufgetaucht. Damals konnte sie noch laufen.

»Ihr meint also, die Alte im Rollstuhl ist die Verbündete von Zelos?« Moritz pfeift durch die Zähne.

»Allerdings«, erwidere ich leise. Ich flüstere, um Aella nicht zu wecken. Sie ist gerade auf Pluvius' Pullover eingedöst. »Und die andere, die den Rollstuhl geschoben hat, muss Bia gewesen sein. Kein Wunder, dass sie ihren Schleier nicht abgelegt hat.«

Bias Gesicht kenne ich nämlich nur allzu genau: Alex, Papa und ich haben sie im Mittelalter in ein Burgverlies gesperrt. Ihr Kreischen habe ich immer noch im Ohr.

»Abgefahren.« Moritz sitzt auf der äußersten Kante des Sessels und hat sich so weit vorgebeugt, dass es aussieht, als könne er jeden Moment damit umkippen.

»Nike und Bia sind es. Sie haben Aella entführt«, füge ich hinzu und werfe meiner schlafenden Schwester einen Blick zu. Nach zwei Wochen Babysitten liebe ich sie am meisten, wenn sie schläft. Ich bin ständig so müde, dass ich mich augenblicklich danebenschmeißen könnte. Nicht jetzt, natürlich. Jetzt bin ich hellwach und so hoffnungsvoll wie seit Langem nicht mehr.

»Nike und Bia haben Aella entführt«, wiederholt Pluvius leise und spielt gedankenverloren mit der glatzköpfigen Puppe, die Aella »Baby« nennt und die sie überall mit hinschleppt. »Aber irgendetwas stimmt noch nicht. Irgendetwas übersehen wir.«

»Wieso?« Moritz und ich starren ihn an.

»Keine Ahnung. Was hast du vorhin noch mal gesagt, Moritz?«

»Was meinst du?«

»Irgendetwas mit einem Kreis...«

»Kam mir so vor. Etwas, das immer wieder von vorn losgeht.«

»Aber das tut es nicht wirklich, oder?« Pluvius starrt der Puppe in die Augen und die starrt zurück. Beide blinzeln nicht. »Es wiederholt sich nicht wirklich. Jeden Tag versucht Ariadne etwas anderes und jedes Mal gibt es eine kleine Änderung.«

»Die allerdings nichts bewirkt. Ich bin immer noch da, wo ich angefangen habe.« Ich lehne unbequem an einem der Bücherregale. Über mir drohen einige schwere Lexika wie Überhänge an einer steilen Gebirgswand herunterzustürzen und mich zu erschlagen.

«Aber warum, verdammt noch mal?« Pluvius hat so laut gesprochen, dass Aella seufzt und halb die Augen öffnet.

»Pscht«, machen Moritz und ich gleichzeitig und mit angehaltenem Atem warten wir, bis ihre Augen wieder zufallen.

Ich werfe dazu noch einen raschen Blick nach oben zu den Büchern.

»Warum haben sie Aella entführt?«, fragt Pluvius ein wenig leiser. »Sie nützt ihnen doch gar nichts. Ich meine, sie könnten doch einfach ein Erpresserschreiben dalassen. Rückt die Zeitkarte raus oder ihr seht die Kleine nie wieder oder so. Aber nein, sie entführen sie und lassen dich diesen Tag wieder und wieder…« Er stockt.

Moritz und ich starren ihn an.

»Was denn?«, will Moritz wissen.

»Der Zettel«, sagt Pluvius langsam, sehr langsam. »Du hast doch diesen Zettel, auf dem alles steht, was am allerersten Tag passiert ist. Dem Tag, an dem wir angeblich ins neunzehnte Jahrhundert gesprungen sind.«

»Nicht nur angeblich.« Ich kippe leicht nach rechts, um ihn aus der hinteren Hosentasche zu ziehen, und halte ihn hoch.

»Warum hast du dir das aufgeschrieben?«

»Was?«

»Nun, ich denke, das ist doch gerade erst passiert? Warum musst du dir das aufschreiben?«

Ich stecke den Zettel wieder zurück. »Zum einen hast du mir das geraten…«

»Klug von mir«, unterbricht Pluvius, worauf Moritz leise schnaubt.

»Zum anderen liegt es irgendwie schon weiter zurück. Ich meine, auch wenn irgendwie immer noch der gleiche Tag ist, ist das alles für mich schon mehr als vierzehn Tage her und inzwischen irgendwie unwirklich, so ... so *vergangen*.«

Pluvius nickt. »Siehst du? Das habe ich gemeint. Du bist dabei, es zu vergessen. Und das ist genau das, was sie erreichen will.«

»Was denn vergessen?«

»Alles.« Mein jugendlicher Großonkel schüttelt den Kopf. »Das ist einfach genial. Richtig teuflisch ist das.«

»Kannst du mal aufhören, uns zuzutexten, und endlich zur Sache kommen?«, verliert Moritz die Geduld.

»Zuzutexten? Gibt's das echt oder denkst du dir diese Begriffe eigentlich aus?«

»Ich denke mir hier gar nichts aus. Ich finde nur, du solltest langsam mal zum Punkt kommen.«

»Würde ich ja. Aber leider brauche ich die ganzen Erklärungen, damit auch dein Spatzenhirn...«

Aella gähnt und die beiden hören augenblicklich auf zu streiten. Ich habe den starken Verdacht, dass sie auch nicht mehr so scharf auf das ununterbrochene Eisenbahnbauen und die Bobo-Kassetten sind – selbst wenn sie sich nicht mehr daran erinnern. Fast schon ängstlich starren sie Aella an, die ungerührt weiterschläft.

Dann reibt Pluvius sich die Stirn. »Denkt an meine Mutter«, sagt er und sieht mit einem Mal traurig aus. Ist ja auch kein Wunder.

Nach der langen Zeit, die sie im Mittelalter auf einer Burg und an einem einzigen Tag gefangen war, hat Pandora jegliche Erinnerung an ihre Vergangenheit als Zeitreisende wie auch an ihre Jahrhunderte entfernt liegende Gegenwart verloren.

»Du meinst«, ich muss schlucken, »du meinst, Nike hat mir eine Falle gestellt? Sie will, dass ich diesen Tag wieder und wieder erlebe, damit ich vergesse?«

Pluvius nickt ernst. »Sie hat eine Zeitschleife ausgelegt. Und du hast dich dadrin verfangen.«

»Und jetzt?« Wir drei sehen uns ratlos an.

»Jetzt«, erwidert Pluvius, »müssen wir dich da rausholen.«

Moritz nickt finster. »Entweder das, oder du solltest dir schon mal aufschreiben, wer du eigentlich bist. Und vor allen Dingen: wann!«

Kapitel 6

Kommt gar nicht infrage.« Wir sind nach draußen auf die Veranda gegangen, um uns zu streiten. Aella isst ihr Abendbrot und sieht Sandmännchen, Alex leistet ihr Gesellschaft. Ich habe meiner Schwester ans Herz gelegt, sie auf keinen, auf gar keinen Fall allein zu lassen, und sie war zwar genervt, hat aber schließlich eingewilligt.

»Ich lasse Aella nicht noch mal entführen.«

»Tja«, sagt Pluvius, »dann kannst du hier rumhängen bis zum Sankt-Nimmerleins-Tag.«

»Zum was?«, fragt Moritz.

Pluvius wirft ihm einen eisigen Blick zu. »Ewig.«

»Das ist doch völlig hirnrissig.« Ich reibe mir die Stirn. »Du verlangst von mir, dass ich meine Schwester entführen lasse, obwohl ich weiß, was passieren wird? Das will diese Nike doch.«

»Nein, das will sie eben nicht«, widerspricht Pluvius. »Nike will *dich* festsetzen. Sie entführt Aella nur zum Schein: Wahrscheinlich nimmt sie sie gar nicht mit. Versteckt sie nur irgendwo. Sie weiß, dass du die Zeitkarte brauchst, um deine Schwester aufzuspüren. Und die ist bei deinem Vater im Mittelalter. Da musst du also hinspringen. Es gelingt ihr irgendwie, den Zeittunnel umzulenken, und du landest statt im Mittelalter im neunzehnten Jahrhundert. Dort braucht sie nur noch auf dich zu warten. Sie betäubt dich und schickt dich in der Zeit zurück, aber nur so weit, dass du den Tag, an dem deine Schwester entführt wird, wieder und wieder erlebst. Sie weiß, dass du alles tun wirst, um deine Schwester vor den Entführern zu retten. Und solange du das tust, wird sich der Tag immer gleich abspielen. Das ist wie eine Falle aus Zeit. Außer...«

»Außer ich lasse meine Schwester vor meinen Augen entführen.«

»Außer du profitierst von deinem Wissen und drehst den Spieß um. Ja, du lässt es zu, dass deine Schwester entführt wird. Denn nur so kannst du noch mal durch den umgelenkten Zeittunnel springen. Und diese Nike überrumpeln.«

Bleibt die Frage, warum Nike mich überhaupt festsetzen will. »Sie will doch eigentlich die Karte. Was nützt es ihr, wenn ich irgendwo festsitze und nicht mehr weiß, wann ich bin?«

Pluvius reibt sich die Stirn. »Vielleicht will sie dich erst aus dem Weg räumen, bevor sie sich der Karte widmet. Vielleicht will sie sich auch nur rächen, was weiß ich.«

Ich schüttele langsam den Kopf. Irgendetwas stimmt nicht. Irgendetwas übersehen wir und ich kann Aella dieser Gefahr unmöglich aussetzen. Das bringe ich einfach nicht übers Herz.

»Dir bleibt kein anderer Ausweg«, versucht jetzt auch Moritz, mich zu überzeugen. »Du fängst schon an zu vergessen. Dabei ist die Zeitschleife gerade mal zwei Wochen alt.« Seine Stimme klingt besorgt.

Kein Wunder eigentlich. Ich bin auch besorgt, und wie.

»Und dieses Mal lassen wir dich nicht allein da runter gehen. Wir bleiben bei dir.«

Zu meinem und seinem offensichtlichen Erstaunen nickt Pluvius. »Ja. Ich werde noch geschwächt sein durch den Sprung. Aber wir sind zu dritt. Zu dritt gegen Nike und Bia. Wir holen dich da raus. Einer für alle ...«

»Ja, ja, schon gut.« Auf die Liste der Filme, die ich mir niemals mehr ansehe, kommt auch noch diese Musketiersache.

Und jetzt muss ich Aella im Stich lassen. Alles noch einmal erleben, das Entsetzen meiner Mutter, die Trauer meiner Schwester, die unausgesprochenen Vorwürfe ...

»Ich weiß nicht, ob ich das kann«, sage ich. Schon jetzt steigen mir Tränen in die Augen.

Pluvius stellt sich vor mich und nimmt mein Gesicht in beide Hände. »Sieh mich an, Ariadne, komm, sieh mir in die Augen. Du kannst das, hörst du? Wir stehen das durch. Gemeinsam.«

»Alle für einen«, bekräftigt Moritz hinter seinem Rücken. »Und jetzt nimm die Hände von meiner Freundin.«

Sonntagmorgen, kurz nach halb sieben. Ich lasse mich von Aella und Rufus wecken und nehme mir Zeit, noch ein wenig mit meiner unsichtbaren Schwester zu kuscheln. Dann erst stehe ich auf und mache mich fertig.

»Möchtest du einen Kakao, Aella, mein Schatz?«, frage ich und komme mir vor wie eine Mörderin.

Wir haben das mehrfach durchgesprochen, Pluvius, Moritz und ich, und schon zweimal habe ich es nicht geschafft. Das heute ist der dritte Anlauf.

Ich trage Aella hinunter in die Küche und mansche mit ihr einen Kakao zusammen. Rufus leckt Milch vom Boden auf. Mein Herz ist schwer. Ich rieche an ihrem Haar, während Aella Kakaopulver auf der Anrichte verteilt, und gebe ihr ein Küsschen, als sie mit dem Rührbesen herumfuhrwerkt. Dann setze ich sie in ihren Kinderstuhl und schnalle sie an.

»Hier sieht es ja aus wie nach einer Kakaoschlacht«, sagt Pluvius, der wie immer von nichts weiß. Er kommt mit Kaspar herein und sucht sich als Erstes eine Tasse. »Hast du das auch gehört?«

»Dieses Geräusch, ein leises Plopp, als hätte man eine Sektflasche geöffnet, und dein Bett hat leicht gezittert?«

Erstaunt dreht Pluvius sich um. »Genau das wollte ich sagen.«

»Schmeiß die Hunde aus der Küche, nimm dir was zu trinken und setz dich. Du musst dir etwas ansehen.« Wie jeden Morgen muss ich ihn erst auf den neusten Stand bringen.

Pluvius nimmt gehorsam Platz, vergisst den Kakao jedoch schnell, als er die eng beschriebenen Blätter liest, die ich ihm gegeben habe.

Ich tausche seine Tasse mit dem leeren Becher von Aella, die sich glücklich darüber hermacht.

»Was? Aber das ist doch... Das kann doch nicht...« Pluvius blickt hoch und seine schönen braunen Augen sind rund vor Erstaunen.

»Und jetzt«, sage ich und versuche, nicht zu weinen, »muss ich das Schwierigste tun: Es geschehen lassen.«

»Ja, klar«, stammelt Pluvius. Er sieht wieder runter auf die Zettel. Ich habe alles aufgeschrieben, alles, weil ich beabsichtige, die Blätter meiner Mutter zu hinterlassen, nachdem wir weg sind: Würde ich ihr vorher die Wahrheit sagen, würde sie mich sicher nicht gehen lassen. Außerdem habe ich Pluvius und Moritz darunter unterschreiben lassen, damit sie mir schneller glauben. Bei Pluvius hatte ich damit die letzten zwei Wochen zwar keine Schwierigkeiten, aber Moritz ist manchmal ein wenig widerborstig. Vor allem, wenn Pluvius ihn vorher geärgert hat.

»Und jetzt?«, fragt Pluvius, »was soll ich tun?«

»Du gehst jetzt normalerweise raus und durchsuchst das Haus. Steht ja da. Das musst du meiner Mutter nachher glaubhaft schildern, also solltest du es auch tun. Warte auf mich im Wohnzimmer. Und lies dir die Blätter noch einmal durch.«

»Äh ja, ist gut.« Pluvius steht auf und reibt sich die Stirn. »Aber das können wir doch nicht..., ich meine, das ist doch...«

»Jetzt mach es mir nicht noch schwerer. Das ist immerhin *dein* brillanter Plan.«

Pluvius nickt, sieht noch einmal zu Aella und verlässt dann die Küche.

»Und ich, mein Schatz«, sage ich und drücke meiner kleinen Schwester einen Kuss auf die Wange, den sie sich entschlossen mit dem Handrücken abwischt, »ich räume jetzt kurz die Küche auf. Dir wird nichts passieren, hörst du? Ich bin gleich wieder bei dir.«

Mit zitternden Knien nehme ich meine Tasse und Aellas Becher und stelle sie in die Spüle, dann mache ich mich langsam, wie in Trance, daran, die Anrichte abzuwischen. Mir ist übel, irgendwann laufen mir Tränen über die Wangen, die ich nicht abwische. Es ist ruhig, nur das Glucksen und Gebrabbel von Aella ist zu hören, die Küchenuhr tickt. Als ich den Topf abgetrocknet habe, höre ich, wie der Löffel herunterfällt und Pluvius' Tasse auf den Fliesen zu Bruch geht. Ich stelle den Topf in den Schrank und gehe los, um meine Mutter zu holen.

Es hat dann doch etwas gedauert, Moritz alles zu erklären. Er hat sich meine Aufzeichnungen mehrmals durchgelesen. Dann mussten wir drei uns noch die Biedermeierklamotten raussuchen, was meiner Mutter nicht auffällt.

Alex aber schon. Sie ist zwar nicht eingeweiht, aber eine genaue Beobachterin. »Könnt ihr mir mal sagen, was das werden soll?« Wie unsere Mutter geht sie davon aus, dass wir ins Mittelalter springen, um unseren Vater zu holen. Sie zieht rasch die Verandatür hinter sich zu, damit die Hunde nicht hinauslaufen.

»Was denn?«, frage ich, während ich die Schnalle an meinem Schuh schließe. Ich richte mich auf und lasse den langen Rock sinken.

»Eure Aufmachung.« Alex zeigt erst auf meine Bluse, dann auf Pluvius, der noch mit seinem Frack kämpft, schließlich auf Moritz.

Im Kleiderschrank, den Onkel Pluvius uns hinterlassen hat, finden sich zwar eine Menge Klamotten aus verschiedenen Zeiten, aber ins neunzehnte Jahrhundert scheint er nicht oft gereist zu sein. Für Pluvius haben wir einen Frack gefunden, der in etwa den Gehröcken der Männer aus dem Park gleicht, dazu trägt er eine schmal geschnittene Stoffhose. Einen Zylinder konnten wir nirgends auftreiben, dafür aber Tücher, von denen er sich eins um den Hals geknotet hat.

Bei Moritz muss ein Jackett reichen, dafür hat er ein Hemd meines Vaters an, dessen Kragen wir mit einem Tuch hochgebunden haben. Er trägt ebenfalls eine Stoffhose von Onkel Pluvius und hat sich mit Mamas Augenbrauenstift lange Koteletten gemalt.

Ich habe zu meinem ursprünglichen Mittelalterrock eine

Bluse mit Puffärmeln gefunden, die bei meiner Mutter im Schrank vergraben war. Gleich neben einer coolen Lederhose mit Schlag, die ich mir gemerkt habe. Vielleicht reisen wir ja noch mal in die Sixties.

»Im Mittelalter scheint sich eine Menge getan zu haben, seit ich das letzte Mal da war«, beäugt meine Schwester mich misstrauisch.

Ich nicke. »Allerdings.«

Alex sieht nicht so aus, als würde sie sich so leicht abspeisen lassen. Sie dreht sich um und macht den Mund auf, um nach unserer Mutter zu rufen, und ich greife rasch nach ihrer Hand.

»Nein, nicht.« Ich ziehe sie zum Rand der Veranda. Nachdem ich mich mit einem kurzen Blick vergewissert habe, dass unsere Mutter auch ganz sicher nicht in der Nähe ist, gestehe ich flüsternd: »Wir reisen nicht ins Mittelalter, du hast recht. Wir reisen in die Zeit um achtzehnhundertdreißig oder so. Ich habe alles in einem Brief erklärt, den ich euch hinterlassen habe. Aber du darfst Mama nichts sagen. Noch nicht. Du musst mir vertrauen, Alex.«

Alex sieht erst unsicher zu Pluvius, der mit den Schultern zuckt, und dann zu Moritz, der sagt: »Mich darfst du nicht fragen. Ich hab immer noch nicht kapiert, was ich hier eigentlich mache.«

»Achtzehnhundertdreißig?«, fragt Alex nach.

»Ungefähr.« Ich nicke. »Der Tunnel zu Papa endet da. Ich weiß nicht, warum, aber wir werden es herausfinden. Bitte, Alex.« Ich drücke ihre Hand.

Meine Schwester seufzt. Dann nickt sie. Sie drückt meine Hand zurück und lässt mich los. »Passt bloß auf euch auf«, sagt sie. Ihre Stimme klingt belegt und sie räuspert einen Frosch weg. Dann dreht sie sich abrupt um und geht ins Haus zurück. Die Tür schließt sich.

»Es kann losgehen«, verkünde ich und greife mit der linken Hand nach Pluvius, mit der rechten nach Moritz.

»Wie im Kindergarten«, seufzt der, schließt aber die Augen. Pluvius behält seine offen. »An deine Mutter denken, den Tunnel...«

»Ich weiß, ich weiß.« Ich schließe ebenfalls die Augen und denke an das Bild meiner Mutter vor einem Tunnel, der ins Nichts führt. In den lasse ich mich fallen.

In der Höhle ist es dämmerig. Der Boden ist matschig und voller Pfützen, es riecht nach Feuchtigkeit und Schimmel und von irgendwoher kommt das Geräusch tropfenden Wassers.

Pluvius sagt, es ginge ihm gut, obwohl ich das Gefühl habe, dass er uns etwas vorspielt.

Moritz tastet sich zum Eingang der Höhle vor. »Wir waren schon einmal hier, sagst du?«

»Na ja, wie man's nimmt.« Ich folge ihm. »In meiner Erinnerung schon. Da dieser Tag aber immer wieder stattfindet, ist es für euch also neu.«

Pluvius tritt neben uns. Er ist noch ein wenig kurzatmig. »Sagtest du..., sagtest du nicht etwas... von einem Schloss?«

»Das kann man von hier aus nicht sehen. Wir müssen erst runtergehen zu dem Teich.« Ich zeige in die Mitte des riesigen Parks auf den Ententeich.

»Tatsächlich.« Moritz pfeift durch die Zähne. »Da ist tatsächlich ein Teich.«

»Zu dem müssen wir jetzt runter. Und denkt daran: langsam

gehen. Und«, ich muss an eine Bemerkung denken, die mein Vater darüber gemacht hat, wie leicht Menschen der Neuzeit am Gang zu erkennen sind, »nicht mit den Hüften wackeln.«

»Mit den Hüften wackeln, mit den Hüften wackeln.« Moritz kann sich gar nicht mehr beruhigen. »Wer wackelt denn hier mit den Hüften?«

»Pscht«, mache ich, als uns ein Zylindermann und eine Dame mit Sonnenschirm entgegenkommen. Die Dame neigt leicht den Kopf, als sie vorübergehen, und ich mache es ihr nach.

»Ich wackele bestimmt nicht. Mit nichts«, fährt Moritz fort, kaum sind sie außer Hörweite.

»Würdest du jetzt endlich aufhören damit?«, schimpfe ich. »Wackeln ist vielleicht der falsche Ausdruck. Aber moderne Menschen gehen einfach..., also, moderner eben. Du siehst doch, wie steif sich hier alle bewegen.«

»Kein Wunder«, mischt sich Pluvius ein, der mit einem Finger versucht, den Knoten an seinem Hals zu lockern. »Wahrscheinlich wollen sie Luft sparen.«

»Ja, es ist wirklich atemraubend«, pflichtet Moritz ihm bei, der das Kinn ebenfalls unnatürlich hoch hält.

Ich werfe beiden einen raschen Blick zu. Diese Einigkeit zwischen beiden macht mich immer viel nervöser als ihre ständigen Sticheleien. Als sie sich das letzte Mal verbündet haben, folgte kurz darauf eine Schlacht mit einer Horde Mittelalterjungen, bei der sie um ein Haar massakriert worden wären.

Wir kommen zu dem flachen, großen Teich, auf dem noch immer die Enten schwimmen. Es riecht muffig, gedämpfte

Stimmen sind zu hören. Gouvernanten beaufsichtigen fast geräuschlos spielende Kinder. Aus einer Art Schubkarre glotzt uns ein Baby an. In der Mitte des Teiches thront das große, dreistöckige Entenhaus mit dem Willkommensschild.

»Und jetzt?«, fragt Pluvius. Schweiß steht ihm auf der Stirn und ich hoffe, dass das von der Hitze herrührt. Es ist in der Tat recht warm. Die Sonne scheint und unter unseren Füßen knirscht der Kies.

»Jetzt müsste eigentlich etwas passieren«, erwidere ich. Nike auftauchen. Bia. Aber das tun sie nicht. Alles ist wie vorher: Der Teich, die Spaziergänger, die Kinder. Alles haargenau so, wie ich es vor über zwei Wochen erlebt habe. Vor einer Zeit, die es nicht gab. Also habe ich es auch noch nicht erlebt. Somit kann alles passieren, oder?

»Wir sollten zum Schloss gehen«, beschließe ich, als niemand auftaucht und wir durch unser ›unauffälliges‹ Herumstehen schon genug Aufmerksamkeit erregt haben. »Da entlang.«

Wir folgen dem Kiesweg, über den ich damals den schweren Rollstuhl geschoben habe. Wir müssen um eine große Rhododendronhecke herum, diesen Weg hier gehen und dann...

Ich bleibe wie angewurzelt stehen.

Moritz und Pluvius stellen sich neben mich.

»Ist das..., ist das das Schloss?«, fragt Pluvius, leicht außer Atem.

»Das ist doch kein Schloss«, stellt Moritz fest und schnaubt.

In der Tat ist das ehemals imposante Schloss nicht mehr als eine Anhäufung von Steinen. Die Türme sind eingefallen, die Fenster dunkle Höhlen. Die Freitreppe ist auf der linken Seite eingestürzt, auf der rechten Seite ragt noch ein Rest davon wie ein abgebrochener Zahnstumpf empor. Eine Veranda gibt es nicht mehr.

»Das ist..., das ist...« Ich starre auf das abgedeckte Dach, durch das Tauben aufsteigen.

»Eine Ruine«, ergänzt Moritz.

»Wo war es genau, wo du Tee getrunken hast?«, fragt Pluvius.

»Dort, an der Seite. Unter der Treppe. Da war der Eingang...« Ich verstumme.

Von der Eingangshalle ist nicht mehr viel übrig. Die schwarzen und weißen Fliesen sind zerbrochen, zwischen manchen wächst Unkraut. Scherben liegen überall auf dem Boden. In einer Nische steht ein verwaister Sockel. Von den Resten des Dachstuhls, die schwarz und verkohlt in den nackten Himmel ragen, ist das Flattern der Tauben zu hören.

»Wir waren in diesem Zimmer.« Ich zeige mit zitterndem Finger nach links zu einem leeren Türrahmen.

»Sollen wir nachsehen gehen?«, fragt Moritz.

Pluvius wirft einen Blick nach oben. »Viel zu gefährlich.«

Es müsste möglich sein, von außen in die Bibliothek zu gelangen. Also steigen wir über die Trümmer zurück zum Treppenrest und gehen um die stark beschädigte Außenmauer herum. Endlich stehen wir in dem Teil, der einmal die Bibliothek war.

»Regale voller Bücher standen hier, es müssen Hunderte gewesen sein. Braune, lederne Bände überall. Es hingen Gardinen an den Fenstern, ein Globus stand in der Ecke«, erzähle ich fassungslos und sehe mich in dem Trümmerfeld um. Der Kamin ist noch da. Und nicht nur das: Er sieht relativ unbeschädigt aus. Ohne auf Pluvius' Warnung zu achten, klettere ich über die kleine Mauer, die von der Fensterseite übrig geblieben ist, in den Raum. Auch hier fehlt das Dach und überall wächst Unkraut. In den Ecken haben sich Pfützen gesammelt, weiter oben an den Wänden klebt Ruß.

Der Kaminsims ist noch intakt. Dreck und Zweige liegen darauf und ich wische sie weg. Hier stand die Uhr, die große Uhr mit dem Pendel. Ein Pendel. Eine Uhr...

»Komm da weg, Ariadne«, ruft Pluvius mir zu.

»Ja, gleich«, erwidere ich. Das erinnert mich an etwas, aber ich kriege es nicht zu fassen. Die Blumenuhr stand hier. Ich kann sie fast vor mir sehen. Da stand etwas auf der Uhr, etwas Lateinisches. Ja, jetzt erinnere ich mich. Na ja, so ungefähr, zumindest: Cessirgendwas causa cesspunktpunktpunkt effectus. Das stand da. »Cess causa cess effectus«, wiederhole ich mit geschlossenen Augen.

»Was?«, kommt es von der Tür her.

»Cess causa cess effectus. Das ist nicht ganz richtig, ich weiß.« Ich drehe mich um zu den Jungs. »Hat einer von euch beiden Latein in der Schule?«

»Ich«, sagt Pluvius.

»Wie könnte es auch anders sein«, ätzt Moritz.

»Also«, ignoriere ich ihn, »was heißt cess causa cess effectus?«

Pluvius reibt sich die Stirn. »Cessare heißt aufhören, unterlassen, es an etwas fehlen lassen, soweit ich mich erinnere. Causa ist die Ursache, effectus die Wirkung. Endet die Ursache, endet die Wirkung. So in der Art.«

»Wie kommst du darauf?«, will Moritz wissen.

»Das stand hier, hier auf der Uhr.« Ich zeige auf den Kaminsims.

»Und? Ist das wichtig?«

Endet die Ursache, endet die Wirkung. »Ich weiß es nicht«, erwidere ich. Ich weiß nur, dass die Ursache in sich zusammengefallen ist. Und die Wirkung hoffentlich zu Hause auf uns wartet.

Cessante causa cessat effectus. Fällt die Ursache fort, entfällt auch die Wirkung: Ich hab im Internet nachgesehen, wie es richtig heißt, kaum waren wir wieder zu Hause. Das heißt, nachdem ich ausgiebig mit Aella geschmust und sie fast erdrückt habe.

Ja, Aella ist wieder da: Pluvius hat recht behalten. Sie kam aus der Speisekammer gekrabbelt, nicht einmal drei Minuten, nachdem wir weg waren.

»Wir haben sie übersehen. Sie hat sich unsichtbar gemacht und dadrin versteckt«, sagt Alex. Ihre hellblauen Augen strahlen.

»Nein, hat sie nicht«, erwidere ich und betrachte meine kleine Schwester zärtlich.

»Nein, hat sie nicht«, gesteht Alex sich ein, während ihr Blick für einen Moment zu den Blättern wandert, die vor ihr liegen. »Aber hättest du das nicht aufgeschrieben, das alles, hätte es so sein können. Es passte irgendwie perfekt ineinander. Als sei nie etwas geschehen.«

»Soll es wohl auch«, mischt Pluvius sich ein. Er hat bislang noch nicht viel gesagt und sieht immer noch grün aus im Gesicht.

Dieses Mal hat der Sprung zurück in unsere Zeit allerdings auch einen Effekt auf Moritz gehabt: Er hat aus Neugier seine Augen nicht geschlossen und jetzt fürchterliche Kopfschmerzen. Pluvius und ich mussten ihn zum Hotel bringen, in dem er wohnt, und seiner Mutter Bescheid sagen. ›Gestürzt‹, konnte er noch murmeln, bevor uns seine Mutter aus dem Zimmer schickte.

Wer oder was gestürzt ist, war nicht zu verstehen. Ich werde ihn noch ein wenig ausruhen lassen und ihn nachher anrufen, um mich danach zu erkundigen. Sowie es ihm besser geht.

»Was ist mit Mama? Ist sie oben?«, frage ich meine Schwester.

»Allerdings.« Alex nickt. »Nach der ganzen Aufregung um Aella wollte sie sich ein wenig hinlegen, bevor wir losfahren.«

Stimmt ja. Sonntag. Unser was-weiß-ich-wie-vielter Besuch bei meiner Oma. Ehrlich, ich kann Apfelkuchen inzwischen kaum noch sehen. Aber es ist auch Normalität. Und davon wiederum kann ich gar nicht genug bekommen.

»Es ist noch nicht vorbei«, sagt Pluvius in diesem Augenblick, als hätte er meine Gedanken gehört. Er reibt sich die Stirn. »Bias und Nikes Plan ist zwar nicht aufgegangen, aber wir müssen uns dennoch fragen, wie sie hergekommen sind, um Aella zu entführen.«

Alex und ich sehen uns an.

»Die Sammler kennen den Weg hierher. Sie wissen, wo du bist«, führt Pluvius seinen Gedanken weiter.

»Das wissen sie doch schon seit Zelos«, werfe ich ein. Der untersetzte Mann mit Monokel und Hakennase hatte schließlich schon bei uns im Flur gestanden.

»Bleibt die Frage, wie sie so schnell an Aella herankommen konnten«, beharrt Pluvius.

Gut, dass meine Mutter das nicht hört: Ich will nicht, dass sie von den Sammlern weiß, die hinter mir her sind. Sie hat schon genug mit einer unsichtbaren Zweijährigen um die Ohren. Dazu hat sie noch zwei Riesenhunde zu versorgen, einen jugendlichen Onkel als Mitbewohner und eine verwirrte Großtante, um die sie sich sorgt. Nicht zu vergessen einen Mann, der irgendwo im Mittelalter... Moment mal. Ich richte mich kerzengerade in meinem Sessel auf. Ein eisiger Schauer läuft mir über den Rücken und mein Herz beginnt, wie wild zu rasen.

»Papa«, sage ich mit erstickter Stimme. Unwillkürlich streiche ich über die Holzperle an meinem Handgelenk. »Den haben wir ja völlig vergessen.«

»Was ist mit ihm?« Alex streichelt Kaspar, der hechelnd neben dem Couchtisch sitzt und es stoisch erträgt, dass Aella auf ihm herumklettert.

»Ja«, pflichtet Pluvius ihr bei, »was soll mit ihm sein? Wir brauchen die Zeitkarte doch nicht mehr.«

»Das meine ich nicht. Ich meine den Tunnel! Was, wenn er gar nicht von Bia und Nike abgezweigt wurde? Du hast doch selbst gesagt, dass du keine Abzweigung gesehen hast.«

»Habe ich das?« Pluvius schüttelt zögernd den Kopf. »Nein, eine Abzweigung war in der Tat nicht zu erkennen.«

»Das ist es. Das ist es, was Moritz gemeint hat. Nicht irgendjemand ist gestürzt, der Tunnel ist es. Er ist eingestürzt.« Ich blicke panisch zu Pluvius.

Der begreift. »Der Tunnel«, nun richtet auch er sich auf, »endet irgendwann im neunzehnten Jahrhundert. Euer Vater kann nicht mehr zurück!«

Kapitel 7

Es gibt Zeitreisende, die federleicht irgendwo hinhüpfen. Großtante Pandora stelle ich mir so vor, zumindest in ihrem früheren Leben. Wie sie mit ihren langen roten Haaren, voller Sommersprossen und sprühend vor Lebenslust verschwindet und gleich wieder da ist, mit kleinen Geschenken, die sie den Kindern mitzubringen pflegte: mal eine Feder, einen Stein, eine besonders schöne Blume. Dann gibt es Zeitreisende, die unter ihren Sprüngen leiden. Pluvius geht es so und mein Vater hat mir erzählt, ihm fehle nach manchen Reisen ein Zahn. Und sogar Moritz ist das passiert, obwohl der nur mitgenommen und nicht selber aktiv wird: Inzwischen geht es ihm schon besser, ich habe ihn gerade vorhin angerufen.

Hin- und herspringen, wie es einem beliebt, kommt also nicht infrage. Um uns dennoch besuchen zu können und damit einen gewaltigen Zeitunterschied zu überbrücken, benutzte mein Vater den Zeittunnel, den Pandora errichtet hatte. Zwar konnte er mit einem gestohlenen Instrument, einer sogenannten »Lanzette«, den Tunnel sichern und für seine Zwecke gebrauchen. Selbst einen Tunnel zu errichten, dazu reichen seine Fähigkeiten jedoch nicht aus.

Der Tunnel ist eingestürzt: Das hat Moritz mir bestätigt. Mein Vater sitzt fest. Und ich habe nicht die geringste Ahnung, wie das mit den Tunneln funktioniert. Wie man sie anlegt, wie man sie versiegeln und wieder öffnen kann. Wie ich meinem Vater helfen soll.

Die Einzige, die darüber Bescheid wusste, sitzt neben mir. Und ist schon damit überfordert, einen Tortenheber zu bedienen.

»Tante Pandora?«, frage ich sie, als niemand weiter auf uns achtet. Mama und Aella sind oben bei meiner Uroma, Alex hilft Oma in der Küche beim Abwasch.

Meine Tante, die ja eigentlich eher eine entfernte Tante unbestimmten Grades ist, reagiert nicht.

»Tante Pandora«, sage ich immer noch leise, aber bestimmt.

»Hm?« Den Apfelkuchen zwischen den Fingern dreht sie sich halb zu mir um. Sie hat so lange gebraucht, sich ein Stück Kuchen zu nehmen, dass sie erst jetzt dazukommt, ihn auch zu essen.

»Ich brauche deine... äh, Eure Hilfe.« Wir wollen sie eigentlich an das »Du« gewöhnen, aber sie empfindet das als unhöflich und antwortet dann meist nicht.

»So sprecht«, gebietet Pandora mit vollem Mund und spuckt einen Schwall Krümel über das Tischtuch.

»Ihr habt die Fähigkeit besessen, Tunnel zu bauen.« Ich werfe einen vorsichtigen Blick zur Tür, kann aber noch das Klappern von Geschirr aus der Küche hören.

»Tunnel? Oh nein, Ihr müsst Euch irren. Es gab keine Tunnel zur Burg.« Sie beißt in ihren Kuchen.

»In der Burg nicht. Außerhalb, in einer Höhle gelegen. Könnt Ihr Euch denn gar nicht daran erinnern? Nicht das kleinste bisschen?«

Pandora macht nicht den Eindruck, als wolle sie es überhaupt versuchen. Sie kaut einfach weiter.

»An einen Tunnel aus Zeit«, beharre ich. »Ihr habt ihn gebaut. Ihr wolltet etwas verstecken. Ein Kästchen. Aber das habt Ihr dann nicht: Ihr habt es hiergelassen. Bei Eurem Sohn.«

Bei dem Wort »Sohn« verzieht sie das Gesicht. Sie mag es nicht, dass wir ihr andauernd einen Nachkommen unterschieben wollen. »Ich hatte nie das Glück, eines Mannes Weib und eines Kindes Mutter zu sein«, erwidert sie mit vollem Mund.

Ich seufze. Nein, so hat es keinen Zweck. »Jetzt vergesst mal das Kind«, sage ich eindringlich. »Der Tunnel ist wichtig. Ihr habt dazu ein Werkzeug benutzt. Eine Lanzette.«

Eine Lanzette ist eine Entwicklung aus der Zukunft. Sie sieht aus wie die Nadel einer Spritze, nur wesentlich größer und kann Löcher in die Zeit schneiden. Allein die Wächter dürfen sie einsetzen, und auch das nur in Ausnahmesituationen. Mein Vater hat eine benutzt, um mich vor Zelos zu schützen, und muss sich seitdem im Mittelalter verstecken. Für immer, wenn ich nicht bald rauskriege, wie eine Lanzette funktioniert. Und wo man sie herbekommt.

Pandoras Gesicht hellt sich auf. Sie wischt sich mit dem Handrücken den Mund. »Die kenne ich.«

»Ehrlich?«

»Ritter hatten sie bei sich, für ein Turnier. Doch dann kam die Belagerung und das Turnier wurde abgesagt. Ich hätte so gern einem von ihnen mein Tuch angesteckt.«

»Keine Lanze«, zische ich. »Eine Lanzette.«

»Was redet ihr denn da?« Oma ist zurück, um den letzten Teller zu holen.

»Tante Pandora erzählt mir von Rittern und ihren Lanzen«, sage ich schnell, was ja durchaus der Wahrheit entspricht.

»Du solltest sie nicht noch in ihrem Mittelalterleben bestärken«, tadelt meine Oma. »Erzähl ihr lieber etwas von dir. Geht spazieren. Zeig ihr etwas von der Welt. Nimm sie mit unter Menschen.« Sie zieht Pandora den Teller weg.

Meine Großtante lässt es geschehen und leckt sich die Finger einzeln ab.

Unter Menschen gehen, klar! Außerdem findet Pandora spazieren gehen sowieso völlig hirnrissig. Ihre Zeit verbringt sie damit, vor dem Fenster zu sitzen und zu sticken oder einfach nur so dazusitzen: Unglaublich, was mittelalterliche Menschen für eine Geduld haben. Und wie langsam sie sich bewegen, wenn sie denn mal müssen.

So wie jetzt, als meine Oma uns mehr oder weniger zur Tür hinausdrängt. »Die frische Luft wird ihr guttun«, raunt sie mir zu, aber eigentlich glaube ich, sie ist nur froh, Pandora einmal für ein paar Minuten los zu sein. Zu meiner Großtante sagt sie laut: »Du erinnerst dich doch daran, was ich dir gesagt habe, Liebes? Autos können dir nichts tun, solange du auf dem Bürgersteig bleibst. Du musst nicht vor Spaziergängern knicksen, und hör bitte auf, jeden Radfahrer mit ›mein Ritter‹ anzusprechen. Hast du dir das gemerkt?«

Pandora schiebt trotzig ihre Unterlippe vor, nickt aber.

Meine Oma seufzt. »Und pass auf, dass sie sich nicht zu sehr erschreckt«, sagt sie zu mir.

Ich reiße die Augen auf. »Du meinst: Sie springt dann?«

»Ich habe keine Ahnung. Aber Pluvius tut es, und du doch auch, oder? Man kann sich also nie sicher sein. Vor allem an Flugzeuge habe ich sie noch nicht so recht gewöhnen können.«

Na, das wäre ja noch schöner: Gerade erst gefunden und

schon wieder verloren! Ich suche unentwegt den Himmel ab und beobachte Pandora ganz genau, während wir den Bürgersteig entlangspazieren. Obwohl »spazieren« übertrieben ist: Wir schreiten wohl eher.

»Wartet auf mich.« Hinter uns kommt Alex angerannt und zieht sich im Laufen ihren schwarzen Kapuzenpulli über. Sie grinst schief. »Noch eine Geschichte über Oma Kassandra und was sie«, sie zeigt auf Pandora, »wieder angestellt hat, und ich werde verrückt.«

»Tja, da kann ich dir nicht viel Hoffnung machen«, seufze ich und blicke unserer Großtante nach. »Dieses Tempo gibt dir den Rest, glaub mir.«

Es hat leicht zu nieseln begonnen, allerdings scheint das Pandora merkwürdigerweise nichts auszumachen. Im Gegensatz zum Gehen allgemein. Geziert setzt sie so vorsichtig einen Fuß vor den anderen, als würden unter den Gehwegplatten Krokodile lauern.

Alex grinst und wir folgen ihr.

»So«, beginne ich das Gespräch, als wir neben unserer Großtante hergehen oder besser: schleichen. »Und wie gefällt es dir..., ich meine, wie gefällt es *Euch* in dieser Zeit?«

Ein Auto fährt scheibenwischerwinkend an uns vorbei und Pandora sieht ihm nach. »Sie ist zu schnell. Und zu laut.«

»Na ja, geht alles ein bisschen zügiger, das stimmt.« Ich wünschte, sie könnte mir ebenso zügig meine Fragen beantworten, aber das spreche ich natürlich nicht aus. »Kannst du..., könnt Ihr Euch schon an etwas erinnern?«

»Ich erinnere mich an vieles.« Ihre Stimme bekommt einen sehnsuchtsvollen Unterton. »Meine Kammer, mein Strickzeug, die Mahlzeiten, die mir vorgelegt wurden...«

»Die vielen Soldaten vor dem Fenster, die Belagerung«, ergänzt Alex. »Ganz zu schweigen von Pest, Folter, Cholera... Also ehrlich: Das Mittelalter ist nun wirklich nicht die Zeit, nach der man sich sehnen muss.« Sie spricht aus Erfahrung, schließlich war sie bei unserer letzten Belagerung dabei.

Pandora schweigt beleidigt. Als ein Radfahrer vorbeikommt, macht sie den Mund auf, überlegt es sich nach kurzem Blick auf mich jedoch anders. »Ich mag diese Skeletttiere«, erklärt sie schließlich.

»Fahrräder? Ja, die sind ganz praktisch.«

»Und die Männer darauf...«

»Auch Frauen«, sagt Alex.

»Aber die Männer... Meint Ihr, sie sind edel?«

Das schon wieder. Pandora hofft immer noch, gerettet und in ihre Zeit zurückgebracht zu werden. »Nein, die sind ganz normal«, murmele ich, damit sie die Passanten nicht auch noch anspricht.

Pandora bleibt prompt stehen. Wie ein störrischer Esel. Sie macht nicht den Eindruck, als wolle sie dieses »Spazierengehen« auch nur noch eine Minute länger über sich ergehen lassen.

»Aber ich bringe Euch zum edlen Moritz, der in seiner Herberge unserer Ankunft harrt«, versichere ich ihr rasch.

Alex prustet los und schlägt sich die Hand vor den Mund.

Pandora wirft ihr einen Blick zu, bevor sie sich zu einem Nicken herablässt. Anscheinend will auch sie Moritz wiedersehen, zumindest setzt sie sich in Bewegung.

Langsam. Hoheitsvoll.

»Hoffentlich hat Junker Moritz sein Skeletttier gesattelt«, raunt Alex.

Ich werfe meiner Schwester einen warnenden Blick zu, doch Pandora hat sie schon gehört.

»Ich habe dich wohl vernommen«, verkündet sie spitz.

Alex zieht die Nase kraus und schüttelt den Kopf. Macht ihr wohl doch etwas aus, dass sie noch nicht einmal eines »Ihrs« für wert befunden wird.

Die Lobby des Hotels ist voller Menschen. Damit habe ich ehrlich gesagt nicht gerechnet, aber gerade ist ein Bus mit Gästen angekommen. Die meisten drängen sich vor der Rezeption und ich versuche, Pandora so schnell es geht an ihnen vorbei und in Richtung Fahrstühle zu lotsen. Was nicht einfach ist.

»Ist das die Herberge?«, fragt meine mittelalterliche Großtante und bleibt stocksteif stehen.

»Die Herberge, genau«, bestätige ich nervös und fasse sie am Ärmel. Ich mag mir kaum vorstellen, wie diese »Herberge« auf sie wirken muss. Laut, schnell, fast unerträglich hell. Überall saubere, fast strahlend helle Menschen in merkwürdigen Klamotten, manche halten sich kleine Geräte ans Ohr, in die sie sprechen. Es riecht alles künstlich, nach Reinigungsmitteln und Parfüm. Musik kommt irgendwoher, silberglänzende Mäuler öffnen und schließen sich wie von Geisterhand, wobei sie abwechselnd Menschen verschlingen und andere wieder ausspucken.

Pandora schüttelt meine Hand ab. »Hier gibt es viele Reisende«, bemerkt sie und beobachtet fasziniert einen Mann im Anzug, der eine Banane isst. »Auch solche wie mich?«

Alex und ich sehen uns an. Es ist schon ein wenig traurig, wie sie das fragt. Diese Suche, die ja nie zu einem Ergebnis führen ...

»Meine Dame?«, fragt in diesem Augenblick eine Stimme. »Ihr seid es, in der Tat.«

Pandora, Alex und ich fahren herum.

Pandora ist nicht annähernd so erstaunt wie meine Schwester und ich. Wir nämlich starren den jungen Mann sprachlos an, der eine Hoteluniform trägt und mit jeder Menge Gepäck beladen ist.

»Ihr?«, raunt Alex mir zu. »Hat der Mann gerade *Ihr* gesagt?«

Ich bleibe ihr eine Antwort schuldig, denn unsere Großtante übernimmt sofort die Gesprächsführung. »Ich kenne Euch nicht«, sagt sie.

Alex' und mein Blick wandern wieder zum Pagen. Doch entgegen aller Vernunft rollt er sich jetzt nicht vor Lachen auf dem Boden, sondern antwortet ebenso ernst und gestelzt: »Das tut Ihr nicht, wohl wahr.« Sein Sprachmischmasch ähnelt dem, den auch meine Tante benutzt. Und der weder original nach Mittelalter noch wirklich modern klingt. »Ich sah Euch am Tage Eurer Ankunft auf der...«, er sieht sich unsicher um, »auf der Burg«, sagt er dann leiser. »Ich habe Euch das Pferd gehalten.«

Pandora nickt huldvoll.

»Das Pferd?«, fragt Alex.

»Die Burg?«, kommt es von mir.

»So sprecht doch leise«, zischt der Hotelpage und sieht sich wieder hektisch um. Dann nimmt er Alex und mich näher in Augenschein. »Stammt auch Ihr aus einer anderen...«, wieder das Zögern, »Zeit?«

»Nein«, sage ich, den Blick immer noch unverwandt auf ihn gerichtet, »wir sind von hier. Ich meine, wir wohnen hier.

Nicht im Hotel, das nicht. Das ist unsere Zeit, wollte ich sagen.«

Der Page nickt und rückt die Reisetasche auf seiner Hüfte gerade. »Ich bin gestürzt. Gestolpert über eine Kaninchenfalle vor einer Höhle.« Ein vorsichtiger Blick zu Pandora. »Es ist mir bewusst, das Wild gehört dem Grafen, und ich habe auch nur manchmal und nur in wenigen Fällen...«

»Das Kaninchen ist doch jetzt völlig egal. Ihr..., Sie..., wie auch immer sind gefallen und dann?«, unterbreche ich ihn gnadenlos.

»Bin ich hier gelandet. Vor Jahren schon. Und konnte nicht zurück.« Wieder rückt er die Tasche gerade, die anscheinend sehr schwer ist. »Man hat mir nicht geglaubt«, sagt er anklagend. »Und tut es auch jetzt nicht. Daher spreche ich nicht oft davon. Doch die Dame habe ich sofort wiedererkannt. Sie und auch die andere...«

»Welche andere?« Ich flüstere fast, sodass meine Frage bei dem Lärm der vielen Busreisenden, der Lobbymusik und dem Pingen der Fahrstühle glatt untergeht.

»Welche andere?«, wiederholt Alex lauter für mich.

»Das junge Fräulein. Ihre Vertraute.«

»Ihre Vertraute?« Meine Großtante hatte, soweit ich weiß, keine Freundin auf der Burg. Und dennoch hat mich jemand zu ihr geführt, als Alex und ich damals nach meinem Vater gesucht haben. Und das war niemand anderes als...

»Bia?«, kommt meine Schwester mir zuvor.

»Bia, ja. So wurde sie gerufen. Ja, sofort«, nickt er, aber Letzteres tut er in Richtung Rezeption. Anscheinend wartet dort jemand auf sein Gepäck.

Alex und ich sehen uns alarmiert an.

»Aber Sie können jetzt nicht... warten Sie!« Schnell packe ich den Pagen am Arm.

»Ich muss meine Arbeit tun«, erwidert der Hotelpage. »Man wird schon aufmerksam auf uns.«

»Nur eins noch«, sage ich, ohne ihn loszulassen. »Wann habt Ihr Bia gesehen?«

»Vor Kurzem«, antwortet der Page. »Es muss letzte Woche gewesen sein. Sie kam letzte Woche an.«

»Was heißt ankommen? Heißt das...«

»Aber sicher. Fräulein Bia wohnt im Hotel. Allerdings habe ich nicht viel mit ihr gesprochen: Das hohe Fräulein legt keinen Wert auf Aufmerksamkeit. Und ich auch nicht.« Sein Blick wandert unmissverständlich zu seinem Ärmel, an dem ich ihn immer noch festhalte.

Ich lasse ihn los. »Können wir nicht später irgendwo miteinander sprechen?«

»Sprechen?« Der Mann sieht von mir zu Pandora und wieder zurück. »Es ist zu auffällig. Vielleicht, wenn sie«, er nickt in Pandoras Richtung, »sich ein wenig eingewöhnt hat. Und nun muss ich weiter. Ich arbeite schließlich hier.«

»Ihr arbeitet...«, wiederholt Pandora verblüfft. Anscheinend hat sie sich doch noch dazu aufgerafft, in die Konversation einzugreifen. »Hier? Arbeiten? Wollt Ihr denn nicht zurück?«

Der Hotelpage lacht. »Zurück? Um Himmels willen, Frau. Seht Euch doch um.« Und damit ist er verschwunden.

»Will nicht mehr zurück, will nicht mehr zurück: Also wirklich.« Pandora hat sich immer noch nicht von dem Schock erholt. Sie weigert sich zudem, sich dem »silbernen Maul« zu nähern, also muss Alex mit ihr in der Lobby warten.

Ich fahre inzwischen im silbernen Maul rauf zu Moritz.

Wie immer herrscht bei ihm eine heillose Unordnung. Ich habe schon von Zimmermädchen gehört, die bei dem Anblick in Tränen ausgebrochen sind. Andere weigern sich schlichtweg, auch nur in die Nähe seines Zimmers zu kommen.

»Und er ist gestolpert? Einfach so?« Mit dem Fuß schiebt Moritz einen Haufen dreckige Wäsche unters Bett, während er meinen Erzählungen lauscht.

»Ja. Bei der Höhle. Ich nehme mal an, er ist in den Tunnel gefallen, den auch mein Vater immer benutzt hat.«

»Den, der jetzt eingestürzt ist.« Mit einer Hand wirft er geschickt einen Pullover in den überquellenden Schrank und schließt ihn mit der anderen wieder. Ein Stück des Ärmels schaut noch heraus.

»Wie viele Tunnel kennst du denn noch?« Ich bin etwas gereizt, schließlich wartet Alex unten mit Pandora. Und wer weiß, was die alles anstellt. Als sich die Fahrstuhltüren schlossen, konnte ich gerade noch Pandoras spitzen Schrei hören. Anscheinend hatte jemand ein Foto geschossen. Mit Blitz.

»Der arme Kerl«, bemerkt Moritz und im ersten Augenblick denke ich, er meint meinen Vater. Doch er meint den Hotelpagen. »So mir nichts, dir nichts aus dem Mittelalter hier zu landen, muss furchtbar sein.«

Dass unschuldige Menschen aus ihrer Zeit fallen, kommt vor: Mein Vater hat es mir erklärt. Sprünge sind nicht mehr als Nadelstiche in der Zeit. Sie verheilen schnell und man muss schon sehr nah an einem Zeitreisenden dran sein, um mitgezogen zu werden. Doch man kann diese Stiche auch offen halten oder sogar vergrößern. Einen stabilen Tunnel errichten. So etwas ist recht praktisch, wenn man öfter zu einem Ort und wieder zurück muss. Aber es ist auch gefährlich, schließlich könnte jemand aus Versehen hineinfallen. Oder ihn für eigene Zwecke missbrauchen: Sammler wie Bia, die nicht selber springen können, sind angewiesen auf diese Tunnel. Und apropos: »Mir macht eher Sorgen, dass Bia hier im Hotel wohnt.«

»Wie soll die aussehen?«, fragt Moritz und klaubt ein T-Shirt vom Bettpfosten.

»Sie ist bleich, so bleich wie ein Geist«, beschreibe ich ihm die Jüngste der Sammler. »Lange blonde Haare. Augenfarbe hab ich vergessen. Sie kann sich wunderbar jeder Zeit angleichen, damit sie nicht auffällt. Es war purer Zufall, dass der Hotelpage sie erkannt hat. Und sie wird nicht erfreut darüber gewesen sein, das kann ich dir sagen.«

Moritz versucht, eine übervolle Schublade zuzudrücken, und sieht nicht im Geringsten ängstlich aus. »Also werde ich morgen beim Frühstück auf ein bleiches Geistermädchen mit langen Haaren und unbestimmter Augenfarbe achten.«

»Ja, tu das«, erwidere ich abgelenkt. Und überlege verzweifelt, was sie hier will. Ich muss mit Pluvius reden. Er kennt sich mit Sammlern und deren Eigenheiten besser aus als ich. »Ich sollte jetzt gehen«, sage ich und stehe auf.

»Gehen? Wohin denn?« Moritz sieht mich verdutzt an.

»Alex und Pandora. In der Lobby. Schon vergessen?« Ich greife nach der Türklinke. »Glaub mir: Je eher ich Pandora wieder bei meiner Großmutter habe, desto besser.«

»Dann komme ich mit, warte.« Moritz sprintet zum Schrank, reißt ihn auf und angelt sich aus dem herausquellenden Haufen Wäsche seine Jacke. »Ein Spaziergang wird mir guttun«, lächelt er und watet ungerührt durch seine Klamotten in Richtung Tür.

Sobald Alex uns in der Lobby erspäht hat, springt sie vom Sofa auf, auf dem sie mit Pandora gesessen hat, und kommt uns entgegen.

»Na endlich«, sagt sie statt einer Begrüßung. Sie hat hektische rote Flecken im Gesicht.

»Ist was passiert?«, frage ich besorgt.

»Sie macht mich noch wahnsinnig.«

Ich sehe über Alex' Schulter zu Pandora, die auf dem äußersten Rand des Sofas sitzt und auf dem Tisch vor ihr einen Gegenstand zu untersuchen scheint. Das ist doch nicht etwa ...

»Die Bananenschale hat sie aus einem der Papierkörbe«, bestätigt Alex meine Befürchtung. »Das war gleich nachdem jemand ein Foto gemacht hat und sie sich vor Schreck unter dem Tisch versteckt hat. Ich musste sie hervorziehen. Kannst du dir ungefähr vorstellen, welches Aufsehen wir erregt haben?« Alex streicht sich mit einer fahrigen Bewegung durchs schwarz gefärbte Haar. Schon alleine ist sie in ihrer Grufti-Aufmachung nicht gerade unauffällig. In Kombination mit Pandora müssen die beiden wirken wie aus dem Zirkus entsprungen.

Und tatsächlich begegne ich unzähligen Blicken, als ich mich in der Hotellobby umsehe. »Unser« Page, der gerade in einem der Fahrstühle verschwindet, schüttelt missbilligend den Kopf.

»Doch, kann ich mir ungefähr vorstellen«, bekräftige ich.

Unsere Großtante ist noch immer mit der Bananenschale beschäftigt, die sie vor sich auf den Tisch gelegt hat und mit spitzen Fingern anstupst. Selbst Moritz kann da in Sachen Faszination nicht mithalten: Sie beachtet ihn kaum, als wir zu ihr treten.

»Und das esst Ihr? Wirklich?«, fragt sie, ohne hochzusehen.

»Äh, ja. Können wir jetzt gehen?«, erwidere ich und lächele einer besonders dreist glotzenden Frau zu.

»Ich habe schon davon gekostet«, sagt Pandora, »und es hat mir nicht gemundet.«

»Das in der Mitte schmeckt ehrlich gut«, erklärt Moritz.

Ich werfe ihm einen genervten Blick zu.

»Was denn? Stimmt doch!« Moritz zuckt mit den Schultern.

Doch Pandora hat anscheinend noch an mehr zu knabbern als nur an der Schale und macht keine Anstalten, sich zu erheben. »Er will nicht zurück«, sagt sie kopfschüttelnd. »Wie kann er nur hierbleiben wollen mit dem allen hier?« Und sie zeigt so anklagend auf die Banane, als wäre die bei lebendigem Leibe gehäutet worden.

Was im weitesten Sinne wohl auch der Fall war.

»Bitte, Pandora«, dränge ich sie. »Wir sollten wirklich wieder zurückgehen.« Die anderen Gäste starren inzwischen völlig unverhohlen zu uns herüber und ich denke nicht, dass meine Oma das mit »unter Menschen gehen« gemeint hat.

Pandora erhebt sich zwar, nimmt die Schale jedoch mit.

Geistesgegenwärtig greift sich Moritz einen der Papierkörbe und hält ihn ihr unter die Nase. »Es ist doch nur Abfall, gar nichts wert. Wir besorgen Euch eine neue. Eine, die schmeckt«, verspricht er und legt jede Menge Charme in sein Lächeln.

Das scheint zu helfen. Pandora sieht noch einmal auf die Schale und wirft sie dann weg. Endlich.

Dann lässt sie sich von Moritz aus dem Hotel führen.

Wir gehen langsam, wie sollte es anders sein. Schon deshalb, weil Pandora das merkwürdige weiße Gestrichel auf der Straße ergründen will. Und die Verkehrsschilder scheinen sie auch brennend zu interessieren, zumindest starrt sie jedes an, als wäre es ein kostbares Gemälde. Es hat stärker zu nieseln begonnen, doch das stört Pandora nicht.

»Die Luft ist grässlich«, befindet sie vielmehr. »Es stinkt.«

»Es stinkt nicht«, widerspreche ich. »Das ist der Regen.«

»Na ja«, raunt Moritz mir grinsend zu, »und die Abgase. Die stinken schon.«

Ich werfe ihm einen Blick zu, der das Grinsen aus seinem Gesicht wischt.

»Äh, nur der Regen«, sagt er laut.

Pandora rümpft ihre Nase, verzichtet aber auf eine Erwiderung. »Wann beginnt die Ekeli..., die Ekletri...« Sie deutet auf die Straßenlaterne.

»Wenn es dunkel wird«, sage ich müde.

»Wir hatten den Mond«, verkündet Pandora. »Und die Sterne. Aber bei euch sieht man nichts. Nur... Licht. Eingesperrte Sonnen überall, die euch das Wichtige nicht erkennen lassen.«

Ich warte, dass Alex etwas sagt, aber die rollt nur entnervt mit den Augen. Also liegt es mal wieder an mir, ihr zu widersprechen. »Wir haben auch einen Mond. Und falls keine Wolken sind, auch Sterne.«

»Aber anders.«

Ich zähle langsam bis zehn. Es nieselt jetzt heftiger und bei diesem Tempo werden wir sicher klitschnass, bevor wir bei Oma ankommen.

»Und überhaupt sind diese Häuser viel zu groß, um ohne

Dienstboten zu sein. Ihr braucht diese Apparate, die Krach machen. Ihr braucht für alles Apparate. Selbst, um euch fortzubewegen.«

Ich glaube es nicht! Als würde ausgerechnet sie so gerne zu Fuß gehen! »Wenn du unbedingt ohne Apparate sein willst und den Mond vermisst, dann spring doch.«

Moritz, der ein kleines Stück zurückgeblieben ist, um seinen Schuh zuzubinden, sieht hoch. »Lass sie doch«, versucht er zu beschwichtigen.

»Nein, ehrlich.« Ich mache einen Schritt auf meine Großtante zu. »Wenn früher alles besser war, und damit meine ich eine Zeit mit Mond und Seuchen und Pest und sonst was, dann geh doch.«

»Springen? Ich soll springen?« Pandora betrachtet mich.

»Ja, springen. Wenn es dir in unserer Zeit so stinkt, dann spring doch.«

»Ariadne«, mischt sich jetzt auch Alex ein und hebt die Hände.

»Und von wo aus springe ich, wenn ich es denn will?« Pandora hebt den Kopf und zwinkert, während ihr Tropfen das Gesicht herunterlaufen. »Von diesem Baum da? Ist er wohl hoch genug?«

Ich verdrehe die Augen. »Natürlich nicht. Das war nur ein Bild.« Ich drehe mich um, um weiterzugehen. »Man springt nicht wirklich, man springt in der Zeit. Dafür muss man sich auf den Zeitpunkt konzentrieren, zu dem man will, die Augen schließen und sich fallen lassen. Allerdings muss man sich schon konzentrie...«

»Äh, Ariadne«, höre ich Moritz hinter uns sagen.

Ich fahre herum. »Moment mal«, rufe ich alarmiert. »Was

machst du da? Tante Pandora? Pandora?« Ich blicke zu Alex. »Was macht sie denn da?«

Meine Schwester geht zu ihr. »Pandora?« Sie legt ihr die Hand auf die Schulter. »Geht es dir gut?«

Unsere Großtante hat ihre Augen geschlossen und steht regungslos da. Plötzlich breitet sie die Arme aus.

»Nein, warte. Auf keinen Fall.« Mit wenigen Schritten bin ich bei ihr, greife nach einem Arm und drücke ihn herunter. »Hör sofort auf damit.«

Ich sehe hinüber zu Alex, die den anderen Arm gepackt hat und versucht, Pandora weiterzuziehen. »Komm schon, Tante Pandora. Wir müssen zurü...«

Mehr höre ich nicht, denn schon ist es passiert: Farben wallen auf, umbrausen uns, werden schneller und schneller. Ich kann schemenhaft Alex und Pandora sehen, die sich beide zu drehen scheinen, bis es uns fortreißt. Ich klammere mich an Pandora fest, muss die Augen schließen, während die Farben weiter hinter meinen Lidern branden und sich formen und eins werden...

II.
Der Sternfasser

Kapitel 1

Es ist nass. Natürlich ist es nass. Fast alle meine Sprünge enden irgendwie im Regen. Aber von wegen *mein* Sprung: Das war ich nicht. Ich wurde mitgenommen, und zwar von...
»Tante Pandora?«
Als ich mich umblicke, sehe ich nichts als Wald. Grünes, feuchtes Dickicht um mich herum. Es tropft und ist kalt, ein kalter Dschungel, noch dazu in der Dämmerung. Hier ist es viel später als in meiner Wirklichkeit, früher Abend, würde ich schätzen. Dauert sicher nicht mehr lange und es wird richtig dunkel. Regen rieselt herab, meine Turnschuhe haben sich in null Komma nichts vollgesogen. Und nicht nur das: Ich stehe in einer Pfütze, aus der ich mich nur schmatzend und unter Anstrengung befreien kann. Ein Moor? Wir sind in einem Moor gelandet?
»Tante Pandora? Alex?«
Wo ist meine Schwester?
Auf einem Grasbüschel streife ich die Schuhe ab und sehe mich nach meiner Großtante um. Sie muss doch hier irgendwo sein, schließlich habe ich mich bis eben noch an ihr festgehalten! Ganz in der Nähe höre ich ein Gluckern und Schmatzen. Alarmiert fahre ich herum und entdecke Pandora, die sich gerade aus einer dunklen Pfütze befreit und dann einfach weiterstapft.

»Tante Pandora? Warte! Du kannst doch nicht einfach...« Ich beeile mich, ihr hinterherzukommen. Hole sie ein, als sie nur wenige Schritte weiter anhalten muss, um in einem dunklen Pfuhl nach ihrem Schuh zu angeln.

»Tante Pandora!«, schnaube ich empört. Ich meine, mich mitzureißen ist das eine. Mich dann sitzen zu lassen, etwas ganz anderes! »Du kannst doch nicht einfach so abhauen!«

»Ihr seid nicht wirklich meine Nichte«, erwidert Pandora, während sie mit dem Zeigefinger Matsch von ihrem Schuh streicht. »Ich kenne Euch gar nicht.«

»Oh doch, das tust du. Du bist meine Großtante. Und außerdem komme ich schon seit Ewigkeiten zum Kaffeetrinken.« Für mich zumindest fühlt es sich nach den vergangenen siebzehn Tagen so an. Für sie dürften es ein paarmal weniger gewesen sein.

Sie erwidert nichts: Das scheint sie nicht zu überzeugen.

»Du darfst mich auf gar keinen Fall alleine lassen. Ich bin erst vierzehn! Du musst auf mich aufpassen!«

Pandora zuckt mit den Schultern. »Die meisten Edelfräulein sind verheiratet in Eurem Alter.«

»Tante Pandora!«

»Schon gut.« Sie streift sich den Schuh wieder über. »Dann kommt.«

»Nein, warte! Wir müssen erst noch...« Alex suchen, wollte ich sagen, aber da ist sie schon. Taucht hinter einem Baum auf wie aus dem Nichts und kommt armrudernd zu uns herübergestakst. Gott sei Dank. »Alex! Ist dir was passiert?«

»Nein, ich bin okay«, sagt sie und sieht an sich herunter, »nur reichlich nass. Bin in einer Art See gelandet.« Die Haare hängen ihr ins Gesicht.

»Hier ist alles See«, erwidere ich und sehe mich um.

Tante Pandora ist inzwischen einfach weitergestapft.

»Los, schnell«, rufe ich. »Wir dürfen sie auf keinen Fall verlieren.«

Das ist wohl auch meiner Schwester klar und wir beeilen uns, Pandora zu folgen. Das Moor saugt an meinen Turnschuhen, die sich allerdings nicht so leicht vom Fuß lösen wie die Schuhe meiner Großtante und mir einen gewissen Vorteil verschaffen. Alex trägt ebenfalls Turnschuhe, die sie mit einem Edding bemalt hat. Nicht dass das jetzt noch einen Unterschied machen würde: Meine sind vor Nässe inzwischen ebenfalls schwarz.

Es riecht dumpf und faulig, Quaken ist zu hören. »Wo sind wir überhaupt?«, frage ich laut, die Arme um mich geschlungen.

Pandora bleibt so abrupt stehen, dass ich fast in sie hineinlaufe. Und Alex in mich. »Die Reise.« Sie legt den Kopf schief, als müsse sie scharf nachdenken. »Wir sind gereist.«

»Klar sind wir gereist. Das war ein irre langer Sprung. Würde mich nicht wundern, wenn wir in der Steinzeit gelandet sind.«

»Echt? Steinzeit?« Alex zieht unwillkürlich den Kopf ein und blickt sich um, ob nicht von irgendwoher ein Säbelzahntiger auf uns zugesprungen kommt. Für den Moment ist keiner in Sicht, aber was nicht ist, kann ja noch werden.

»Ich habe an keinen Stein gedacht.« Pandora schüttelt den Kopf. »Ich dachte an ...«

»An was?«

»An mein Zuhause.«

»Dein Zuhause? *Das* hier ist dein Zuhause? Na super.« Ich

zeige auf den Urwald. Das Farnkraut und die ertrunkenen Büsche. Das verregnete Wollgras. Wieder quakt es irgendwo weiter weg und die Feuchtigkeit hat meine Jeans steif und schwer werden lassen.

Pandora verzieht das Gesicht und presst die Lippen zusammen. Ihre Bluse ist dunkel vor Nässe, der lange Rock hat einen schwarzen Saum. Aus ihrem streng geflochtenen Haarkranz lösen sich die ersten Strähnen.

»Nein, das ist nicht mein Zuhause...«, beginnt sie.

Ich verkneife mir jetzt mal eine Bemerkung und wechsele nur einen vielsagenden Blick mit Alex.

»Aber irgendetwas ist mir vertraut.« Sie verstummt wieder.

»Egal, was es ist«, erkläre ich mit aller Überzeugungskraft, die ich aufbringen kann. »Wir springen jetzt sofort wieder zurück und...«

»Nein«, sagt Pandora.

»Nein? Was heißt nein?«, mischt sich Alex ein, die meinen Vorschlag anscheinend sehr überzeugend fand.

»Hier ist etwas. Etwas, das ich kenne. Etwas, das ich brauche.« Das klang selbstsicher. Als könne sie sich erinnern, doch noch bevor wir sie danach fragen können, hat sie sich mit gerafftem Rock schon wieder in Bewegung gesetzt.

Alex und ich rennen hinterher.

»Pandora? Tante Pandora?«, keuche ich, als ich auf gleicher Höhe bin. »Hast du dich an etwas erinnert?«

»Sternfasser«, sagt sie kurz. »Ich brauche einen Sternfasser.«

Ich bin so verblüfft, dass ich stehen bleibe.

Alex kann gerade noch einen Schritt zur Seite machen.

»Verdammt«, flucht sie. Und dann: »Dort stehen zu bleiben ist keine so gute Idee.«

Stimmt. Ich bin ruck, zuck bis zu den Knöcheln eingesunken. Meine Schwester muss mich mit beiden Armen herausziehen. »Und was... und was ist ein Sternfasser?«, frage ich, nachdem ich mich befreien konnte.

»Das weiß ich, wenn ich es sehe«, gibt Pandora über ihre Schulter zurück.

»Na dann«, stöhnt Alex.

Gemeinsam stapfen wir hinter ihr her. Was bleibt uns auch anderes übrig? Egal, was passiert: Wir dürfen sie auf keinen Fall verlieren. Alleine finden wir niemals durch die Zeiten zurück.

Wir gehen ewig, so scheint es mir, bis wir auf eine menschliche Behausung treffen. Und das so unvermittelt, dass ich fast dagegengelaufen wäre: Wie aus dem Nichts taucht auf einmal eine hölzerne Wand vor uns auf. Sie hat Fenster, und als ich hochblicke, kann ich auch das Dach sehen.

Ein einfaches Holzhaus, ohne Licht, ohne eine Spur von Leben – ich weiß nicht, ob ich darüber erleichtert sein soll oder nicht. Inzwischen ist es fast schon Nacht und ein Dach über dem Kopf wäre sicher nicht das Schlechteste. Allerdings habe ich immer noch keinen Schimmer, in welcher Zeit wir uns befinden, und ich bezweifle auch so langsam, dass Pandora weiß, was sie hier will.

»Sternfasser«, grübelt Alex. »Was soll das sein?«

Ich habe nicht die geringste Ahnung. Zudem bin ich abgelenkt: Ich sehe mich beim Gehen hektisch um und lausche angestrengt. Es ist nichts weiter zu hören als das Tropfen und Rauschen des Regens. Und unsere schmatzenden Schritte, wenn eine von uns in eine Pfütze getreten ist.

Kurze Zeit später wird der Untergrund fester, irgendwann können wir auch so etwas wie einen Weg erkennen. Als in der Ferne die ersten Häuserschemen auftauchen, biegt meine Großtante nach links ab und hält genau auf einen Kirchturm zu, der sich schwarz und drohend vor dem Himmel abzeichnet. Und, ich sehe es mit einigem Schrecken, mitten auf einem Friedhof steht.

Einem Friedhof!

»Tante Pandora«, flüstere ich entsetzt. »Wir wollen doch da nicht wirklich hinein?«

»Ein Sternengrab«, murmelt meine Großtante gedankenverloren. »Wir müssen den Grabstein mit den Sternen suchen. Und auf einem Totenacker werden wir ihn finden.« Unerschrocken öffnet sie das Tor in der Mauer, die um das Gräberfeld herumführt.

Falls ich jetzt erwartet habe, dass es schaurig quietscht, werde ich enttäuscht: Die Feuchtigkeit hat es gut geölt, auch wenn der Regen inzwischen aufgehört hat. Was mir bei der Nässe meiner Klamotten zunächst gar nicht aufgefallen ist.

»Erst Sternfasser, dann Sternengrab: Jetzt ist sie völlig durchgeknallt«, sagt Alex zu mir. Sie schüttelt den Kopf.

Ich bleibe ihr eine Erwiderung schuldig und haste Pandora nach. »Und wie sollen wir deiner Meinung nach einen Grabstein erkennen bei dieser Dunkelheit?«, flüstere ich, während ich so nah wie möglich hinter ihr bleibe. Selbst Alex folgt uns dichtauf.

Wie bestellt taucht in diesem Augenblick der Mond auf. Es ist ein ausgemergelter, schmaler Mondstreifen, aber er genügt, um wenigstens einigermaßen die Grabinschriften entziffern zu können. Allerdings macht er auch die Schatten und

Schemen um uns herum lebendig. Büsche bewegen sich unheilvoll. Es rauscht, riecht nach feuchtem Schwamm und etwas Süßem. Etwas, was ich gar nicht so genau wissen möchte.

»Ihr sucht am besten dort drüben«, kommandiert meine Tante.

»Auf gar keinen Fall.« Das wäre ja noch schöner. In jedem, wirklich jedem Horrorfilm ist das der Anfang vom Ende und die Figuren werden eine nach der anderen hingemetzelt.

Das weiß auch Alex: »Wir gehen nirgendwohin.« Sie hat sich immer noch nicht von »Scream 4« erholt, den sie mit ihrem neuen Freund gesehen hat.

Im Raupengang gehen wir von Stein zu Stein. Pandora liest, Alex und ich lauschen angestrengt in die Nacht und beobachten die Schatten. Ab und an erhasche ich einen Blick auf ein Datum, einen Namen. Greogerus Rufus, steht da, geliebter Ehemann und Vater. Geboren 1418, gestorben 1448.

Der Grabstein sieht noch nicht allzu verwittert aus. Das kann nur Mittelalter bedeuten, meine Lieblingszeit. Was war es noch, was Tante Pandora gesagt hat? Sie habe an ihr Zuhause gedacht. Kein Wunder also, dass wir wieder einmal hier gelandet sind.

Reihe für Reihe gehen wir ab, auf der Suche nach einem Stern. Alex bleibt so dicht hinter mir, dass ich ihren Atem in meinem Nacken spüren kann.

Viele der Inschriften auf den Grabsteinen sind lateinisch, auf einigen sind noch dazu Knochen oder Totenköpfe abgebildet. Es gibt welche mit verschlungenen Wappen, dann wieder schlichte Blätter und Blütenkelche. Auf manchen stehen Sprüche oder ganze Gedichte.

»Mitten im Leben sind wir vom Tod umfangen«, kann ich

mit ein wenig Mühe entziffern. Besonders beliebt ist auch: »Wir waren, was du bist. Du wirst sein, was wir sind«. Allerdings. Im Mittelalter geht das sowieso ruck, zuck. Wir haben hier schließlich die Auswahl an Pest, Folter und...

»Halt. Einen Augenblick. Hörst du das auch?« Ich packe meine Tante am Arm. Mir läuft es eiskalt den Rücken hinunter. »Das sind Stimmen. Ich kann Stimmen hören.«

Alex stöhnt leise.

Tante Pandora reckt ihren Hals. Sie lauscht. »Das sind sicher nur Spieler«, sagt sie dann.

»Spieler? *Spieler?*« Alex' Stimme klingt unangenehm hoch. Und laut.

Ich zucke zusammen und trete ihr auf den Fuß.

»*Tote* Spieler?«, quiekt sie, davon unbeeindruckt.

Pandora wendet sich um. »Warum sollten sie tot sein?«

»Hier sind ja wohl alle tot, Spieler oder nicht... Und was meinst du überhaupt mit Spielern?« Noch immer klingt ihre Stimme unnatürlich schrill, auch wenn sie jetzt zumindest leiser spricht.

Pandora schnalzt mit der Zunge. »Würfelspieler. Sie spielen um Münzen, was verboten ist.«

»Und das machen sie *hier?*«

»Warum nicht?«

So langsam nervt es, dass meine Großtante Fragen ständig mit einer Gegenfrage beantwortet.

»Weil dies ein Friedhof ist«, erwidert Alex.

»Und weil es regnet«, füge ich hinzu.

Alex wirft mir einen stirnrunzelnden Blick zu.

»Was denn?« Na gut, es hat gerade aufgehört. Aber es ist ja wohl noch alles klitschnass, und falls die Spieler nicht schon tot sind, werden sie sich so sicherlich ruck, zuck den Tod holen.

»Sie treffen sich im Gebeinhaus, im Verborgenen«, klärt Pandora uns auf. »Glücksspiel ist verboten, doch dort sind sie ungestört. Ist ein beliebter Platz für derlei Unzucht. Wir sollten weitersuchen.«

Ach ja, den Grabstein mit dem Stern. Von dem ich nur hoffen kann, dass nicht gerade ein *Spieler* auf ihm sitzt, tot oder lebendig. Ich werfe Alex einen verzweifelten Blick zu.

»So haltet doch Abstand.« Meine Großtante klopft mir auf die Finger und erst jetzt bemerke ich, dass ich noch immer ihren Arm umklammert halte.

»Entschuldige.«

»Abstand« kann man das vielleicht nicht nennen, womit Alex und ich unserer Großtante hinterherschleichen, aber immerhin klammern wir uns nicht an ihr fest. Die gedämpften Stimmen machen den Friedhof noch unheimlicher. Der schmalbrüstige Mond tut sein Übriges und ständig raschelt, huscht und quiekt es irgendwo.

Meine Nerven sind bis zum Äußersten gespannt, als meine Großtante auf einmal »Hier ist es!« sagt. Unwillkürlich greife ich jetzt doch nach ihrem Rock und lasse mich mitziehen zu einem halb zugewachsenen Grabstein. Auf dem unverkennbar ein winziger Stern prangt. Und nicht nur einer: Als Pandora das Efeu abreißt und den Stein Stück für Stück freilegt, wird ein ganzer Sternenhimmel sichtbar. Darunter steht ein Name, ein P, dann ein E, zwei R... Ich halte den Atem an, während meine Tante die restlichen Buchstaben freilegt.

»Hier ist es«, wiederholt sie zufrieden und wischt sich die Hände am Rock ab.

Ich lese den Namen und erstarre. Alex stößt ein leises Pfeifen aus. Wenn das ein Scherz sein soll, dann können wir nicht darüber lachen.

»Die Geschichte kennt ja nun wirklich jeder. Jeder!«, versichert ihr Alex.
Pandora sieht nicht so aus, als wäre das der Fall.
»Du kennst nicht das Schicksal von Phineus Perrevoort, unserem Ur-ur-ur-und-was-weiß-ich-noch-Ahnen?« Ich zeige auf den Grabstein vor uns, als sei seine Geschichte darin eingemeißelt.
Nein. Meine Großtante schüttelt den Kopf. Sie kennt es anscheinend wirklich nicht.
»Phineus Perrevoort verliebte sich in seine eigene Nichte Andromeda«, erkläre ich mit raschen Worten. »Eines Tages sprang er in ihre Zukunft und warnte sie vor der Heirat mit einem anderen Mann. Andromeda versteinerte. Und ihr anklagender, fürchterlicher Blick trieb Phineus in den Selbstmord...« Meine Stimme bekommt einen entsprechend unheilvollen Unterton.
Pandora scheint nicht sonderlich beeindruckt. »Dann würde er wohl nicht hier auf dem Kirchhof begraben sein.«
»Warum nicht?«, fragt Alex.
»Wer Hand an sich legt, wird nicht auf heiligem Boden bestattet, sondern auf dem Schindanger verscharrt.«
»Dem was?«, will ich wissen.
»Dem Schindanger. Dort, wo der Schinder dem Vieh die Haut abzieht.«
Wie nett. Aber so hat man uns die Geschichte erzählt. So haben Pluvius und meine Mutter sie weitergegeben und ich

habe sie Alex referiert. So hören es alle angehenden Zeitreisenden. Als abschreckendes Beispiel.»Das ist ja merkwürdig.« Jetzt bin ich verwirrt.

»Phineus Perrevoort war ein großer Gelehrter meiner Zeit«, sagt Pandora.

Ich widerspreche ihr ja nur ungern, aber: »Er war in erster Linie ein ganz böser Urahn. Alle Zeitreisenden werden vor ihm gewarnt.« Ganz zu schweigen davon, dass Pluvius seinetwegen anscheinend nicht mit mir zusammen sein darf. Zumindest schiebt er ihn immer vor. Aber wenn das alles überhaupt nicht stimmt und Phineus sich gar nicht erhängt hat...

»Phineus wird es mir sagen«, unterbricht Pandora meine Gedanken. Sie klingt mit einem Mal irgendwie verloren. Selbst im fahlen Mondlicht kann ich erkennen, wie niedergeschlagen sie aussieht.

»Was denn sagen?«, will Alex wissen.

»In welcher Zeit ich wirklich bin.«

»Woher weißt du, dass ausgerechnet Phineus dir helfen kann?« Alex deutet auf den Stein.

»Das ist das, was sie mir beigebracht haben, glaube ich.« Pandora runzelt die Stirn. »Falls ich mich jemals in der Zeit verirre... Aber ich weiß nicht mehr, wer das war oder auch wann.«

Also kennt sie auch eine Version der Geschichte, wenn auch eine ganz andere. Eine, die ihr helfen soll. Ich muss schlucken und betrachte lieber den Grabstein vor uns, um nicht ihr trauriges Gesicht sehen zu müssen.

Phineus Perrevoort steht dort, geboren 1423, gestorben 1461.

»Was hat er denn gelehrt, unser Ur-ur-und-noch-ein-paar-urs-Großvater?«, frage ich.

»Astronomie«, erwidert Pandora. »Er hat den Sternfasser geschaffen.«

»Den Sternfasser, von dem du nicht genau weißt, wie er aussieht und was er kann?«, hakt Alex nach.

»Er sagt mir, wo ich bin. Wirklich bin. Er ist für alle, die sich in der Zeit verlieren. Das haben sie gesagt.«

Sie. Wer immer das auch gewesen sein mag. Aber wenn das stimmt, wenn sich meine Großtante wenigstens an das richtig erinnern kann, dann wäre so ein Sternfasser in der Tat sehr nützlich.

»Und wo ist er genau? Hier? In Phineus' Grab?« Alex' Stimme klingt angespannt. Kein Wunder. Ich meine, wir werden doch jetzt nicht etwa anfangen, unseren Ur-ur-ur-und-was-weiß-ich-noch-Ahnen auszubuddeln...

»Nein«, erwidert Pandora zu unser beider Erleichterung. »Er hat ihn versteckt. Und sein Grab ist ein Hinweis darauf.« Sie konzentriert sich wieder auf den Stein vor uns.

Der den Sternenhimmel zeigt. Obwohl, so ganz kann das nicht stimmen: Normalerweise scheinen Sterne doch recht ungeordnet, ein Haufen Nadelstiche am Himmel. Hier allerdings sind nur einige wenige abgebildet, die ein Muster ergeben. Vielleicht ein Sternenbild? So etwas wie Großer Wagen, Kleiner Bär oder so?

Pandora, mit der ich meine Mutmaßung teile, runzelt die Stirn. »Ich weiß nicht. Es erscheint mir so eckig. Rechteckig. Nehmt nur einmal die großen Sterne, diese hier und die da, und denkt Euch eine Linie. Habt Ihr das?«

Auch Alex hat den Kopf schief gelegt. »Sieht aus wie ein

eckiges Kleeblatt«, murmle ich. »Nein, warte, ein auf der Seite liegendes Kreuz mit runder Spitze.«

»Es ist kein Kreuz«, unterbricht mich Pandora. »Es ist eine Kirche.«

»Also, wie eine Kirche sieht es nun wirklich nicht...«

»Eine Kirche, in die man von oben hineinsieht, wenn das Dach fehlt. So wie Gott uns sieht, wenn wir beten.«

Zunächst weiß ich nicht, was sie meint. Dann fällt mir Moritz ein, genauer gesagt, Moritz' Vater, der Architekt ist. Er hat mir einmal den Plan für sein neues, altes Haus gezeigt, das gerade wiederaufgebaut wird. Ein Haus, dem das Dach fehlte und in das man von oben hineinsehen konnte...

»Ein Grundriss«, sage ich zu Alex. »Sie meint einen Grundriss!«

»Grundriss, ja, das kann sein.« Pandora nickt. »Hier hinten ist der Turm, dann das Langhaus, da der Chor. Seht Ihr? Und die kleinen Sterne, das müssen der Altar sein, die Kanzel und hier... Dieser Stern ist besonders, meint Ihr nicht? Der hier, im Seitenschiff...«

Man kann ja über Mittelalterleute sagen, was man will: Ihre Kirchen kennen sie. Von oben und von der Seite.

Alex und ich beugen uns näher über den Grabstein.

»Ich glaube, sie hat recht«, staunt Alex und zeigt auf einen kleinen, dafür aber auffällig tiefen Stern.

»Das muss es sein: Das Versteck des Sternfassers«, haucht Pandora. »Er ist in der Kirche.«

Ich richte mich kerzengerade auf. »Die Kirche neben dem Gebeinhaus? Dort, wo gerade die untoten Spieler hocken? Die dunkle, finster aussehende Kirche dort in unserem Rücken? *Die* Kirche etwa?«

»Kommt«, sagt unsere Großtante nur und ist schon hinter dem nächsten Grabstein verschwunden.

Kapitel 2

Es gibt im Mittelalter unzählige Regeln, die man befolgen muss, um zu überleben. Einige davon hat uns mein Vater beigebracht: sich niemals als höher gestellte Person auszugeben, nichts zu essen und wenn möglich den Kontakt zur einzeitlichen Bevölkerung zu meiden. Manche muss man uns aber auch gar nicht erst beibringen, denn dass es nicht ratsam ist, mitten in der Nacht auf einem Friedhof in eine Horde betrunkener Würfelspieler zu geraten, das können wir uns an fünf Fingern abzählen.

Und Tante Pandora anscheinend auch. Sie duckt sich hinter einen großen Grabstein und winkt Alex und mich zu sich heran. Die Stimmen sind jetzt deutlich zu hören, aber sehen können wir die Männer immer noch nicht.

»Dort«, flüstert meine Großtante und zeigt auf ein dunkles, an die Mauer geducktes Gebäude dem Kircheingang direkt gegenüber.

Und tatsächlich: Vor schwachem Kerzenschein sind geradeso ein paar Schatten auszumachen. »Ungesehen kommen wir niemals an denen vorbei«, wispere ich.

Pandora nickt. Ich kann förmlich hören, wie sie nachdenkt. »Ein Friedhof«, flüstert sie zurück. »Die meisten haben Angst davor, ihn des Nachts zu betreten. Diese Männer begeben sich nur in Gefahr, um ihrem Glücksspiel zu frönen.«

Manchmal fällt sie wirklich fürchterlich in diese Mittelaltersprache zurück, die wir ihr gerade abgewöhnen wollen. »Und was heißt das genau?«

»Dass sie Angst vor Geistern haben.«

»Ach so«, bemerkt Alex ebenso leise wie spöttisch, »dann brauchen wir ja nur einen Geist heraufzubeschwören, vor dem sie sich dann erschrecken und abhauen.«

»Ihr sprecht wahr«, erwidert Pandora zu ihrem und meinem Erstaunen. Und sieht Alex prüfend an.

»Das war nur ein Witz«, zischt Alex.

»Nein, nein, Ihr habt wahr gesprochen, nur allzu wahr. Und wenn ich Euch so ansehe...«

»Was? Mich? Was ist denn mit mir?« Alex hat sich zwar mit dem Kajal zurückgehalten, sieht aber in der Tat recht... na ja, gespenstisch aus. In ihrer schwarzen Hose, dem schwarzen T-Shirt und dem natürlich ebenfalls schwarzen Kapuzenpulli ist sie kaum zu sehen. Dafür leuchtet ihr blasses Gesicht umso mehr und ihre hellblauen Augen strahlen förmlich.

Pandora und ich mustern sie. »Ihr seht fremd aus. Das sollte genügen«, sagt Pandora schließlich. Und erläutert ihren Plan.

Die ganze Zeit über können wir die Stimmen der Spieler hören, ihr Grölen, das Klackern der Würfel. Die Kerzen geben nicht mehr preis als flackernde Schatten, aber es sind mindestens fünf, vielleicht sieben Männer dort drüben. Und uns bleibt mal wieder nichts anderes übrig, als ein paar furchtbar überlebenswichtige Mittelalterregeln zu verletzen: Keinen Kontakt zur einzeitlichen Bevölkerung aufzunehmen. Sich nicht auf dem Friedhof zu einer unbestimmten

Anzahl Spieler zu gesellen. Und vor allem: nicht vorzugeben, tot zu sein.

Es erfordert schon einiges an Mut, so mir nichts, dir nichts aus der Deckung zu kommen. Mal ehrlich: Schon unter normalen Umständen ist ein nächtlicher Friedhof unheimlich. Und jetzt muss Alex auch noch einer Horde wildfremder Männer gegenübertreten und Gespenst spielen. Ich bewundere sie. Und habe gleichzeitig Angst. Wie sie da leicht schwankend, aber immerhin zielstrebig auf das Häuschen zusteuert, das sich an die Friedhofsmauer duckt.

Ich starre ihr in sicherer Deckung hinter meinem Grabstein nach. Mein Herz klopft, mein Hals wird trocken. Ein Kratzen setzt sich in meiner Kehle fest und ich schlucke hastig, doch zu spät: Noch bevor ich mir die Hand vor den Mund halten kann, muss ich husten.

Es wird sofort still auf dem Friedhof. Nicht einmal eine Maus raschelt mehr.

Alex bleibt stocksteif stehen.

»Iz iemand hier?«, hallt eine Stimme über den Kirchenvorplatz.

Meine Schwester rührt sich nicht. Vielleicht ist sie gelähmt vor Angst? Ich wäre es. Auf jeden Fall bringt sie nicht viel mehr als ein Krächzen heraus. Was dann auch wieder zweckdienlich ist.

»Komt hervoren zum Licht, wohrin man Euch sehen künnt«, ruft eine andere, tiefere Stimme.

Pandora und ich blicken uns an. Selbst meine Großtante scheint nervös zu sein, was mich einerseits befriedigt, andererseits noch ängstlicher macht.

Alex geht einen Schritt nach vorne. Dann noch einen. Das Stimmgewirr aus dem Häuschen setzt wieder ein. Anscheinend beraten die Männer, was zu tun ist. Ängstlich allerdings klingen sie nicht. Überhaupt nicht!

Langsam, wie es sich für ein Gespenst gehört, »gleitet« Alex über den Vorhof. Sie ist so dunkel wie die Nacht, ihr Gesicht der einzig hellere Fleck, sodass es körperlos zu sein scheint. Es sind nur noch wenige Schritte bis zu den Männern, deren Gestalten sich nun aus den Schatten schälen und immer deutlicher werden. Und drohend auf meine Schwester zukommen.

Es klappt nicht, oh nein. Diese Spieler sehen alles andere als furchtsam aus.

Ich wünschte, Alex könnte ihr Hexending einsetzen. Aber zum einen ist alles um uns herum viel zu nass, um zu brennen, zum anderen ist Alex sicher auch viel zu nervös, um etwas anzukokeln. Dazu muss sie schon wütend sein.

Plötzlich glimmt ein Licht vor ihrem Gesicht auf: ein grünes, unheimliches Leuchten. Aber wie...? Doch dann verstehe ich, dass Alex sich ihre Armbanduhr unters Kinn gehalten und den Lichtknopf gedrückt hat.

Das funktioniert. Und wie es das tut! Mit einem Aufschrei zerstieben die Männer in alle Himmelsrichtungen, bloß weg von der gespensterhaft glimmenden Alex, es wird gedrängelt und geschubst. Einer kommt so dicht an meinem Grabstein vorbei, dass ich ihn vor Entsetzen keuchen hören kann. Ein anderer, ganz Wagemutiger versucht noch, die Münzen zusammenzuraffen, die ihm heruntergefallen sind, überlegt es sich aber schnell anders, als Alex sich ihm zuwendet. Fluchend und schreiend stolpern die Spieler durch die Nacht, machen sich über die Mauer davon und verschwinden in der Dunkelheit.

Es wird ruhig. Nein, mehr als das: Es wird unheimlich still, bis auf mein Herz, das rasend klopft. Das Ganze hat nicht länger als ein paar Minuten gedauert.

Ich halte es nicht länger aus. Aus meiner Deckung heraus stürze ich zu Alex, die immer noch dasteht wie eine Statue. Und sich ihre Hand unters Kinn hält.

»Alles in Ordnung, Alex? Alles okay bei dir?«

Sie antwortet nicht. Starrt nur auf das Häuschen. Auf das, was unseren Blicken bislang verborgen war.

Ich drehe mich langsam um und sehe wie sie: Totenköpfe. Und Knochen. Hunderte Augenhöhlen starren uns über lippenlosem Grinsen hinweg an. Auf einigen Schädeln sind Kerzen befestigt. Sie haben den überstürzten Aufbruch überstanden und geben den Toten ein flackerndes Eigenleben. Knochen sind gestapelt wie Brennholz. Selbst den Tisch, auf dem Würfel und Becher liegen, ziert ein Arm- oder Beinknochen.

»Lieber Himmel«, bringe ich heraus. »Die spielen Karten zwischen denen hier und gruseln sich vor einer Armbanduhr?«

»Das Beinhaus.« Pandoras Stimme lässt Alex und mich zusammenfahren. Wir haben sie gar nicht kommen gehört. »Was hattet Ihr denn erwartet? Hier werden die übrig gebliebenen Gebeine aus den Gräbern gestapelt, um Platz für die neu Verstorbenen zu schaffen.« Kaltschnäuzig steigt unsere mittelaltergestählte Großtante über ein paar Knochen hinweg, als sei das nichts, und nimmt einen der Schädel mit einer darauf festgetropften Kerze hoch. »Wir brauchen Licht«, erklärt sie, nachdem sie unseren entgeisterten Blick gesehen hat.

Alex sieht ihr kopfschüttelnd nach. Sie dreht sich wieder

um, greift dann zögernd zu einer Kerze und versucht, sie zu lösen.

»Würde ich nicht tun«, warne ich sie. Diese Kerzen sind wirklich nicht mit unseren zu vergleichen. Davon abgesehen, dass sie fürchterlich rußen und stinken, sind sie auch äußerst...

»Au«, flucht Alex und zieht die Hand zurück.

Instabil. Sie tropfen wie verrückt. »Das meinte ich.« Ich habe schon meine eigenen schmerzhaften Erfahrungen mit mittelalterlichen Kerzen gemacht. Aber Licht brauchen wir, da hat Pandora recht.

Alex seufzt. Sie wischt sich die Hand an der Jeans ab, dann nimmt sie einen der Totenköpfe hoch. »Sein oder nicht sein«, sagt sie zu ihm, bevor sie Tante Pandora folgt.

Dann bin ich an der Reihe. Ich strecke meine Hand nach einem der grinsenden Schädel aus. Halte die Luft an, greife mit zwei Fingern durch die Augenhöhlen und nehme ihn hoch.

Wir waren, was du bist. Du wirst sein, was wir sind.

Kann schon sein. Aber bitte nicht sofort, wenn es sich einrichten lässt.

Ich atme einmal tief durch, halte den Schädel am ausgestreckten Arm von mir und schließe mich der schaurigen Prozession an.

»Wir sollten uns beeilen«, sagt Pandora, während sie die Klinke der Kirchentür herunterdrückt. »Wer weiß, wie rasch die Gier ihr Entsetzen besiegt.« Sie stößt die Tür auf.

Die Schädelkerzen vor uns, betreten wir die Kirche, in der der Sternfasser versteckt sein soll. Im kargen Vorraum befinden wir uns direkt unter dem Turm. Pandora würdigt ihn keines zweiten Blickes, sondern geht gleich weiter durch einen hölzernen Bogen und betritt den hohen Saal, den sie als »Mittelschiff« bezeichnet. Durch ein kleines rundes Fenster ganz am Ende hinter dem Altar scheint wenigstens etwas Mondlicht auf die Bankreihen rechts und links des Ganges.

»Dort hinten sind das Querschiff, der Altar und der Chor.« Pandora deutet mit ihrem Totenkopf darauf.

»Wird da gesungen?«, flüstere ich. Es ist vielleicht unnötig, so leise zu sprechen, aber in Kirchen wird nun einmal geflüstert. Das kriegt man nicht so leicht raus.

Pandora wirft mir einen undefinierbaren Blick zu. »Dort sitzen die kirchlichen Würdenträger. Aber dieser Ort ist für uns nicht von Interesse. Die Karte auf dem Grabstein sagt eindeutig, dass der Sternfasser im Seitenschiff zu finden ist.« Sie leuchtet nach links.

Alex folgt ihr. Sie trägt ihren Totenkopf so selbstverständlich vor sich her, als wolle sie ihm die Kirche zeigen. Ich kann mir schon lebhaft vorstellen, wie sie ihrem neuen Freund davon erzählt: Der hat sich nämlich einen Totenkopf auf die Wade tätowieren lassen, von dem ich unserer Mutter unter Androhung schwerster Strafen nichts erzählen darf. Einen Totenkopf mit einer Rose im Auge. Ja, ich denke, Alex' Freund wäre echt beeindruckt. Sofern er meiner Schwester auch nur ein Wort glaubt.

Das Seitenschiff ist natürlich gar kein Schiff, sondern einfach der Gang auf der linken Seite hinter den Säulen. Er ist niedriger als das Mittelschiff und der Boden uneben. In den größeren Nischen, Kapellen genannt, gibt es kleine Fenster, durch die allerdings nur wenig Mondlicht hereinfällt. Auch unsere Kerzen tragen wenig zur Erhellung der Umgebung bei; ich kann gerade mal einen Schritt weit sehen. Das flackernde, rußige Licht bringt die Schatten um uns herum zum Tanzen und verleiht Pandora und Alex, die sich vor mir durch das Gemäuer tasten, ein gespenstisches Aussehen. Es ist absolut still hier drin, nur das Rascheln unserer Kleider und das Scharren unserer Füße ist zu hören, das von den Wänden zurückgeworfen wird. Hört sich beinahe so an, als wäre außer uns noch jemand in der Kirche. Ein Prickeln setzt sich in meinem Nacken fest, wie von tausend Augenpaaren, die mich aus der Dunkelheit heraus beobachten und darauf warten, dass ich hinter den anderen beiden zurückbleibe. Das Prickeln läuft über meinen Rücken hinab in meine Arme und Beine und ich erstarre. Aus dem Augenwinkel sehe ich ein Huschen, etwas raschelt. Das Herz schlägt mir bis zum Hals, mein Atem geht stockend und ganz tief in mir drinnen spüre ich ein hysterisches Kichern aufsteigen. »Nur eine Ratte, das war nur eine Ratte«, versichere ich mir selbst. Was ja auch nicht wirklich ein beruhigender Gedanke ist: Ich kann Ratten nicht ausstehen!

Als ich hinunterleuchte, um zu sehen, ob mir das Rattenvieh gerade am Zeh nagt, erkenne ich, dass wir auf Grabplatten stehen. Auch hier sind wieder die üblichen gekreuzten Knochen und Schädel abgebildet. So wie der, den ich gerade in Händen halte.

Seine augenlosen Höhlen beobachten mich, während ich mich frage, ob er wohl einem Mann oder einer Frau gehört haben mag. Ob der Mensch alt geworden oder jung gestorben ist, ob er...

»Ariadne? Nun mach schon!« Alex' Stimme bringt mich wieder zurück in die Wirklichkeit.

»Ich komme«, flüstere ich und steige so behutsam wie möglich über die Platten.

Pandora leuchtet derweil in eine der Seitenkapellen und ist mit Alex im Schlepptau einen Augenblick später darin verschwunden.

»Wartet auf mich.« Keine Sekunde länger bleibe ich alleine in dem gruseligen Gewölbe! Ich dränge mich ebenfalls in den kleinen Raum und blicke mich um. Hier sieht es aus wie in einer Minikirche: Es gibt eine Art steinernen Altar und zwei kleine Kirchenbänke. An den Wänden hängen auf Holz gemalte Bilder. »Was ist das?«

»Ein Grabmal«, erwidert Pandora, die sich völlig unbeeindruckt am Steinfries des kleinen Altars zu schaffen macht.

»Und wer liegt hier begraben?«

Meine Großtante legt den Kopf zurück und hält ihre Totenkopfkerze höher. »Ein gewisser Lorencz von Warnim und sein Geschlecht.«

»Was für ein Geschlecht?«

»Seine Angehörigen«, erklärt Alex. Sie bleibt am Eingang, um Wache zu stehen. Ihren Kerzenschädel hat sie auf den Boden neben den Altar gestellt. Immer wieder streckt sie den Kopf aus der Kapelle und schaut den Gang links und rechts hinunter.

Ich halte meine Kerze hoch, um ein wenig von der Wandverzierung sehen zu können. Und wünschte sogleich, ich hätte es nicht getan: Skelette tanzen überall um uns herum. Sie halten ihre Opfer an den Händen, reißen sie mit sich in einer Art Tanz: Frauen und Kinder, einen Bischof, einen Edelmann.

»Wie jung, wie alt, wie schön, wie kraus«, kann ich mit Mühe entziffern, »ir muessendt alle in diss dantzhaus.«

Ich lasse die Kerze sinken. Dass man im Mittelalter nicht

lange lebte, darüber haben sich seine Bewohner anscheinend keine Illusionen gemacht.

»Hier ist etwas«, sagt Pandora.

Ich stelle mich neben sie. Halte meinen Totenkopf fest.

Auf dem Altar steht ein halbrunder Stein, aus dem kunstvoll ein Relief herausgehauen wurde. In der Mitte ist ein kleines Kreuz zu sehen, rechts und links davon knien zwei Engel. Ihre Flügel sind so kunstvoll gearbeitet, dass man jede Feder zu sehen glaubt. Auf einem Sockel über dem Kreuz steht eine Jesusfigur. Auch an ihr bewundere ich den Faltenwurf, den irgendein Künstler aus Stein erschaffen hat, die filigranen Hände der Figur, ihren Bart. Um Jesus herum strahlt ein goldbemalter Kranz. Das Gold findet sich auch in der Sonne wieder, die über Jesus in einer steinernen Wolke aufblitzt.

»Wo denn?«, will ich von unserer Großtante wissen.

»Dort.« Sie zeigt darauf.

»Die Sonne?«

»Das ist keine Sonne. Könnt Ihr den Zeiger sehen?«

Ich stelle mich auf die Zehenspitzen und halte mir den Schädel über den Kopf. Man muss schon sehr genau hinsehen, um in der Sonne einen schmalen Strich zu erkennen.

»Wir brauchen eine Leiter, einen Stuhl oder so«, überlege ich.

Ratlos sehen wir uns um. Und ziehen schließlich eine der Bänke näher zum Altar, was einen fürchterlichen Krach macht.

Alex zuckt zurück. »Seid ihr verrückt geworden?«, zischt sie.

Pandora und ich bleiben mit angehaltenem Atem unter dem Steinbild stehen und lauschen.

»Es ist gut«, sagt Pandora. »Niemand hat uns gehört.«

Während Alex sich kopfschüttelnd wieder wegdreht, steigt unsere Großtante auf die Bank. Sie greift nach der goldenen Sonne, wobei sie ein Knie auf den Altarsims stützt. Mit ein wenig Ruckeln gelingt es ihr schließlich, die Sonne herauszulösen. Noch auf der Bank stehend pustet sie den Staub ab, dann wischt sie mit dem Ärmel vorsichtig über die Oberfläche. »Tatsächlich. Er ist es. Es ist der Sternfasser von Phineus.«

»Da ist jemand. Verdammt«, kommt es in diesem Augenblick von Alex. Pandora hält sich den Finger vor den Mund und lauscht. Tatsächlich: Schritte sind zu hören. So schnell es geht, steigt sie von der Bank.

Wir drei sehen uns an.

Die Schritte kommen näher. »Wer da?«, hören wir eine tiefe, männliche Stimme. Vielleicht der Pfarrer?

Es gibt kein Versteck in der kleinen Kapelle.

Pandora pustet erst ihre, dann meine Kerze aus. »Schnell, kommt.« Sie zieht mich am Ärmel hinaus, wobei ich fast über die Bank stolpere, und in die nächste Kapelle. Alex folgt uns. Wieder eine Grabkammer, wie ich im Dunkeln gerade noch erkennen kann. Und auch hier gibt es nichts, wo man sich verstecken könnte.

»Hierher.« Pandora zieht das Tuch unter dem großen Kreuz beiseite, das den Steinfries schmückt.

Wir drei können uns gerade so eben dahinterquetschen. Geduckt kauern wir in der kleinen Nische, Pandora und ich noch dazu mit den schwelenden Totenköpfen im Schoß. Wenn man uns nicht sieht, was ein Wunder wäre, kann man uns sicher riechen. Und genug Spuren haben wir auch hinterlassen: Die verschobene Bank, die gestohlene Sonne. Und die brennende Totenkopfkerze von Alex, die wir in der Eile vergessen haben.

»Du musst springen«, flüstere ich Pandora zu. Und zu Alex: »Halt dich bloß an ihr fest.«

Doch Pandora schüttelt den Kopf. »Ich vermag es nicht«, flüstert sie zurück.

Die Schritte sind deutlich zu hören. Sie halten an, ein entsetzter Ausruf. Jemand murmelt etwas. Wahrscheinlich hat der Pfarrer unseren Einbruch bemerkt. Und schlimmer noch: Durch den Totenschädel muss er denken, dass wir eine Art dunkle Messe abgehalten haben. Damit droht uns nicht nur eine Anklage wegen Diebstahls, sondern auch noch eine wegen Hexerei. Was das im Mittelalter bedeutete, brauche ich wohl nicht extra zu erwähnen.

»Du musst springen.« Ich packe Pandora am Arm. »Du musst. Stell dir den Abgrund vor. Die Zeit.«

»Aber dies ist meine Zeit. Ich kann nicht zurück.« Sie sieht mich entsetzt an. »Hier ist auch nichts. Nirgends. Ich spüre keinen Sog.«

Keine Ahnung, was sie damit meint. Vielleicht einen Tunnel? Ist mir völlig egal. Ich will nicht als Hexe auf einem Scheiterhaufen enden!

»Los«, flehe ich und bohre meine Finger in ihren Oberarm. »Wir müssen nach Hause.«

»Nach Hause«, murmelt Pandora.

In diesem Augenblick wird der Vorhang zurückgerissen. »Wat doet ihr..., wat doet ihr in mine kerk?«, ruft jemand, ein bärtiger Mann, seinem Aussehen nach ein Pfarrer oder Mönch: Er trägt eine dunkle Kutte mit einer Art Kordel als Gürtel. Beherzt greift er nach der Erstbesten, nach Alex, und will sie hervorzerren.

Irgendwo hervorgezerrt zu werden, kann Alex so gar nicht

leiden. Ihre Augen verengen sich zu Schlitzen und schon einen Sekundenbruchteil später springt der Geistliche zurück, als hätte ihn etwas gebissen. Er sieht fassungslos auf seine Hand und versäumt es daher völlig, auf seinen Kordelgürtel zu achten. Der prompt zu qualmen beginnt...

»Jetzt«, brülle ich. Mein Totenkopf gleitet mir aus der Hand und kullert in Richtung Mönch, als ich mich mit beiden Händen an meiner Großtante festkralle und die Augen schließe.

Ein Rauschen kommt auf, es wird dunkel, Farben brausen hinter meinen Lidern. Sterne. Sie hat es wirklich geschafft, Pandora ist gesprungen. Erleichterung durchströmt mich wie eine warme Welle, die mich fortträgt, während die Farbsterne wirbeln und heller werden, heller und heller, zu einem einzigen blassen Stern verschmelzen...

Ich schlage die Augen auf. Und starre direkt in eine Straßenlaterne. Wir haben es tatsächlich geschafft: Wir sind entkommen! Dennoch will sich keine rechte Erleichterung bei mir einstellen. Denn irgendetwas stimmt nicht. Zunächst komme ich nicht darauf, was es sein könnte. Doch dann ist es klar: Die Lampe über mir glimmt schwächlich unter einem roten Kupferdach. Falls hier irgendeine Sonne eingesperrt wurde, dann ist es keine elektrische.

Kapitel 3

Das fahle Licht über mir flackert. Eine Motte hält es trotzdem für den Mond und umschwirrt es tapfer. Auf dem Rücken liegend sehe ich mir das Spektakel eine Weile an, bevor sich meine kleinen grauen Zellen dazu aufraffen können, ihre Aufgabe zu tun: herauszufinden, wo wir sind. Maßnahmen zu ergreifen. Himmel, ich bin so müde!

Also, Punkt eins: Ich liege unter einer Gaslaterne, Alex direkt neben mir. Sie stöhnt. Punkt zwei: Es ist hart. Und, wie sollte es anders sein, feucht. Zwar regnet es nicht, aber die Luft ist kühl und das Kopfsteinpflaster, auf dem wir liegen, noch nass.

»Wo ... wo sind wir?«, ächzt meine Schwester.

Da ich es nun nicht länger hinausschieben kann, richte ich mich auf und sehe mich um. »Keine Ahnung.« Wie immer. Nur bei einem bin ich mir sicher: Unsere Gegenwart ist es nicht.

Wir sitzen auf einer von Gaslaternen gesäumten Straße. Die flackernden Lichter werfen unheimliche Schatten auf die hohen Giebelhäuser rechts und links von uns. Kein Laut ist zu hören. Bis auf Alex, die noch einmal stöhnt und sich die Hand reibt.

»Hast du dir wehgetan?«, frage ich.

»Nur die blöde Kerze von vorhin. Gibt garantiert 'ne Brandblase«, erwidert sie. »Hast du eine Ahnung, in welcher Zeit wir uns befinden?«

»Nicht die geringste«, kann ich nur wiederholen. Beim Aufstehen stütze ich mich auf einen runden Stein auf. Nein, keinen Stein, einen Totenkopf: Ich kann mich gerade noch beherrschen, nicht laut aufzuschreien. Doch es ist nur Pandoras Kerzenständer, der hier im Rinnstein liegt. Ich wische mir die Hände an der klammfeuchten Jeans ab. Pandora. Wo steckt sie überhaupt?

Unsere Großtante steht ein paar Meter weiter unter einer der Laternen und fleht zum Himmel. Zumindest sieht es so aus: Sie hat ihre Hände zum Licht erhoben, den Kopf in den Nacken gelegt.

»Dann wollen wir mal«, seufze ich und warte, bis Alex sich ebenfalls aufgerappelt hat.

Gemeinsam gehen wir zu ihr. Es ist kalt und klamm, ein kühler Wind weht durch die menschenleeren Gassen. Ich betrachte die Backsteinhäuser mit den hohen Fenstern, wobei mir besonders ein Gebäude ins Auge fällt: ein weißes, mehrstöckiges Haus, dessen Fassade mit Figuren geschmückt ist. Zwei sitzen rechts und links neben dem Giebel, zwei weitere stehen auf der Balkonbrüstung des zweiten Stocks. Das Haus bleibt wie die anderen dunkel, als ich daran vorübergehe, doch seine Sprossenfenster wirken, als würden sie uns die ganze Zeit über beobachten.

Auch Alex scheint dieses Gebäude aufgefallen zu sein, denn sie wirft ihm immer wieder unruhige Blicke zu, bevor sie unsere Großtante anspricht. »Pandora?«

Die antwortet nicht. Unsere Großtante ist mal wieder völlig mit sich selbst beschäftigt. Konzentriert hält sie den Sternfasser hoch, dreht ihn hierhin und dorthin. Schließlich lässt sie ihn sinken und starrt mutlos vor sich hin. »Es funktioniert nicht«, murmelt sie. »Nicht hier. Ich brauche mehr Licht.«

Also, mehr Licht halte ich für überhaupt keine gute Idee: Wir wollen doch wohl nichts und niemanden aufwecken. Und schon gar nicht dieses merkwürdige Haus. Ich zupfe unsere Großtante am Ärmel. »Tante Pandora? Was ist geschehen?«

Sie dreht sich zu Alex und mir um und betrachtet uns stirnrunzelnd, als sähe sie uns zum ersten Mal. »Geschehen?«, fragt sie dann. »Wir sind gereist. Durch die Zeit gereist.«

»So weit waren wir auch schon.« Ich sehe mich um. Noch immer keine Menschenseele auszumachen. Allein die Gaslaternen und die unheimliche Stille zeugen davon, dass diese Welt nicht unsere ist. »Ich meine: Wo sind wir genau?«

Pandora zuckt mit den Schultern. »Ich habe an zu Hause gedacht.«

»Ans Mittelalter? An die Burg?«, fragt Alex.

»Nein. An das Wort: zu Hause. Und dabei schoss mir ein Bild durch den Kopf...«

»Welches Bild?«

»Das eines Knaben.«

»Eines Knaben?«

»Ja. Eines kleinen Knaben. Er zählte vier oder fünf Lenze und hatte rotes Haar...« Ihre Stimme klingt mit einem Mal traurig, verliert sich. »Ich weiß nicht, wer er ist«, setzt sie dann hinzu.

Nun, ich kann es mir denken und Alex sicher auch. Ich werfe meiner Schwester einen bedeutungsschwangeren Blick zu. Aber zum einen will unsere Großtante ja nichts darüber hören, dass sie ein Kind hat, das sie das letzte Mal gesehen hat, als es vier Jahre alt war. Zum anderen weiß ich nicht, was es für Auswirkungen gehabt haben kann, dass sie im Augenblick ihres Sprungs an Pluvius gedacht hat.

Pluvius. Eine Welle der Sehnsucht überschwappt mich. Ich wünschte, er wäre bei mir. Ich wünschte... Aber das ist nicht von Bedeutung. Jetzt müssen wir erst einmal weg von hier. Uns in Sicherheit bringen. »Können wir jetzt bitte weiterspringen? Nach Hause? *Wirklich* nach Hause?«

»Ich weiß es nicht«, erwidert Pandora und sieht mich merkwürdig an. »Ich habe den Sog gespürt, aber erst spät. Da waren so viele Bilder, so viele Lichter...« Unvermittelt fasst sie sich in den Mund und holt etwas hervor.

Der matte Schein der Gaslaternen reicht völlig aus, um mir zu zeigen, dass in ihrer Handfläche ein Zahn liegt.

Gut, wir müssen ruhig bleiben. Pandora sieht auch ganz gelassen aus, obwohl sie es ja ist, die einen Zahn verloren hat. Sie starrt nur darauf und rührt sich nicht.

»Keine Panik«, sage ich. »Nur keine Panik. Das kann ich erklären. Das kommt von der vielen Springerei. Du bist in letzter Zeit ein wenig zu viel herumgereist. Erst das Mittelalter und jetzt...« Ich blicke mich hektisch um, »... eben nicht das Mittelalter. Das kann passieren. Kein Grund zur Panik.«

Pandora sieht hoch. »Was ist Panik?«

Das, was ich gerade fühle, aber das sage ich nicht laut. Ich fühle noch ganz andere Sachen.

»Angst«, übersetzt Alex.

»Ich habe keine Angst«, sagt Pandora und klingt in der Tat mehr erstaunt als eingeschüchtert.

Das macht gar nichts, ich habe genügend Angst für zwei.

Nach diesen weiten Sprüngen kann es wer weiß was für Nebenwirkungen geben. Bisher war ich davon ausgegangen, dass Pandora dagegen immun ist. So wie ich auch. Vorsichtshalber taste ich mit der Zunge alle meine Zähne ab, aber nein: wackelt nichts. Müde allerdings bin ich, und wie. Und ratlos. Und ja, jetzt bin ich auch panisch. Denn wir können nicht gleich weiterspringen: Das ist viel zu gefährlich für Pandora. Aber hierbleiben kommt eindeutig auch nicht infrage, schließlich wissen wir nicht einmal, wo »hier« überhaupt ist.

Kaum habe ich das gedacht, erwacht das weiße Haus mit den Säulen zum Leben. Es knarrt. Nein, nicht das ganze Haus knarrt, die Tür ist es, die sich geräuschvoll öffnet. Und eine Gestalt mit Lampe auf die Straße spuckt.

Alex und ich starren sie an, während Pandora den Sternfasser unauffällig in den Falten ihres Rocks verschwinden lässt.

»Hier herüber«, ruft die Gestalt leise, aber bestimmt, und winkt mit der Lampe.

Hier herüber? Das wäre ja noch schöner, kann ich gerade noch denken, als Pandora sich auch schon auf den Weg macht. »Du kannst doch nicht..., wir können doch nicht...«, stammele ich, aber sie geht entschlossen auf das Licht zu.

Alex folgt ihr.

»Alex!«, sage ich kläglich.

Meine Schwester dreht sich zu mir um. »Ich bin müde. Mein Kopf tut mir weh. Mir ist kalt und ohne sie«, sie nickt in Richtung Pandora, »können wir eh nicht weg von hier.«

Ich blicke mich um. Jetzt ist es auch hinter einem der anderen Fenster hell geworden: Man ist wohl schon aufmerksam geworden auf uns. Nein, ich will nicht mutterseelenallein hier auf der Straße bleiben. Also folge ich meiner Schwester und meiner Großtante. Und tröste mich mit dem Gedanken, dass Pandora im Notfall, wenn es hart auf hart kommt, immer noch springen kann – schließlich hat sie noch jede Menge Zähne.

Die Gestalt, die uns zwischen den Säulen des Eingangs eine Petroleumlampe entgegenstreckt, entpuppt sich als ältere Frau. Sie trägt einen gerüschten Morgenrock, den sie vorne zusammenhält, und eine ebenfalls gerüschte weiße Haube. »Hier herüber«, wiederholt sie. Sie lässt uns an sich vorbeigehen. Kurz streckt sie ihren Kopf noch mal heraus, um sich auf der Straße umzusehen, und schließt dann die Tür. »Wenn ich bitten darf«, sagt sie, als wäre es das Selbstverständlichste auf der Welt, und geht uns voraus.

Pandora, Alex und ich folgen ihr wortlos in die Eingangshalle. An schemenhaften Kommoden, Stühlen und einem kurz aufleuchtenden Spiegel vorbei zur Treppe. Schweigend steigen wir hinter ihr die breiten Stufen hoch bis ins zweite Stockwerk. Dicker Teppich dämpft jeden unserer Schritte. Bilder hängen an den Wänden. Es ist kein Laut zu hören außer dem Schleifen des Morgenrocks, den die Frau trägt. Der merkwürdige Geruch nach angebrannten Socken stammt von der Lampe, wird mir erst nach einer ganzen Weile klar.

Im zweiten Stock bleibt die Frau stehen und öffnet erst eine der Türen und deutet dann auf das gegenüberliegende Zimmer. »Für die Damen ist alles vorbereitet«, verkündet sie und blickt dabei eindeutig mich und Pandora an. »Nachtwäsche liegt auf dem Bett. Wenn Sie noch etwas benötigen, scheuen Sie sich nicht und ziehen Sie an der Schnur neben dem Bett.«

»Habt Dank«, sagt Pandora, die solche diensteifrigen Geister gewohnt ist und gar nicht erst protestiert. Mit einem leichten Nicken und ohne ein weiteres Wort verschwindet unsere Großtante im rechten Zimmer und schließt die Tür.

Na wunderbar. Alex und ich sehen uns an.

»Ich kann Ihnen auch noch eine Wärmflasche bringen, wenn Sie möchten«, bietet die Haubenfrau an, die anscheinend darauf wartet, dass ich in dem anderen Zimmer verschwinde.

»Äh, nein. Danke. Nur eine Frage noch«, und schon sprudelt sie aus mir heraus und bringt auch noch jede Menge Freunde mit: »Wo sind wir? Und vor allen Dingen: wann? Wieso werden wir erwartet? Wessen Haus ist das?«

Die Haubenfrau verzieht keine Miene. Sie wartet, bis ich Luft holen muss, und antwortet dann: »Die gnädige Frau wird Ihre Fragen morgen beantworten. Sie erwartet Sie nach dem Frühstück.« Dann dreht sie sich zu Alex um. »Und Sie können mir jetzt folgen.«

»Folgen? Wohin denn folgen?«, komme ich meiner Schwester zuvor.

»Wir wussten nicht, dass Sie noch einen Diener mitbringen«, erklärt die Haubenfrau über ihre Schulter hinweg. »Er kann oben schlafen.«

Alex kneift die Lippen zusammen. Sie sieht nicht begeistert darüber aus, wieder mal den Jungen geben zu müssen. Tja, damit sich das ändert, wird sie ihre Haare noch eine ganze Weile länger wachsen lassen müssen. Als Zeitreisende ist man stets gezwungen, eine Rolle zu verkörpern: Die Menschen anderer Epochen sind sehr empfindlich, was das angeht. Entweder man ist ein Junge oder ein Mädchen, und das hat man sofort an der Kleidung oder der Haartracht zu sehen. Alles andere ist verdächtig. Alex weiß das sehr gut, also spielt sie das Spiel mit: »Gnädiges Fräulein«, sagt sie und macht eine spöttische Verbeugung vor mir. »Ich werde Sie dann morgen aufsuchen und alles Weitere mit Ihnen besprechen.«

Auch ich füge mich in meine Rolle und nicke nur. Wohl ist mir nicht dabei. Vor allem, als sich die Haubenfrau und Alex entfernen und das Licht mitnehmen!

»Halt! Stopp!«, rufe ich ihnen hinterher, allerdings nicht sehr laut. Unzählige weitere Fragen schießen mir durch den Kopf: Wer hat uns erwartet? Wer will uns sprechen? Wer kann denn überhaupt wissen, dass wir hier sind, wenn wir selbst nicht einmal sagen können, wo und wann wir eigentlich sind?

Da das Treppenhaus inzwischen abweisend dunkel ist, gehe ich in das Zimmer, das die Haubenfrau mir zugewiesen hat. Es ist ein Schlafzimmer, zumindest sehe ich als Erstes ein großes Pfostenbett, daneben einen Nachtschrank und darauf eine Kerze. Ich stürze so erleichtert darauf zu wie vorhin die Motte auf die Straßenlaterne und hebe den Kerzenständer hoch, um mich umsehen zu können.

Die Gardinen sind zugezogen, deshalb ist es so duster. Vor den grünsamtenen Vorhängen kann ich einen schlanken Tisch erkennen, dazu einen Stuhl. Links davon steht eine Kommode, auf ihr eine Uhr unter einer Glashülle. Die Ziffern und Zeichen sehen merkwürdig aus, aber ich würde meinen, dass sie zwei Uhr zeigt. Ungefähr. Ich versuche, die Schubladen aufzuziehen, aber sie sind abgeschlossen. Auf der anderen Seite des Fensters befindet sich noch eine Kommode. Etwas höher, aber aus demselben glänzenden Holz. Es liegt eine Häkeldecke darauf, sonst nichts, aber darüber hängt ein viereckiger, goldgerahmter Spiegel, der bis zur Decke reicht. Diese Schubladen kann ich aufziehen: Sie sind leer. Ich schließe sie wieder und stoße mir dabei den Fuß an einer großen Bodenvase. Mit einem unterdrückten Stöhnen lasse ich mich auf den Stuhl fallen und knete mit einer Hand meine Zehen. Die ganze Zeit über habe ich Angst, dass die Kerze ausgeht. Ich kann nirgendwo Streichhölzer sehen und wer weiß, ob die überhaupt schon erfunden wurden. Letztendlich stehe ich auf und gehe zum Bett hinüber. Links von mir steht eine Frisierkommode mit ovalem Spiegel – anscheinend ist dies die Zeit der Kommoden. Und der Muster: Die Tapete ist gestreift und voller Blümchen, dazu kommen noch die vielen Bilder, die darauf hängen. Die Zeit der Kommoden und schrägen Muster also. In der Ecke schließlich steht der Waschtisch mit Porzellanbecken und einem Krug darunter: Ich kenne diesen Tisch von unserer Oma. Sie hat so einen ähnlichen im Vorgarten stehen und die Schüssel mit Blumen bepflanzt.

Wie schon beim Gedanken an Pluvius verspüre ich einen heftigen Stich, wenn ich an Omas Haus denke. An das Haus und an Alex, die hier irgendwo alleine in einem Zimmer liegen muss. So wie ich. Ich überlege, ob ich mich zu ihr schleichen soll, und beäuge misstrauisch die Kerze. Ich gähne. Nein, besser nicht. Ich habe wenig Lust, mit einer unzuverlässigen Kerze durch ein finsteres Haus in einer unbekannten Vergangenheit herumzuwandern.

Ich gehe rüber zum Bett. Auf ihm liegt, wie versprochen, das Nachthemd, in das ich schlüpfe. Meine Sachen lege ich auf einen der zahlreichen Stühle im Zimmer, dann klettere ich unter die Laken. Es ist kalt. Ein langstieliger Kerzenlöscher liegt auf dem Nachttisch, doch ich kann mich nicht überwinden, die Kerze auszumachen.

Jemand will mit uns reden. Jemand wusste, dass wir kommen. Pandora hat einen Zahn verloren, Alex ist unser Diener und ich werde nie wieder warm werden und kann sicher kein Auge zumachen…

Ich muss sofort eingeschlafen sein, denn das Nächste, was ich mitbekomme, ist, dass die Vorhänge weggezogen werden und die Sonne mich kitzelt. Ich gähne mit geschlossenen Augen, während ich mich ausgiebig recke. Für den Bruchteil einer Sekunde erwarte ich, Rufus zu hören oder Aella. Dann fällt mir der Friedhof ein, das Schädelhaus, der Sprung in eine andere Zeit: Mit einem Schrei setze ich mich auf und finde mich Auge in Auge mit einem jungen Mädchen wieder, das mich ebenso erschrocken ansieht wie ich sie. Sie trägt ein rotes Kleid mit weißer Schürze und genauso eine Haube wie die Frau gestern Abend. Und sie knickst vor mir.

»Entschuldigung«, sagt das Mädchen. »Ich soll Sie wecken. Haben Sie gut geschlafen?«

»Ja, äh, danke«, krächze ich. Ich schaue auf meine Uhr. Sie ist nach den vielen Sprüngen alles andere als zuverlässig und zeigt auch prompt Mitternacht. »Welche… äh, welche Zeit haben wir?«

Das Mädchen hat sich neugierig vorgebeugt, um zu sehen, was ich an meinem Handgelenk habe. Jetzt zuckt sie wieder zurück. »Es ist neun durch«, antwortet sie beflissen.

»Ich meine: in welchem Jahr?«

Sie starrt mich an.

»Welches Jahr haben wir?«, wiederhole ich.

»Achtzehnhundertdreiundzwanzig.« Sie geht ein paar Schritte rückwärts zur Tür, greift hinter sich und tastet nach der Klinke, ohne mich aus den Augen zu lassen. »Ihre Sachen waren nass: Ich habe Ihnen neue besorgt. Und wenn Sie gestatten, werde ich Ihnen jetzt Ihr Frühstück holen.«

Ich gestatte es und nicke. Achtzehnhundertdreiundzwanzig ist gar nicht so übel. Achtzehnhundertdreiundzwanzig ist wenigstens nicht Mittelalter: Hier gibt es Frühstück!

Das Mädchen verschwindet und ich klettere aus dem Bett. Auf dem Stuhl, auf den ich gestern meine Klamotten gelegt habe, hängen ordentliche neue Kleider in zartem Blau und Violett. Gestreift, natürlich. Die mir so einigermaßen passen, wenn man einmal von den voluminösen Unterhosen absieht. Wobei: Wahrscheinlich sollen die so sitzen. Und tatsächlich erst knapp überm Knöchel aufhören. Der Unterrock ist so steif, dass ich ihn aufstellen und vom Stuhl aus hineinspringen könnte, was ich natürlich nicht tue. Dafür sitzt der Rock eng in der Taille und reicht bis zum Boden. Durch den Unterrock bauscht er sich mächtig auf und raschelt bei jedem Schritt. Ich gehe davon aus, dass das Leinenkleid mit dem viereckigen Ausschnitt so eine Art Unterhemd ist, und ziehe das Oberteil mit den Puffärmeln darüber. Selbst die Ärmel sind gestreift, was ich nicht wirklich geschmackvoll finde. Aber andere Zeiten, andere Sitten, und sich der Epoche entsprechend zu kleiden, ist eine der Überlebensregeln beim Zeitreisen. Fehlen noch die Schuhe. Nein, beim besten Willen kann ich mich an die winzigen, geschnürten Stiefelchen nicht gewöhnen. Ich ziehe sie rasch wieder aus und lasse sie unter dem Bett verschwinden. Meine eigenen Klamotten haben sie fortgeschafft, aber meine heiß geliebten Chucks sind noch da. Nicht gerade trocken, aber immer noch bequemer als die Winz-Stiefel. Und unter den langen Röcken auch nicht zu sehen, wenn ich ein bisschen aufpasse.

Ich stelle mich vor den Spiegel, der über der Kommode hängt, und drehe und wende mich. Dann fällt mir siedend heiß ein, dass ich vergessen habe, mich zu waschen, und ich hole ein rasche Katzenwäsche nach.

Gerade noch rechtzeitig, denn schon klopft es und das Mädchen kommt zurück. Sie trägt ein Tablett und bleibt wie angewurzelt im Türrahmen stehen. »Oh«, sagt sie.

»Oh?« Ich sehe an mir herunter. Keine Ahnung, was ich falsch gemacht habe.

»Ich dachte, Sie wollten erst das Frühstück nehmen.« Das Mädchen deutet mit dem Kopf auf einen anderen Stuhl neben dem Bett, über dem ein Morgenmantel hängt.

»Ich bin nicht so hungrig«, behaupte ich, obwohl mir der Magen in den Kniekehlen hängt.

»Dann mache ich Ihnen erst die Haare«, sagt das Mädchen und stellt das Tablett auf den zierlichen Tisch vor dem Fenster.

Mir bleibt nichts anderes übrig, als mich vor die Frisierkommode zu setzen und mich bearbeiten zu lassen. Und ehrlich: Jede Friseurin in unserer Zeit hätte bei der Behandlung eine Anzeige wegen Körperverletzung am Hals. Mit tränenden Augen und zusammengekniffenen Lippen lasse ich mich wieder und wieder kämmen. Dann wird mir das Haar gescheitelt und glatt an den Kopf gelegt. Das sieht so blöd aus, dass mir zu den Schmerztränen jetzt auch noch welche aus lauter Frust ins Auge schießen. Gott sei Dank sind wir noch nicht fertig: Mit den Nadeln zwischen den Zähnen steckt das Mädchen mir die Haare hinten am Kopf zu einem kunstvollen Knoten auf. Als Letztes zieht sie vorne ein paar Strähnen heraus, macht sie feucht und lockt sie um ihre Finger. Aus dem Spiegel starrt mir mit großen Augen zwar eine völlig Fremde entgegen, aber mit den Locken, die das Gesicht umrahmen, sieht sie recht hübsch aus.

»So, das wär's. Soll ich das Frühstück wieder abräumen oder wollen Sie noch ein bisschen zu sich nehmen?«

»Unterstehen Sie sich! Ich meine, ja, ich nehme noch etwas zu mir.« Vorsichtig stehe ich auf und gehe zu dem Stuhl hinüber. Setze mich umständlich und nehme mir ein geröstetes Brot, das dick mit Butter bestrichen ist und köstlich duftet. Aus einem Schälchen tropfe ich einen Klecks Marmelade darauf und muss sagen, dass diese Zeit durchaus das Zeug dazu hat, meine Lieblingszeit zu werden. Bei den Mittelalterbauern, bei denen ich mal gelandet bin, gab es Grütze und Innereien zum Frühstück. Was vierhundert Jahre doch ausmachen!

Mein schlechtes Gewissen meldet sich und verlangt, sich nach Alex zu erkundigen, was ich auch tue, und das Mädchen verspricht, mir meinen »Diener« gleich nach dem Frühstück zu schicken. Na also.

Nach dem ersten Bissen, bei dem ich aufpassen muss, nicht zu schnurren wie eine Katze, fällt mir noch etwas ein. »Noch eine Frage.« Ich schlucke. »Wäre es vielleicht möglich, mir ein paar Streichhölzer zu besorgen?«

Das Mädchen starrt mich an. »Ein paar was?«

»Streichhölzer.« Ich versuche eine Umschreibung. »Kleine hölzerne Dinger mit rotem Kopf, mit denen man Feuer macht?«

»Feuer? Ist Ihnen kalt? Soll ich Feuer machen, am helllichten Tag?«

Das sagt wohl alles darüber aus, was davon zu halten ist. »Nein, kein Feuer, Licht. Ich hätte gern etwas Licht. Nur vorsichtshalber.« Ich musste letzte Nacht nämlich auf Toilette und die Kerze war fast runtergebrannt. Eine Situation, die ich nicht mal meiner ärgsten Feindin wünsche. Na ja, außer Bia vielleicht, der schon.

»Ihr braucht Licht?« Das Mädchen sieht zu den Vorhängen hinüber.

»Nicht jetzt«, sage ich ungeduldig, während mir der Duft meines Frühstücks in die Nase steigt. »Aber vielleicht später.«

»Ich kann Licht machen, wenn Ihr mich ruft«, bietet das Mädchen zögerlich an. »Meistens.«

»Meistens?« Das interessiert mich. Trotz Frühstücksduft. »Wie macht man denn Licht?«

»Nun, so wie immer.« Sie erklärt es mir. »Ich schlage Stahl und Feuerstein über dem Zunderkästchen aneinander, bis ein Funken hineinspringt. Unsere Köchin kann guten Zunder sengen, also ist es nicht so schwer, das Fünkchen mit Anblasen am Leben zu erhalten. Dann halte ich den Schwefelfaden daran, doch das stinkt, und manchmal muss ich husten dabei und blase die Flamme wieder aus, was Ärger gibt. Aber dann, meistens, gelingt es mir und ich bringe die Flamme an den Docht. Und das war's.« Sie klingt stolz.

Und ich nehme mir fest vor, Streichhölzer künftig mit Ehrfurcht zu behandeln.

Das Mädchen knickst. »Ich schicke Ihnen dann, so schnell es geht, Ihren Diener.«

Ich nicke mit vollem Mund.

Doch statt zu gehen, knickst sie noch mal, kniet sich dann hin und macht sich unter meinem Bett zu schaffen.

Mir stockt der Atem, weil ich kurz denke, sie will mir die fiesen Stiefelchen aufzwängen, doch nein, sie holt nur den

Nachttopf hervor. Den ich, ich muss es gestehen, diese Nacht auch benutzt habe...

»Äh, tut mir leid. Die Kerze war schon fast runtergebrannt und ich wusste nicht, wo das Klo ist«, stottere ich und spüre, wie ich knallrot werde.

Das Mädchen ist darüber genauso verblüfft wie über meine Frage nach der Jahreszahl. »Das was?«, fragt sie.

»Die Toilette.«

Sie starrt mich an.

»WC? Stilles Örtchen? Da, wo Kaiser und Könige zu Fuß hingehen?«, kann ich noch anbieten.

Immer noch verständnisloses Starren.

»Das kommt wohl noch. Ist aber eine echt nützliche Erfindung. Neben den Streichhölzern«, prophezeie ich. Ich drehe mich wieder zum Frühstück um. Als ich die Tür zugehen höre, bin ich schon bei meinem zweiten Brot angelangt.

In der Kanne befindet sich Tee, wie sollte es anders sein, aber ich bin durstig. Ich gieße ihn in eine kleine Schale, weil es keine Tasse gibt, und stürze ihn hinunter.

Nachdem ich mir auch das letzte Brot geschmiert habe, lasse ich meinen Blick durchs Zimmer streifen. Über die abgefahrenen Tapeten, deren Farben mir im hellen Tageslicht fast schon in den Augen brennen, und die Bilder an der Wand, die Jagdszenen darstellen. Jetzt fühle ich mich satt und zufrieden. Für einen Augenblick kann es mich nicht kümmern, wo ich bin und wer uns in dieses Haus eingeladen hat. Ich sehe aus dem Fenster und betrachte kauend die Giebel der Häuser auf der anderen Straßenseite. Wir scheinen uns am Stadtrand zu befinden, denn hinter den gegenüberliegenden Dächern sehe ich nichts als Grün. Eine Wiese erstreckt sich dort, mit bunten Büschen als Tupfer darauf. Nein, einen Augenblick, das ist keine Wiese: Ich kann Wege erkennen. Mit dem Marmeladenbrot in der Hand stehe ich auf und gehe näher zum Fenster. Ein Park, das ist ein großer, wirklich großer Park mit geschwungenen Wegen, mit Hecken und farbigen Blumenrabatten hier und da, mit kleineren Kanälen und Brücken. Und einem runden Teich in der Mitte.

Ich schlucke. Kneife die Augen zusammen.

Tatsächlich: Ein dunkler Hügel am Horizont begrenzt den Park. Und wenn ich mich ganz nach links in die äußerste Ecke des Fensters drücke, kann ich sie gerade noch so erkennen: Die Schlossruine, in der Pluvius, Moritz und ich vergeblich nach den Sammlern gesucht haben.

Kapitel 4

Mit zitternden Knien folge ich dem Mädchen, das mir das Frühstück gebracht hat. Die Treppe hinunterzusteigen ist gar nicht so einfach in diesen Röcken, bei denen man nicht sieht, wohin man tritt.

Alex, die die Nacht im Dienstbotentrakt verbracht hat, muss solange in meinem Zimmer warten: Sie ist nicht eingeladen zu dieser besonderen Audienz bei der »gnädigen Frau«, zu der mich das Mädchen gerade abgeholt hat. Allerdings scheint sie auch nicht sonderlich unglücklich darüber.

Im Flur unter meinem Schlafzimmer führt mich das Mädchen zu einer Tür. Sie klopft, dann wartet sie. Anscheinend hat sie eine Aufforderung gehört, denn sie greift nach der hohen Klinke und öffnet sie. Das Mädchen tritt zur Seite und wartet, bis ich vorbeigegangen bin. Ihre Miene ist völlig neutral. Vielleicht weiß sie nicht, dass sie mich gerade in die Höhle des Löwen geführt hat. Oder besser gesagt: der Löwin.

Noch dazu eine sehr plüschige Höhle. Wie in meinem Schlafzimmer werde ich beinahe erschlagen von der gemusterten Tapete, den bodenlangen blumigen Vorhängen, den auffällig gestreiften Stühlen und Sofas. Von der Decke baumelt ein goldener Kronleuchter mit hohen Kerzen. Links am Fenster steht ein von Bilderrahmen überquellender Sekretär, davor ein tiefer geblümter Sessel. Auf Säulen stehen Pflanzen, die auch auf einer speziellen Bank vor dem Fenster zu sehen sind. In der Ecke eingepasst kann ich eine Vitrine mit kleinen bemalten Tassen erkennen. All das erfasse ich im Bruchteil einer Sekunde, bevor ich mich auf die Sitzgruppe rechts von mir konzentriere. Sie besteht aus zwei zarten Sofas mit hohen Beinen und einem ebenso zierlichen Sessel.

Nike in ihrem Rollstuhl wendet sich mir zu. »Komm herein, Kind«, krächzt sie mit ihrer heiseren Stimme. »Wir haben dich schon erwartet.«

Wir, das sind anscheinend sie und Großtante Pandora, die reglos und mit gefalteten Händen in einem der Sessel sitzt.

Nike hat sich kein bisschen verändert. Ihre Haut ist faltig und voller Altersflecken, sie hat immer noch diesen Mund mit den schmalen bläulichen Lippen. Die langen Ohrläppchen, an die ich mich erinnere, werden allerdings von ihren Korkenzieherlocken verdeckt. Darüber trägt sie eine Haube. Mir wird übel, während ich zum anderen Sofa hinübergehe. Nachdem ich herausgefunden habe, wo ich bin, konnte ich mir bereits denken, wer uns hier erwartet hat. Dennoch ist es ein Schock.

»Nein, hierherüber, in den Sessel. Damit ich dich besser sehen kann.«

Der Satz kommt mir vage bekannt vor. Stammt der nicht aus einem Märchen? Und hieß es da nicht am Schluss: Damit ich dich besser fressen kann?

»So ist es besser. Du siehst gut aus in Bias Sachen. Fast so, als würdest du in diese Zeit passen«, kichert Nike. »Und deiner schweigsamen Begleiterin steht mein Komplet auch sehr gut, findest du nicht?«

Ich weiß zwar nicht genau, was ein »Komplet« ist, doch Pandora ist ähnlich ausstaffiert wie ich. Nur ihre Ärmel sind noch ein ganzes Stück voluminöser. Sie kann kaum die Tasse an den Mund heben, die sie samt Untertasse in der Hand hält. Auch ihre Haare sind streng gescheitelt und zu einem Nackenknoten mit seitlichen Korkenzieherlocken frisiert. Sie sieht völlig unbeteiligt zu mir herüber und ich werfe ihr einen wütenden Blick zu.

Ihre Schuld! Das Ganze ist überhaupt ihre Schuld. Sie ist schließlich hierhergesprungen!

»Bia sagte mir schon, dass ihr sicher zu zweit kommen werdet, du und deine Schwester.«

Schwester? Ach so, sie verwechselt Pandora mit Alex, mit der ich damals im Mittelalter nach meinem Vater gesucht habe. Bia hat uns beide dort getroffen.

»Dass ihr noch einen Diener mitbringen würdet, davon hat sie allerdings nicht gesprochen.« Unter schweren Lidern sieht mich Nike lauernd an.

»Diener? Wieso... oh. Das ist natürlich nicht unser Diener, sondern mein... mein Freund.« Hoffentlich hat sie das kurze Zögern nicht bemerkt. Aber ich kann ihr wohl schlecht etwas von einem Bruder erzählen: Die Sammler scheinen ziemlich gut über unsere Familienverhältnisse informiert zu sein, seit Zelos uns damals aufgespürt hat.

»Und sein Name?«

»Was? Der von meinem Freund? Moritz«, antworte ich wie aus der Pistole geschossen.

Nike nickt langsam. »Moritz also.« Als müsse sie sich den Namen merken. »Bia erzählte mir von eurem gemeinsamen Abenteuer auf der Burg«, fährt sie dann fort. »Und wie unfein ihr sie einfach ins Burgverlies eingesperrt habt. Möchtest du auch Tee, mein Kind?«

Der Umschwung kommt so plötzlich, dass ich mich wie vor den Kopf geschlagen fühle und gar nicht fähig bin zu antworten.

»Nicht? Nun dann. Wo war ich? Ach ja, bei eurem unschönen Versuch, die arme Bia zu beseitigen...«

»Wir wollten sie nicht beseitigen«, protestiere ich schwach. »Wir wollten sie nur aus dem Weg räumen.« Was sich jetzt auch nicht wesentlich besser anhört.

»Papperlapapp«, macht die Alte und wedelt mit der Hand. »Bia kann selbst auf sich aufpassen. Ist mir völlig schnurz, ob sie in irgendeinem Verlies schmachtet oder im einundzwanzigsten Jahrhundert auf der Lauer liegt.«

Einundzwanzigstes Jahrhundert. Das ist meins. Und auf der Lauer liegt sie in der Tat, und zwar bei... Moritz. Mist. Weiß Nike das? Weiß Nike, dass Moritz unmöglich mit mir hier sein kann, weil Bia auf ihn aufpasst?

Nike unterbricht meine Gedanken. »Und das«, zeigt sie auf Pandora, »ist also deine Schwester. Sie redet wohl nicht viel?« Sie sieht fragend zu mir und wieder überlege ich fieberhaft.

»Doch. Ich meine nein. Ich meine, sie steht wahrscheinlich noch unter Schock.« Ich vermeide den Blick zu Pandora. Meine Gedanken rasen. Nike hat sie anscheinend nie vorher gesehen, aber sicherlich von ihr gehört: Pandora war schließlich die Hüterin der Zeitkarte und von Sammlern gefürchtet.

»Muss ich dir jetzt jeden Namen einzeln aus der Nase ziehen?«, schnappt die Alte ungeduldig. Sie fragt nicht aus Höflichkeit: Namen haben Macht in diesen Kreisen. Nicht umsonst hat sie selbst sich der Sage entsprechend mit Zelos, Kratos und Bia zusammengetan.

»Hat sie den nicht genannt?«, versuche ich, Zeit zu schinden.

»Sie hat bislang kein einziges Wort gesagt. Also?«

»Theresa«, erwidere ich. Der Name meiner Mutter ist mir gerade so eingefallen.

»Theresa, soso«, sagt Nike nachdenklich. »Kein Name mit A? Ich war mir sicher, dass Bia mir einen völlig anderen Namen genannt hat.« Sie verstummt. Tippt sich nachdenklich mit dem Zeigefinger gegen den schmalen, faltigen Mund. Dann wendet sie sich wieder mir zu. »Nun gut. Lass uns die schweigsame Theresa hier für einen Augenblick vergessen. Vielmehr möchte ich dir sagen, dass ich mich außerordentlich über dein Erscheinen freue. Wirklich außerordentlich. Bia hat ja nicht wirklich daran geglaubt, dass du den alten Tunnel noch einmal benutzt. Wir hatten eine Auseinandersetzung deswegen. Keinen Streit, mehr eine Art Wette.« Über ihr Gesicht huscht ein triumphierendes Grinsen. »Und nun bist du hier und ich habe gewonnen. Wenn du so gütig wärst ...« Sie deutet auf das Tablett auf dem Tisch vor ihr.

Ich stehe auf, um ihr Tee einzugießen. Tunnel, den alten Tunnel benutzt... natürlich. Deswegen sind wir hier. Pandora hat bei ihrem Sprung nicht an einen Ort, sondern an ein Bild gedacht. Das Bild ihres Sohnes. Diese Bilder funktionieren als eine Art Passwort, durch die man die Tunnel verschließen kann: Es soll verhindern, dass Unschuldige hineinfallen und in eine andere Zeit geraten. Mein Vater hat das meiner Mutter installiert. Und Pandora muss damals ihren Sohn gewählt haben. Durch den Gedanken an Pluvius ist sie also automatisch an seinem Bild vorbei in den alten Tunnel gesprungen. Der eingestürzt ist. Und hier, im Jahr achtzehnhundertdreiundzwanzig endet.

»Du wirst doch wohl wissen, wie man Tee einschenkt?«

Aus der mit zarten Rosen bemalten Kanne gieße ich gehorsam Tee in die Tasse vor mir, während ich mit den Gedanken ganz woanders bin.

Wir sind doch aus dem Mittelalter gekommen, überlege ich fieberhaft, nicht aus der Gegenwart: Das weiß Nike nicht. Und das bedeutet, dass der Tunnel in die Vergangenheit noch funktioniert. Er ist nicht völlig eingestürzt, wie Nike denkt, er wurde nur unterbrochen!

»Gibst du mir die Tasse nun oder musst du auch darüber erst eine Weile grübeln?«

Ich reiche sie ihr, krampfhaft bemüht, den faltigen, krallenartigen Händen nicht zu nahe zu kommen. Dann setze ich mich wieder, wobei ich versuche, eine möglichst ausdruckslose Miene zur Schau zu stellen. In meinem Kopf knirscht und rattert es.

Tunnel, der Tunnel ist unterbrochen. Er führt von hier aus in beide Richtungen. Nike kennt nur den einen Teil in die Gegenwart: Er ist in der Höhle oben über dem Park. Der Höhle, in der ich gleich zweimal mit Pluvius und Moritz gelandet bin. Aber auch der andere Eingang muss hier irgendwo sein. Der, der direkt zu meinem Vater führt. Und damit auch zur Zeitkarte...

»Hat es dir jetzt auch die Sprache verschlagen, so wie deiner Schwester?«

»Nein, natürlich nicht.« Ich räuspere mich. Dann richte ich mich auf. »Was wollen Sie eigentlich von mir? Sie haben mich eingeschläfert. Sie haben mir ein Beruhigungsmittel eingeflößt.« So langsam regt sich der Widerstand bei mir. »Sie haben es geschafft, dass ich den Tag von Aellas Entführung wieder und wieder erleben musste. Sie wollten mich in einer Zeitschleife gefangen halten!«

»Was redest du denn da?« Mit der einen, freien Hand macht Nike eine abfällige Bewegung. »Ich wollte, dass du mich zu deinem Vater führst, das wollte ich. Ich wollte, dass du den eingestürzten Tunnel öffnest.«

»Und warum dann die Sache mit der Schleife?«

Nike knurrt. »Was hast du nur immer mit deiner Schleife? Bia und ich haben deine kleine, anstrengende Schwester entführt, damit du einen Grund hast, zu deinem Vater zu springen. Wenn wir das nicht getan hätten, hättest du vielleicht Jahre gebraucht, um zu merken, dass der Tunnel nicht mehr existiert, so oft wie du ihn besuchst.«

Ich mache den Mund auf, doch Nike räuspert sich wieder knurrend. Es klingt, als müsse ein Frettchen husten, also bin ich ruhig.

»Wir dachten, du wirfst einen Blick aus der Höhle und weißt, was passiert ist. Dass der Zeittunnel eingestürzt und dein Vater gefangen ist. Dann springst du wieder zurück, wo deine nervige kleine Schwester schon auf dich wartet, und setzt alles daran, den Tunnel wiederherzustellen. Aber was tust du? Spazierst hier in deiner lächerlichen Aufmachung herum, als würdest du es geradezu darauf anlegen, verhaftet und eingesperrt zu werden.«

»Ich war nicht... ich wollte nicht...«

»Papperlapapp. Bia und ich mussten dich abfangen. Wir haben dich ins Schloss gebracht, doch das war ein Fehler. Dort hast du gesehen... Nun, du hast etwas gesehen, was du nicht sehen solltest. Wir mussten dich betäuben und wieder zurückbringen. Bia hat dich im Rollstuhl zur Höhle gefahren -

weißt du eigentlich, wie schwer das war? Vor allem, weil sich da oben zwei junge Kerle herumdrückten, hat Bia erzählt. Gott sei Dank haben sie sich die ganze Zeit über gestritten und nichts davon mitbekommen, dass sie den Tunnel benutzt hat.« Sie hält mir gebieterisch die Tasse entgegen, die ich ihr abnehme und vor ihr auf dem Tisch abstelle. Sie stößt wieder diesen Frettchenlaut aus.

»Aber irgendwas ist schiefgegangen«, fährt sie dann fort und schnaubt: »Wenn man nicht alles alleine macht...«

»Was denn?«

»Das müsstest du doch gemerkt haben.«

Ich zucke nur mit den Puffärmeln. Weiß wirklich nicht, was sie meint.

Nike beobachtet mich unter schweren Lidern, als würde sie mir meine Unwissenheit nicht abnehmen. »Bia hat einen Kratzer hinterlassen. Einen Kratzer an der Oberfläche der Zeit.«

Ich schweige und warte stumm auf eine Erklärung. Was bleibt mir auch anderes übrig.

Die Alte im Rollstuhl wischt sich mit einer fahrigen Bewegung über den Mund. Dann fährt sie fort zu erklären: »Du verletzt die Zeit, indem du springst. Jedes Mal wieder. Wir natürlich nicht: Wir nutzen ja nur eure Tunnel. So wie Bia, die den Tunnel zu eurem Haus genutzt hat. Doch sie ist zu weit gesprungen und herausgekommen, als du schon hierher unterwegs warst.«

Aha.

»Nun sei doch nicht so begriffsstutzig. Sie hat dich praktisch einen Sprung in die Zukunft machen lassen. Das konnte sie natürlich nur, weil der Tunnel schon da war. Weil dein lieber

Vater hin- und herspringt, wie es ihm beliebt. Aber du weißt ja, wie sich das mit Sprüngen in die Zukunft verhält...«

Nein, weiß ich nicht. Mir erzählt ja auch niemand was.

Nike sieht mir meine völlige Ahnungslosigkeit anscheinend an. »Lieber Himmel. Man hat mir gesagt, du seist intelligent.« Sie schnaubt ihr Frettchenschnauben. »So ein Sprung in die Zukunft ist ein Sprung ins Ungewisse. Du weißt ja nicht genau, wohin du springst. Kann sein, dass du zu weit abkommst, nur ein kleines Stückchen, und zurückrutschst in die Position, die du aufgrund deiner gerade ablaufenden Geschichte eingenommen hättest, klar?«

Gar nichts ist klar. Aber ich nicke jetzt einfach mal, tue so, als wäre es das, und warte, bis ich mein Physikstudium abgeschlossen habe. Erweiterte Physik. *Sehr* erweitert.

»Und das ergibt halt einen Kratzer. Kratzer in der Zeit sind gefährlich. Man kann leicht hängen bleiben, immer wieder zurückspringen, wie bei einer Schallplatte... Du weißt ja wohl, was eine Schallplatte ist?«

Ich nicke, diesmal eifriger. Wenigstens die kenne ich. Irgendeine vorsintflutliche CD, die einem schwarzen Wagenrad gleicht. Stammt aus derselben Zeit wie Nike und die Dinosaurier.

»Wenn ein Kratzer auf der Platte ist, kann es passieren, dass die Nadel nicht weiterkommt«, fährt die Alte fort. »Dann spielt sie dieselbe Stelle eines Liedes wieder und wieder...«

Das war es also, ein Zeitkratzer! Keine Schleife. Und vor allem keine, die absichtlich für mich angelegt wurde, damit ich mein Gedächtnis verliere: Es war ein Versehen!

»Wie auch immer: Bia hat dich zurückgelassen und sich aus dem Staub gemacht. Dann ist sie hierher und hat versucht, unsere Spuren zu verwischen, indem sie in die Vergangenheit reist. Es gelang ihr, sich durch einen kleinen, fast zugewachsenen Zweig des Tunnels hindurchzuschlängeln und zwei Jahre vorher zu landen. Dort musste sie dafür sorgen, dass das Schloss nur noch eine Ruine ist, wenn du uns wieder besuchst. Oh, das war leicht.« Nike winkt ab. »Es brauchte nicht viel mehr als eine brennende Kerze und einen Vorhang. Bei einem derart großen Gebäude kann es eine Weile dauern, bis so ein Brand entdeckt wird. Und dann ist es leider zu spät, noch etwas zu retten...« Als sie meinen entsetzten Blick sieht, knurrt sie wieder. »Keine Angst, mein Kind. Niemand ist zu Schaden gekommen. Schließlich wussten wir ja, dass das Gebäude leer steht: Wir haben es zu der Zeit gekauft. Beziehungsweise hätten es gekauft, wenn es nicht abgebrannt wäre. Stattdessen haben wir dann dieses Stadthaus bezogen. Und es zur Festung gemacht. Die Einzige, die Probleme bekommen hat, war die liebe Bia. Für sie war es gar nicht so einfach, die kleine Zeitabzweigung wieder zurückzukommen: Sie ist beinahe stecken geblieben. Hat es nur um Haaresbreite zurückgeschafft, bevor der kleine Seitentunnel endgültig zugewachsen ist. Und gerade noch rechtzeitig: Bia hat mir erzählt, dass du dir die Ruine angeschaut hast.«

Ich? Nur ich? Bia hatte ihr also nicht von Moritz und Pluvius berichtet, die sie unzweifelhaft gesehen haben muss, als wir zusammen die Ruine untersuchten. Und sie hat die beiden sicher auch als die beiden Streithähne vor der Höhle wiedererkannt. Ich verstehe zwar nicht, warum sie der Alten davon nichts erzählt hat, begreife jedoch sofort, was das für Moritz bedeutet: Bia ist nicht zufällig im Hotel. Sie hat ihn gesucht – und gefunden!

»Und jetzt?« Ich versuche, die aufkommende Panik in meiner Stimme zu unterdrücken. »Was wollen Sie jetzt von mir?«
Nikes milchige Augen werden eisig. »Dass du den Tunnel reparierst, Himmel noch mal, wovon reden wir denn?« Sie schlägt so heftig mit ihrer Hand auf die Lehne ihres Rollstuhls, dass ich zusammenzucke.

Es wird eine Zeit lang ruhig. Nike hat der Ausbruch anscheinend erschöpft und ich muss das Gehörte erst einmal verdauen. Es war keine Zeitschleife. Es war nur ein Kratzer. Ich bin zurückgerutscht in meine ursprüngliche Geschichte, weil Bia nicht aufgepasst hat. Und während sie ihre Spuren verwischt hat, hat Nike hier gesessen und gewartet. »Wie eine Spinne«, murmele ich.

»Was?«, fragt Nike, plötzlich wieder hellwach.

»Ach nichts.« Der Tunnel ist nicht eingestürzt, er ist nur unterbrochen. Und dieses Haus liegt in der Mitte wie ein Spinnennetz. Nike braucht bloß noch darauf zu warten, dass mein Vater sich darin verfängt. Denn früher oder später wird er versuchen, dem Mittelalter zu entkommen, und hier landen. Mit der Zeitkarte oder ohne. Unsere einzige Chance ist, dass Nike das nicht weiß und wir ihn rechtzeitig warnen können.

Ein Klopfen lässt mich zusammenfahren.

»Was ist?«, bellt Nike unbeherrscht und dreht sich mit ihrem Rollstuhl in Richtung Tür.

Die ältere Angestellte mit Haube, die uns gestern hereingebeten hat, tritt ins Zimmer, die Hände vor der Schürze gefaltet. »Da ist Besuch für Sie«, meldet sie tapfer und knickst.

»Besuch? Das kann nicht sein.«

Die Haubenfrau nickt. »Der gnädige Herr«, sagt sie.

»Oh«, macht Nike. Sie sieht unentschlossen aus und muss

offenbar erst überlegen, was sie antworten soll. »Nun gut«, erwidert sie schließlich. »Helfen Sie mir, Händerlein.«

Die Frau, die Händerlein mit Nachnamen heißt, kommt zu ihr herüber und schiebt den Rollstuhl Richtung Tür, bis Nike ihr mit einer Handbewegung zu verstehen gibt, sie möge anhalten. Sie beugt sich nach links und schaut zurück. »Ich bin gleich wieder da, dann plaudern wir weiter. Nehmt euch doch noch eine Tasse Tee.« Dann lehnt sie sich wieder zurück. Ihren bellenden, heiseren Frettchenlaut halte ich zunächst für Husten, aber nein: Sie lacht. Die Alte wird lachend aus dem Raum geschoben.

Die Tür hat sich kaum geschlossen, als meine bis dahin völlig passiv scheinende Großtante aufspringt. »Wir müssen uns beeilen, Ariadne, wir haben nicht viel Zeit.« Sie stellt ihre Tasse ab. »Zieh den Rock aus.«

Zieh den Rock aus? Ich beobachte verblüfft, wie Pandora genau das jetzt tut: Sie steigt erst aus ihrem Rock und dann aus dem gerüschten Ungetüm darunter. »Jetzt!«, befiehlt sie mir, nach einem kurzen Seitenblick.

Ich beeile mich, es ihr nachzutun. Der erste Rock fällt, dann der zweite.

Pandora zerrt an ihren Riesenärmeln, dann gibt sie es auf und schlüpft auch aus dem Oberteil. Sie steht jetzt in Unterwäsche da. Und diesen albernen Schnürstiefeln, die sie mir auch andrehen wollten. »Los jetzt«, sagt sie und geht zur Tür.

Wir wollen offenbar abhauen. Anscheinend haben wir einen Plan, auch wenn mir der nicht mitgeteilt wird.

»Wo ist deine Schwester?«, fragt Pandora, als wir bei der Tür angelangt sind.

»Oben in meinem Zimmer.«

»Dann müssen wir sie holen.«

»Erinnerst du dich wieder ... ich meine, weißt du wieder, wer du bist?«, frage ich völlig verblüfft. Sie klingt so vernünftig. Und sie duzt mich!

»Pscht!«, macht Pandora statt einer Antwort und öffnet leise die Tür. Es sind Stimmen zu hören. Pandora schließt sie wieder. »Wir können nicht runter«, raunt sie, »sie sind noch in der Eingangshalle. Und kommen sicher bald hoch.«

»Warum holen wir nicht schnell Alex und springen dann?«, flüstere ich eindringlich.

Pandora streicht über die auffällig gestreifte Tapete. »Ein Drahtgeflecht, fühlst du das? Es ist überall, im ganzen Haus. Auch in den Schlafzimmern. Das hat Nike gemeint, als sie sagte, das Haus sei eine Festung.«

»Draht?«

Ungeduldig pustet Pandora sich eine Locke aus dem Gesicht. »Sagt dir der Begriff ›Faraday-Käfig‹ etwas?«

»Ein Blitz kann nicht in ein Auto einschlagen«, kratze ich mein nicht gerade umfangreiches Physikwissen zusammen, »weil eine geschlossene Hülle, äh, als eine Art Leiter funktioniert. Der Blitz kann nicht rein.«

»Der Blitz kann aber auch nicht raus, wenn er sich im Inneren entlädt. Und so ähnlich ist es auch mit den Sprüngen: Wir können nicht aus dem Haus herausspringen. Nicht durch Draht oder Blech. Es ist eine Festung. Jetzt komm. Und sei um Himmels willen leise!«

Wieder öffnet sie die Tür und späht in den Flur. Sie schlüpft hinaus, ich folge ihr dicht auf den Fersen. Von unten sind immer noch die Stimmen zu hören. Die eine gehört Nike. Die andere ist eine tiefe Männerstimme, und wenn ich eins und eins zusammenzähle, war mit dem »gnädigen Herrn« wahrscheinlich Kratos gemeint. Die beiden streiten sich über etwas und ich kann »nicht bestimmen«, »dazu zwingen« und »nur über meine Leiche« verstehen. Falls damit Kratos oder Nike gemeint sind und sie sich jetzt gegenseitig an die Gurgel gehen, soll es mir nur recht sein.

Am Fuß der Treppe, die nach unten führt, steht der Rollstuhl und für einen Augenblick stockt mir der Atem. Doch dann sehe ich, dass er leer ist: Nike muss die Stufen allein heruntergegangen sein. Also ist sie gar nicht angewiesen auf den Stuhl? Im Mittelalter, als ich sie am Spielfeldrand zu sehen glaubte, brauchte sie ihn auch nicht, fällt mir ein.

Pandora und ich schleichen über den Flur. Bei jedem Knarren stockt uns der Atem und immer wieder halten wir kurz an, um auf mögliche Verfolger zu lauschen. So stehlen wir uns auch die Treppe hoch auf das Stockwerk mit unseren Schlafzimmern.

»Schnell«, formt Pandora mit den Lippen und deutet den Flur entlang. Sie wartet am Rand der Treppe, während ich Alex hole. Meine Schwester, die immer noch in ihren schwarzen Klamotten steckt und daher beim Fliehen nicht so gehandicapt ist wie wir, folgt mir. Sie wurde nicht nur für einen Jungen, noch dazu einen Kaminkehrergehilfen, gehalten, sie musste zudem die Nacht auf einer Pritsche unter einem Sack verbringen und würde dankbar in jede andere Zeit springen. Auch in die Steinzeit. Selbst ins Mittelalter, wenn's sein müsste.

»Warum springen wir nicht sofort?«, raunt sie mir nur zu.

»Drahtkäfig«, gebe ich über meine Schulter zurück.

»Weiter«, flüstert Pandora uns zu und wir steigen noch ein

paar Stufen hoch ins oberste Geschoss. Hier sind es nur noch vier Türen, die von einem schmalen Flur abgehen. Am Ende ist ein kreisrundes Fenster zu sehen. Zu klein, um hindurchzupassen. Nicht dass wir das versucht hätten. Sackgasse. Wir sitzen fest.

»Und jetzt?«, flüstere ich.

Pandora sieht sich suchend um.

Eine der Türen geht auf, ohne dass wir die Möglichkeit hätten, uns zu verstecken. Eine Schrecksekunde später tritt das Mädchen heraus, das mich frisiert und mir Frühstück gebracht hat. Sie hat einen Stapel Wäsche auf dem Arm und bleibt wie vom Donner gerührt stehen, als sie uns sieht. Ihr Blick wandert unsere Aufmachung hoch und runter und ihre Augen weiten sich. Sie öffnet den Mund.

»Nein, nein, alles in Ordnung. Wir sind nur, wir versuchen nur...«, stammele ich und entscheide mich dann für die Wahrheit. Wie anders sollten wir auch erklären, dass wir hier in Unterhosen umherschleichen, ich noch dazu in knallgrünen Turnschuhen? »Wir versuchen zu fliehen«, sage ich.

Pandora und Alex werfen mir einen entgeisterten Blick zu.

»Fliehen?«, wiederholt das Mädchen.

»Allerdings«, nicke ich. »Vor Nike, also der gnädigen Frau. Und natürlich auch vor Kratos. Ist kompliziert.«

»Der gnädige Herr? Er ist hier?« Das Mädchen sieht auch nicht gerade begeistert aus.

Das ist unsere Chance. »Gibt es hier noch einen Weg runter?«

Das Hausmädchen verneint. »Nur noch hinaus aufs Dach. Der Schornsteinfeger benutzt ihn.« Sie wirft Alex einen bedeutsamen Blick zu und die schnauft.

Ich will schon den Kopf schütteln, als Pandora fragt: »Und wo ist der?«

Mit Schwung legt das Mädchen die Bettwäsche auf den nächstbesten Stuhl. Sie geht zum runden Fenster und holt hinter dem Wandvorhang einen Stock mit einem Haken hervor, ähnlich einer Harpune. Mit dem Harpunenstock angelt sie nach einem in der Decke eingelassenen, unauffälligen Haken, zieht daran und öffnet eine Klappe. An ihr ist eine Leiter befestigt, die sie mit einem geschickten Griff aushakt und herunterlässt. Dann tritt sie zur Seite, wobei sie die Leiter mit einer Hand am Boden hält. »Von hier aus kommen Sie auf den Dachboden. Am Schornstein gibt es eine Stiege und eine kleine Luke, dort gelangt man aufs Dach. Aber ich weiß nicht, was Ihnen das nützen soll...«

Ich auch nicht, ehrlich gesagt, doch Pandora ist schon bei der kleinen Leiter. »Danke«, sagt sie und steigt hoch.

»Danke«, sagt auch Alex, bevor sie ihr folgt.

»Ja, äh, danke«, beschließe ich die Reihe. Vielleicht können wir uns dort oben verstecken?

Der spitze Dachboden ist auch in seiner Mitte nicht sehr hoch, sodass wir nur gebückt gehen können. Es ist dämmerig. Im Licht, das zwischen den Dachziegeln hereinfällt, tanzt der Staub. Die Dielen links und rechts sehen nicht sehr stabil aus, doch das mittlere Brett, auf dem wir uns befinden, wirkt stark genug, um uns drei zu tragen. In der Mitte sehen wir den Schornstein, auf den wir zugehen. Es ist Flügelschlagen zu hören und noch etwas anderes... Sind das Stimmen?

»Ich glaube, es kommt jemand«, sage ich in Alex' Rücken und sehe mich immer wieder unruhig um.

Wir sind gerade am Schornstein angelangt, als die Dachluke erneut aufgezogen wird. Licht von unten fällt herauf, ein Schatten wälzt sich nach oben.

»Schnell«, wimmere ich, als ob es besser wäre, oben vom Dach zu fallen, als hier unten geschnappt zu werden. Aber der Instinkt zu fliehen ist eben stärker.

Pandora steigt, so schnell es mit ihren spitzen Schnürschuhen geht, die Eisenstufen hinauf. Es sind nur Haken und immer wieder verfängt sie sich mit ihren Absätzen. Mit dem Ellenbogen stößt sie die Luke am oberen Ende auf und hievt sich aufs Dach.

Alex und ich folgen ihr rasch und leicht mit unseren Turnschuhen.

Als ich gerade die Luke schließen will, sehe ich am unteren Ende des Schornsteins ein Gesicht auftauchen. Ein bärtiges, überwachsenes, vor Konzentration verzerrtes Gesicht. Ich erkenne es sofort: Es ist Kratos, der vierte der Sammler. Der Ritter, der uns während der Belagerung aufhalten wollte und den Alex in seiner Rüstung gekocht hat wie einen Hummer. Auch dieses Mal ist sein Gesicht rot, aber dieses Mal ist wohl eher die Wut daran schuld. Er hat Schaum vor dem Mund.

»Verdammt«, fluche ich und schmeiße die Klappe zu. Ich stehe mit dem Rücken zum Schornstein und sehe Pandora mit ausgetreckten Armen davonbalancieren. Wie eine Schlafwandlerin.

Alex sieht mich verzweifelt an. »Ich bin nicht schwindelfrei«, ruft sie.

»Dann sieh nicht runter«, gebe ich zurück, was sich wesentlich mutiger anhört, als ich mich fühle.

»Verdammt«, schreit jetzt auch Alex, dann lässt sie los und balanciert hinter Pandora her.

Ich blicke auf eine Reihe hoher Dächer vor mir, auf rauchende Schornsteine. Die Steine in meinem Rücken fühlen sich tröstlich an und es kostet mich ebenso wie meine Schwester fast übermenschlichen Mut, loszulassen und das grauenhaft spitze Dach, das mit jedem Schritt weg vom sicheren Schornstein nur noch steiler zu werden scheint, entlangzubalancieren, wie Pandora und Alex es mir vormachen.

Es weht ein ordentliches Lüftchen, das an meinen aufgebauschten Ärmeln zerrt. Wie eine Seiltänzerin halte ich die Arme rechts und links vom Körper weggestreckt und versuche, nur nach vorne zu sehen. Nach vorne, zu meiner Schwester. Ein Blick in die Tiefe und ich würde vor Angst ohnmächtig werden, so viel steht fest. Einen Fuß vor den anderen setzen, nur so geht es.

Pandora bewegt sich seitwärts voran, die Absätze wie Keile über den Dachfirst geklemmt. Als eine Taube aufliegt, rudert sie heftig mit den Armen. Alex schreit auf, als Pandora aus meinem Blickfeld verschwindet. Ich befürchte schon das Schlimmste, doch nein, da ist sie, hat sich nur hingehockt. Sie kommt wieder hoch und schiebt sich scheinbar unbeirrt weiter.

Kratos ist jetzt ebenfalls auf dem Dach.

Ein Windstoß trifft mich und peitscht mir die Korkenzieherlocken ins Gesicht. Ich schwanke, rudere stärker mit den Armen. Mein Herz klopft mir bis zum Hals und ich frage mich, was wir hier oben eigentlich tun.

Auch wenn ich mich nicht umdrehe, spüre ich den Sammler näher kommen. Stück für Stück, unaufhaltsam. Wir alle können uns nur langsam bewegen. Der Wind ist tückisch und mir ist eiskalt. In meinen Ohren rauscht es.

Endlich sind wir am Ende des Daches angekommen. Aber das ist es ja: Wir sind am Endes des Daches angekommen! Na wunderbar. Aufgereiht wie die Vögel auf dem Drahtseil hocken wir nebeneinander. Und jetzt? Kratos ist direkt hinter uns: Ich kann ihn fluchen und das aufgeregte Flattern einer Taube hören, nach der er eben getreten hat.

»Nimm meine Hand«, sagt Pandora zu Alex und: »Und du nimmst ihre«, zu mir.

»Was?« Ich erkenne meine eigene Stimme nicht mehr, so entsetzt klingt sie.

»Ihr sollt euch anfassen«, schreit sie.

Ich greife nach der Hand meiner Schwester. Im selben Moment spüre ich, dass ich das besser nicht getan hätte, denn schon verliere ich das Gleichgewicht. Rudere mit dem anderen Arm, merke, wie ich seitwärtskippe. Alex neben mir schreit auf. Ich spüre den Wind in meinen Haaren, an meinen Ärmeln zerren. Schließe die Augen und weiß: Das ist das Ende.

Kapitel 5

Als ich die Augen aufschlage, starre ich direkt in eine Straßenlaterne. Eine Motte umkreist sie und ich brauche einen Augenblick, um meine Gedanken zu sammeln. Friedhof, Mittelalter, Gebeinhaus, Straße. Und wieder die Motte. Oh nein: Das ist doch nicht etwa wieder ein Zeitkratzer, eine Schleife oder etwas ähnlich Zeitkomplexes mit ellenlanger Erklärung? Doch halt: Die Straßenlaterne ist anders. Sie ist richtig hell! Hell und modern. Noch nie habe ich mich beim Anblick einer Laterne so gefreut!

Ich setze mich auf und grinse zur Motte hoch. Dann hechte ich zur Seite, als ich merke, dass ich mitten auf der Straße gesessen habe. Besorgt blicke ich mich nach meiner Schwester um, die sich zu meiner Erleichterung gerade aufrappelt. Und Pandora? Die befindet sich natürlich schon auf dem Bürgersteig. Sie steht direkt unter der Laterne und hält etwas hoch: den Sternfasser. Typisch. Anstatt sich um uns zu kümmern, beschäftigt sie sich erst einmal mit dem Ding da. Und wenn ein Auto gekommen wäre? Wir könnten tot sein!

»Alles klar bei dir?«, frage ich Alex, die weiß wie ein Laken ist.

»Na ja«, krächzt sie, »geht so. Ich dachte gerade, mein letztes Stündlein hätte geschlagen.«

Ich nicke schwach. »Dachte ich auch.« Wir grinsen uns an.

Schief. Meine Beine sind immer noch wackelig. Dann wende ich mich an unsere Großtante. »Pandora? Was machst du da?«

»Tatsächlich«, flüstert sie. Sie hat die goldene Scheibe über ihren Kopf erhoben, dreht hierdran und dadran, hält sie mal so und mal anders. »Ich habe es schon in diesem Haus herausgefunden, wollte es aber nicht glauben. Ich bin tatsächlich hier. Im einundzwanzigsten Jahrhundert...«

»Na endlich«, seufzt Alex.

Ich atme tief durch. Auf einmal fühle ich mich großartig. Leicht und irgendwie unbeschwert. Es ist feucht, hat wohl gerade aufgehört zu regnen und es ist ruhig. Kein Mensch ist zu sehen. Trotzdem ist es bei Weitem nicht so still wie eben noch im neunzehnten Jahrhundert. Irgendwoher ist immer ein Auto zu hören, das Schnauben und Zischen der Nachtbusse. Es riecht anders. Und es ist, auch ohne Laternen, wesentlich heller: Als ich nach oben gucke, meine ich, in einer erleuchteten Halbkugel zu stehen. Einer Schneekugel aus Licht. Kurz gesagt: Es ist herrlich! »Können wir jetzt gehen? Es ist sicher schon spät. Zumindest später als zu der Tageszeit, zu der wir losgesprungen sind.« Der Wind ist kalt und verursacht kleine Gänsepickel auf meiner Haut.

Wir stehen nur ein paar Meter von dem Haus meiner Großmutter entfernt und trotz der Nachtstunde ist es ein Wunder, dass uns noch niemand entdeckt und die Polizei gerufen hat. Oder was immer man auch tut, wenn plötzlich aus dem Nichts drei Gestalten auftauchen. Zwei davon noch dazu verkleidet, mit merkwürdigen Frisuren und in langen Unterhosen. Die sich unter Garantie eine Lungenentzündung holen, wenn sie nicht bald ins Warme kommen.

»Pandora? Wir müssen jetzt gehen«, drängt nun auch meine Schwester.

Doch meine Großtante ist tief in Gedanken versunken. Offenbar hat sie noch immer mit ihrem neuen Ich zu kämpfen. »Ich sollte... aufpassen. Auf ein Kästchen. Ich bin... gesprungen. Auf die Burg gesprungen. Und die wurde belagert... Eine Zeitschleife. Ich habe eine Zeitschleife gelegt.« Ihre Stimme erstirbt und sie lässt den Sternfasser sinken. Sie sieht uns mit großen Augen an. Die Locken links und rechts des Gesichts sind nass und schwer, hängen ihr bis auf die Schultern. »Wie lange war ich weg? Wie lange?«

Mir ist kalt. Ich schlinge die Arme um mich. Wie bringt man jemandem bei, dass er zweiundfünfzig Jahre in einer Zeitschleife festgesessen hat?

»Zweiundfünfzig Jahre«, antwortet Alex schonungslos. Sie zuckt mit den Schultern, als sie mein Kopfschütteln dazu sieht.

»Zweiundfünfzig Jahre«, wiederholt Pandora. »Ich bin sechsunddreißig. Und... Pluvius? Mein Sohn? Er ist jetzt...« Sie reißt die Augen auf. »Oh nein, ich bin sechsunddreißig Jahre alt und habe einen zwanzig Jahre älteren Sohn?« Pandora schwankt leicht.

»Nein, Pandora, hast du nicht. Es ist alles gut.« Na ja, fast alles. Pluvius ist zwar kein alter Mann, aber älter als vier ist er schon. Ich fröstele. »Lass uns gehen, Pandora. Wir bringen dich zu ihm.«

Was immer der Sternfasser auch ist: Er hat es geschafft. Pandora hat ihr Gedächtnis wieder. Es sieht allerdings trotzdem so aus, als läge noch ein langer Weg vor ihr.

»Ariadne! Alex! Na endlich!« Oma reißt die Tür auf, bevor wir überhaupt die Chance haben zu klingen. Sie hat schließlich nicht umsonst dieses Hexending, das sie für ein, zwei Sekunden in die Zukunft sehen lässt. Nicht gerade viel, aber fürs Türaufreißen reicht's.

»Alex? Ariadne?« Meine Mutter drängelt sich an ihr vorbei. Wir werden gleich zweifach umarmt und fast umgerissen. Und auch wenn meine Oma ihr schließlich das Feld überlässt, sieht es nicht so aus, als wolle meine Mutter mich und meine Schwester je wieder loslassen.

Was mir nur recht ist. Ich genieße ihre Umarmung, bis mir meine Großtante wieder einfällt. »Uns ist nichts passiert.« Ich winde mich vorsichtig aus Mamas Klammergriff. »Und Pandora hat ihr Gedächtnis wieder.« Oder zumindest so einigermaßen.

Wir haben eine Abmachung auf dem Weg hierher getroffen, Pandora, Alex und ich. Pandora erwähnt weder Nike noch Kratos noch sonst irgendetwas, was dieses Haus zwischen den Tunneln betrifft, und wir verschweigen dafür, in was für Gefahren sie uns durch ihre überstürzten Sprünge gebracht hat.

Und damit meine ich in erster Linie, als Vorhut zu gruseligen Spielern und auf hohe Dächer geschickt zu werden. Von allem anderen einmal abgesehen. Ich nehme nicht an, dass meine Oma und meine Mutter das gutheißen würden, und schließlich will sie sicher noch ein wenig hier wohnen bleiben.

Pandora hat die Andeutung verstanden. Und wird ihren Mund halten.

»Pandora«, zieht meine Oma sie ins Zentrum des Geschehens und in ihre Arme.

Was meine Mutter ebenfalls für eine erneute Umarmung nutzt.

Endlich fällt meiner Oma auf, dass Pandora und ich kaum etwas anhaben. »Kommt erst einmal rein«, sagt sie und schließt die Tür hinter uns. »Ihr zittert ja. Schnell ins Bad mit euch und raus aus den... was immer das auch sein soll, was ihr da anhabt. Husch, husch.«

Ich bin meiner Großmutter ewig dankbar, als ich knapp zwanzig Minuten später mit untergeschlagenen Beinen und in eine Decke eingewickelt auf dem Sofa sitze und an einem heißen Kakao nippe, der einfach himmlisch schmeckt. Ich habe einen ausrangierten Trainingsanzug meiner Oma an (oh doch, so etwas gibt es) und fahre mir immer wieder glücklich mit der Hand durch die Haare. Es ist herrlich, in einer Zeit zu leben, in der man Hosen tragen und seine Haare einfach frei herumhängen lassen darf!

»Ins neunzehnte Jahrhundert.« Oma Penelope kann es immer noch nicht fassen. »Der berühmte Sternfasser des Phineus war also im neunzehnten Jahrhundert versteckt? Merkwürdig, wo Phineus doch schon um vierzehnhundertsechzig herum gestorben ist.«

Ich nicke eifrig. »In einer Kirche«, ergänze ich. Wir sind bei unserer Erzählung so nah wie möglich bei der Wahrheit geblieben, auch wenn unsere Erklärung dadurch Logiklöcher, groß wie ein Ozean, bekommt. Die Sache mit dem Mittelalter und den Spielern haben wir ganz ausgelassen und die Kirche kurzerhand um vierhundert Jahre verlegt. Und natürlich durften Nike und Co. nicht mehr mitspielen.

Meine Oma blickt zu Pandora, die ihren Kakao nicht angerührt hat und den Sternfasser anstarrt, als könne er ihr sämtliche Antworten auf die Fragen des Lebens geben.«Und daran hast du dich erinnert?«

Pandora sieht bleich aus. Vielleicht ist es der Schock, vielleicht die vielen Sprünge. Vielleicht hat sie auch einfach Angst, ihren fast erwachsenen Sohn wiederzusehen. Meine Mutter ist losgefahren, um ihn zu holen.

Pandora spielt mit der handtellergroßen Sonne in ihrem Schoß.»Erinnert? Das muss beim Sprung passiert sein, ja. Kaum war ich im... in der Zeit angekommen, wusste ich mit einem Mal, was zu tun war. Ich musste den Sternfasser suchen. Es ist das einzige Instrument, womit man sich in der Zeit verorten kann.« Die Sonne entpuppt sich bei näherem Hinsehen als eine Art Uhr mit vielen verschiedenen Rädchen und Scheiben und Pandora legt sie nicht mehr aus der Hand. Als müsse sie sich daran festhalten, und wahrscheinlich stimmt das sogar.

Auch meine Oma ahnt wohl, was Pandora durchmacht. Sie wirft ihr immer wieder einen besorgten Blick zu und nötigt sie, einen Schluck Kakao zu trinken. Das sei gut gegen den Schock und beruhige die Nerven.

Dasselbe erzählt sie wieder und wieder meiner Schwester, die mit Mamas Handy beschäftigt ist und gar nicht dazu kommt, ihre Tasse anzurühren. Das war das Erste, was sie unbedingt haben wollte, kaum hatten wir unsere Zeit wieder betreten: ein Handy. Mal ehrlich, wenn man sie fragen würde, was am Mittelalter am schlimmsten gewesen sei, würde sie hundertprozentig »die Abwesenheit eines Mobilfunknetzes« antworten. Obwohl sie ihrem Freund doch noch nicht mal von unserem Ausflug erzählen kann! Zumindest nicht, wenn sie nicht als komplett irre gelten will.

»Was ist das eigentlich für ein Instrument von Phineus, das wir geholt haben?«, wende ich mich schlürfend an Oma. Mir schmeckt der Kakao. Und meine Nerven fühlen sich auch schon völlig beruhigt an.

»Der Sternfasser?« Oma wirft meiner Großtante einen Blick zu. »Ich habe eigentlich gedacht, er wäre nur ein Mythos. Es ist ein Astrolabium, aber eines, das es in sich hat. Es kann Springer, die die Orientierung verloren haben – oder ihr Gedächtnis –, in ihrer tatsächlichen Zeit verorten.«

So ungefähr hat es mir Pandora auch schon erklärt. Begriffen habe ich es trotzdem noch nicht. »Aber wie funktioniert er?«

»Ein Astrolabium ist eine drehbare Sternenkarte. Es misst nachts die Sternhöhe und verrät dir Datum und Ortszeit. Du kannst damit die Größe eines Objekts vom Horizont aus messen und zudem die Himmelsrichtung bestimmen. Vor allem die Seefahrer im Mittelalter haben sie benutzt, obwohl sie noch viel älter sind: Angeblich haben die Griechen sie erfunden. Phineus Perrevoort jedoch hat seinen Sternfasser noch wesentlich weiterentwickelt.«

»Inwiefern?«

»Nun, er zeigt dir das Datum und die Uhrzeit an, in die du *jetzt* gehörst.«

»Das verstehe ich nicht.«

Meine Oma seufzt. »Der Ort, an dem ein Zeitreisender steht, ist immer seine Gegenwart. Jeder, der in der Zeit reist, hinterlässt zunächst eine Lücke: Menschen, die sich an ihn erinnern. Ereignisse, bei denen er vonnöten ist. Doch die Zeit heilt sich selbst, wächst schnell zu und der Zeitreisende kann den Platz verlieren, den er verlassen hat. Oder ihn vergessen, so wie es Pandora ergangen ist.«

»Weil sie in einer Zeitschleife gefangen war.«

»Genau. Weil sie in einer Zeitschleife gefangen war.« Jetzt sehen wir beide vorsichtig zu Pandora hinüber, die jedoch nicht zuzuhören scheint.

»Und der Sternfasser weiß das?«, hake ich nach. »Er weiß, in welche Zeit man wirklich gehört? Auch wenn die Lücke sich wieder geschlossen hat?«

»Gerade dann. Er sagt dir, wo du hingehörst, nachdem sich deine ursprüngliche Zeit geschlossen hat. Das ist wichtig, verstehst du? Man kann leicht durcheinanderkommen und sich sonst völlig verlieren. Du kannst sogar ganz außerhalb der Zeit geraten und gar keine Lücke mehr finden, wenn du nicht aufpasst.«

Ich schüttele nachdenklich den Kopf. Kann nicht behaupten, dass ich das so ganz verstehe. »Aber würde Pandora dann nicht in das Jahr neunzehnhundertachtundfünfzig gehören? Warum kann sie nicht dorthin wieder zurückspringen, von wo aus sie ins Mittelalter gestartet ist?«

»Diese Lücke hat sich für sie geschlossen. Ich sagte ja schon: Jeder Zeitreisende kann den Platz verlieren, den er verlassen hat. Es hat was mit der Dauer der Abwesenheit zu tun. Und mit den Ereignissen, die seitdem passiert sind.«

Das ist mir auf jeden Fall zu kompliziert. »Und wie kann der Sternfasser die neue Zeit wissen?«

Wieder seufzt meine Oma. »Ich habe keine Ahnung. Du darfst nicht vergessen, dass ich nicht zur Gilde der Zeitreisenden gehöre. Vielleicht fragst du da besser deinen...« Sie bricht ab.

»Meinen was?«, bohre ich nach.

»Niemanden. Ich habe schon zu viel gesagt.« Mit einem

Klaps auf mein Knie erhebt sie sich. »Noch jemand heiße Schokolade? Du, Alex? Pandora?«

»Nein, danke«, erwidere ich ebenso wie die anderen. Gedanken schwirren durch meinen Kopf, Rätsel, Fragen. Wer ist es, der über so etwas Bescheid weiß und über den meine Oma nicht reden darf? Mein Vater? Sie hat sicherlich meinen Vater gemeint. Der entweder im Mittelalter feststeckt oder aber durchs neunzehnte Jahrhundert spaziert. Und apropos feststecken: Kann sich Pandora inzwischen wirklich an alles erinnern? Weiß sie wieder, wie man Tunnel anlegt und wo die Lanzette zu finden ist? Wird sie mir helfen, meinen Vater zu finden? Und dann ist da noch das Rätsel um Phineus, der einen geheimnisvollen Sternfasser erfunden und sich anscheinend doch nicht umgebracht hat. Aber wie ist er dann gestorben? Ganz zu schweigen von Bia, Kratos und Nike, die immer noch hinter uns her sind und in irgendeiner Zeit auf uns lauern...

»Vielleicht nehme ich doch noch etwas Kakao«, verbessere ich mich und strecke meiner Oma die Tasse hin. Ich fürchte, um all das zu entwirren, wird noch viel, viel Schokolade nötig sein.

Pluvius kommt nach meiner dritten Tasse. Pandora blickt mit großen Augen auf, als sich ihr Sohn ins Zimmer schiebt, und wir anderen ziehen uns diskret in die Küche zurück. Pluvius sieht ebenfalls so aus, als sei ihm nicht ganz wohl in seiner Haut.

Am liebsten hätte ich ihm etwas gesagt, ihn in den Arm genommen, als ich an ihm vorbeigehe, aber dafür ist keine Zeit.

Er wirft mir nur einen gequälten Blick zu und ich schenke ihm ein aufmunterndes Lächeln. Das muss genügen.

In der Küche geht die Befragung weiter. Jetzt ist es meine Mutter, die alles ganz genau wissen will. Und sie ist wesentlich misstrauischer als meine Oma, was Alex' und meine Erzählungen betrifft. Wo wir die Klamotten herhaben (Pandora kannte ein Versteck). Warum wir uns erst frisieren lassen mussten, um an den Stern zu kommen (um unauffällig in die Kirche zu gelangen), und, und, und. Es wird immer schwieriger, sich zu konzentrieren, weil wir beide so langsam müde werden. Ich frage mich dazu noch die ganze Zeit über, wie ich reagieren würde, wenn ich meine Mutter nach zig Jahren wiederträfe.

Als ich meinen Vater nach vier Jahren Abwesenheit im Mittelalter fand, war ich stinksauer. Ich verstand nicht (und konnte da auch noch nicht verstehen), warum er einfach so gegangen war. Später fand ich heraus, dass er es meinetwegen tun musste. Er hatte mich gerettet und dabei eine der wichtigsten Zeitregeln verletzt: die des Raum-Zeit-Kontinuums. Indem er, um mir zu Hilfe zu eilen, gleich dreimal erschienen war, hatte er ein Paradox erzeugt, das Zelos einsog und mit ihm verschwand. Seit dieser Zeit muss mein Vater sich verstecken. Er musste mich verlassen, um mich zu retten.

Bei Pandora liegt die Sache anders: Sie hatte in der Gilde der Zeitwächter eine gefährliche Aufgabe übernommen, nämlich auf die Zeitkarte aufzupassen. Ihren kleinen Sohn hatte sie währenddessen bei Kassandra und meiner Oma gelassen, die damals nicht viel älter war als Pluvius heute. Pandora war sich des Risikos bewusst, das sie einging. Fragt sich also, ob ihr Sohn ihr das auch verzeihen kann.

Soweit ich weiß, hatte Pluvius keine leichte Kindheit. Uroma Kassandra mochte ihn nicht und hat ihn das bei jeder Gelegenheit spüren lassen. Meine Oma allerdings war für ihn wie eine Schwester. Bei ihr konnte er unterschlüpfen, wann immer es nötig war. Dann bin ich in seiner Zeit aufgetaucht und er ist mit mir hierhergekommen. Was würde der Sternfasser dazu sagen? In welcher Zeit verortet er Pluvius heute? Muss er irgendwann wieder zurück oder kann er jetzt hierbleiben, so wie seine Mutter? Welches ist denn nun seine »richtige« Zeit?

So langsam komme ich mir regelrecht schuldig vor. Papa *darf* wegen mir nicht in seiner Zeit leben, Pluvius *will* wegen mir nicht in seiner Zeit leben. Ich bin schlimmer als ein Paradox. Wenn ich nicht aufpasse, sind die Zeitwächter bald hinter *mir* her.

»Mama«, sage ich, als sie mir zum hundertsten Mal eine Frage zu Sprüngen, Zeiten und Frisuren stellt, »ich bin so müde. Können wir das nicht morgen besprechen?«

Alex gähnt ebenfalls schon und reibt sich die Augen.

Ich rücke näher an Mama heran. Wie ein Kleinkind kuschele ich mich in ihren Arm. Zum einen, um ihrer Fragerei zu entgehen. Zum anderen aber, und das ist der weitaus größere Teil, weil ich mir klein vorkomme, klein und verzagt. Zeiten einhalten, Sprünge koordinieren, Sammler abschütteln, Wächter von mir fernhalten und vor allem meinen Papa wiederfinden: Das wird mir alles zu viel. In diesem Augenblick bin ich einfach ein ganz normales, müdes Mädchen. Ich schließe die Augen und schlafe beinahe sofort ein. Kurz wache ich auf, als wir nach Hause müssen, aber auch das kommt mir vor wie ein Traum. Ein Traum, in dem ich mich auf dem Rücksitz unseres Autos an Pluvius lehne, seinen Geruch einatme und ihn frage: »Und? Wie ist sie so, deine Mutter?«

»Fremd«, lautet seine Antwort.

Am nächsten Morgen lässt meine Mutter mich ausschlafen: Ich muss heute ausnahmsweise nicht zur Schule. Alex hätte auch nicht hingemusst, will aber unbedingt: Ich höre sie im Flur entrüstet mit meiner Mutter diskutieren, dass sie auf keinen Fall Unterricht versäumen dürfe, schließlich habe sie ein wahnsinniges Pensum zu bewältigen. Freiwillig zur Schule, also ehrlich: Es muss sie ordentlich erwischt haben.

Rufus hechelt mich auch an diesem Tag wach.

»Puh, Rufus, du stinkst«, stöhne ich und ziehe mir die Decke über die Nase.

Als unser Bernhardinermischling es sich trotz dieser Beleidigung sogar noch auf meinem Bett bequem machen will, gebe ich auf. Gähnend suche ich meine Sachen zusammen und dusche erst einmal ausgiebig.

Es ist super, mal »alleine« mit meiner Mutter zu sein. Alex ist in der Schule und Pluvius macht einen längeren Spaziergang, »um das alles zu verdauen«. Die Begegnung mit seiner Mutter scheint ihm ziemlich in den Knochen zu stecken, aber er wollte nicht weiter darüber reden. Und so habe ich Mama eben ausnahmsweise mal ganz für mich. Na gut, Aella ist natürlich da und matscht unsichtbar in ihrem Gemüsebrei. Ich bekomme Milchreis mit Zimt und Zucker zur Feier des Tages und denke mit ein wenig Schadenfreude an Alex, die jetzt die Schulbank drückt. Das Leben kann so schön sein! Rufus liegt auf meinem linken Fuß, Kaspar auf meinem rechten. Und damit ist der Platz unter dem Tisch auch bis auf den letzten Millimeter mit Hund ausgefüllt.

»Hat Pluvius noch irgendwas gesagt?«, frage ich, während ich mir einen Berg Zucker auf den Reis streue. Ich kann mich vage an ein gemurmeltes Wort von Pluvius erinnern, sonst aber nicht viel mehr. (Mein Kopf lag auf seiner Schulter. Lag mein Kopf wirklich auf seiner Schulter?)

»Du meinst, darüber, wie es mit Pandora gelaufen ist?« Meine Mutter kommt zu Aella und mir herüber und setzt sich. »Es wird wohl noch eine Weile dauern, bis die beiden sich wieder aneinander gewöhnt haben. Sie müssen einfach mehr Zeit miteinander verbringen. Allein«, fügt sie hinzu.

»Natürlich allein«, sage ich. Etwas in der Stimme meiner Mutter veranlasst mich, hochzusehen.

»Ich meine damit, du solltest Pluvius etwas mehr Freiraum geben. Ihn nicht so sehr in Beschlag nehmen.«

»Ich nehme ihn in Beschlag? *Ich?*«

»Schon ein wenig.« Meine Mutter zwingt sich zu einem Lächeln und tätschelt meine Hand. »Vielleicht unternimmst du mal mehr mit Moritz. Der arme Kerl war gestern ganz aufgelöst, als ihr so mir nichts, dir nichts vor seinen Augen verschwunden seid.«

»Wir sind verschwunden, weil Pandora gesprungen ist«, brumme ich missmutig. Mit einem Mal kommt mir der Milchreis gar nicht mehr so lecker vor.

»Ja, aber er hat sich große Sorgen gemacht.«

»Ich hab mir auch Sorgen gemacht«, murmele ich in meinen Reis. Pluvius in Ruhe lassen. Na toll.

»Und ihr seid unterwegs nicht irgendwem begegnet?«, fragt meine Mutter so beiläufig wie möglich.

Ich seufze. »Du meinst irgendwelchen Sammlern, die uns nach dem Leben trachteten? Nein.« Das hat sie gestern schon gefragt. Mehrmals. Und ich habe sie ebenso oft belogen. Meine Mutter würde mich mit einer eisernen Kette ans Haus fesseln, wenn sie wüsste, dass Nike und die anderen hinter mir her sind. Und das liegt nicht nur daran, dass sie sich Sorgen um mich macht: So viel spüre ich instinktiv. Da ist noch etwas anderes, etwas, das mit meinen Fähigkeiten zu tun hat. Und das ihr eine Heidenangst macht. Sie ist schon seit geraumer Zeit auffällig interessiert an meinen »Fortschritten«. Ich erzähle ihr dann immer, dass es die nicht gibt. Dass mich hauptsächlich andere, Pluvius oder Pandora, auf ihren Zeitreisen mitnehmen. Aber ich spüre deutlich, dass das nicht stimmt. Meine Sprünge werden besser und besser. Ich spüre denselben Sog, den auch Pandora erwähnt hat. Beim letzten Sprung, dem Sturz vom Dach, war es beinahe so, als würde ich sie ziehen und nicht umgekehrt...

»Hast du gehört?«, fragt meine Mutter gerade.

»Mmh?« Ich sehe hoch.

Mama seufzt. »Ich sagte gerade, dass du heute Abend bitte pünktlich zum Abendessen da sein solltest. Die Perrevoorts kommen zu Besuch.«

Oh nein, nicht die. Ich stöhne.

Meine Mutter tut so, als hätte sie mich nicht gehört. Sie steht auf, stellt ihre Schüssel in die Spüle und lässt Wasser einlaufen. »Ich habe Rote Grütze zum Nachtisch besorgt.«

Die Perrevoorts sind Onkel Theodor, seine Frau Regina und ihr Sohn Justus. Onkel Theodor ist der Cousin meiner Mutter und nicht gerade der Abenteurertyp. Er arbeitet bei irgendeiner Behörde und erzählt so spannende Sachen wie die, dass ihm einmal der Hefter abhandengekommen oder eine Akte umgefallen ist. Tante Regina ist ebenfalls so interessant wie eine Wanderdüne und Justus hat die Farblosigkeit seiner Eltern geerbt und zur Vollkommenheit gebracht. Alle drei Perrevoorts wissen nichts von unseren »Hexendingen« oder tun zumindest so: Bei Onkel Theodor bin ich mir gar nicht so sicher. Er fragt manchmal merkwürdige Sachen, die allerdings schnell in Hefter-abhandengekommen-Erzählungen übergehen. Und im Sommer habe ich ein Telefonat belauscht, in dem es anscheinend um mich und meine Sprünge ging. Die damals so gut wie nie vorkamen.

»Ahnt Onkel Theodor immer noch nichts von unseren Fähigkeiten?«, frage ich so beiläufig wie möglich.

»Nein.« Das kam eine Spur zu schnell. »Warum?«

»Nur so. Ist doch nervig, das immer geheim halten zu müssen. Vor allem wegen Aella.« Meine kleine Schwester hat das Unsichtbarwerden natürlich noch nicht unter Kontrolle und durch ihr Verschwinden schon den ein oder anderen Unbeteiligten an seinem Verstand zweifeln lassen.

»Außerdem«, füge ich hinzu, »ist es doch merkwürdig: Da stammt Onkel Theodor aus einer Familie, in der alle um ihn herum so ein Hexending haben, und bekommt nichts davon mit.« Ich mache eine Kunstpause und schwenke theatralisch den Löffel durch die Luft. »Genau wie du, Mama. Du und Onkel Theodor, ihr seid die Einzigen, die nicht die kleinste Spur Hexending haben.«

Meine Mutter, die gerade Aellas Schüssel abräumen wollte, schiebt sich einen Riesenlöffel Brei daraus in den Mund und murmelt ein undeutliches »Mmmh« als Antwort. Sehr geschickt.

Doch merkwürdig ist es in der Tat. Da wächst Onkel Theodor völlig ahnungslos in einer Familie auf, in der es vor Hexendingen nur so wimmelt: Sein Vater Phorkys konnte auf die Sekunde genau die Uhrzeit bestimmen. Dessen Schwester (also meine Oma) Penelope sieht ein paar Sekunden in die Zukunft. Die Mutter der beiden, Uroma Kassandra, kann mit ihren Gedanken Gegenstände bewegen und ist damit auch recht rücksichtslos in Bezug auf Zuschauer. Und währenddessen geht Theodors Stiefonkel Pluvius ständig in den merkwürdigsten Aufmachungen bei uns ein und aus, bevor er dann endgültig verschwindet. Apropos:

»Was machen wir eigentlich mit Pluvius?« Von dessen »Wiederkunft« als Vierzehnjähriger die Familie Perrevoort ja nichts ahnt.

Meine Mutter schluckt. »Pluvius bleibt solange bei seiner Mutter.«

Natürlich. Damit die beiden mehr Zeit miteinander verbringen. Kann mir gar nicht vorstellen, wer davon begeisterter ist, Pluvius oder Pandora.

Ich matsche mit dem Löffel in meinem Milchreis. Aber halt, da fällt mir etwas ein. Es gibt noch jemanden in der Familie, der nicht das allergeringste Hexending hat: Onkel Theodors Sohn, der nervige Justus. Mit einem Mal bekommt das Abendessen mit den Perrevoorts eine völlig neue Perspektive. Ich werde aus Justus sein Hexending herauskitzeln. Und wenn es das Letzte ist, was ich tue!

Kapitel 6

Es ist schon irgendwie toll, einen Freund zu haben, der ein eigenes Zimmer hat. Einen Freund zu haben, der ein eigenes Zimmer in einem Hotel hat und dessen Eltern nicht mal auf demselben Stockwerk wohnen, ist allerdings etwas ganz anderes. Klar bin ich gern mit Moritz allein. Na ja, zumindest bin ich gern mit ihm zusammen. Aber gleichzeitig macht es mich immer ein wenig nervös, so hotelzimmermäßig-allein mit ihm zu sein. Nett nervös und anstrengend nervös gleichermaßen. Es ist kompliziert. Und das macht mich am allernervösesten.

»Nun sitz doch mal still.«

Da sieht man's mal wieder. Dabei sind wir im Augenblick nicht mal allein und auch nicht in seinem Zimmer: Umgeben von jeder Menge Menschen und hoffentlich doch einigermaßen verborgen, sitzen wir im hoteleigenen Café und versuchen, die Gäste unauffällig zu beobachten. Nicht alle natürlich. Wir warten auf Bia.

Das Café ist eigentlich die Bar, die wir ja sehr gut kennen: Hier hat uns Zelos erwischt, hier hat mein Vater das Zeitparadox geöffnet und hier habe ich meinen Großonkel Pluvius das letzte Mal gesehen, als ich halb blind und völlig durcheinander unter den Tischen und Stühlen herumgekrochen bin. Jetzt, nur ein paar Monate später, hat dieser Ort nichts mehr von seinem Schrecken. Liegt vielleicht daran, dass sie nachmittags die Flügeltüren zur Lobby öffnen, um die Bar in ein Café zu verwandeln. Morgens wird hier das Frühstück aufgebaut, hat Moritz erzählt. Aber ob Frühstücksraum oder Kuchenbuffet: Von hier aus hat man einen hervorragenden Blick auf alles, was in der Lobby passiert. Und bekommt auf seinem Beobachtungsposten noch dazu Eis serviert.

Eine Frau mit blonden Haaren geht zum Empfangstresen und ich ducke mich hinter meinen Rieseneisbecher mit extraviel Sahne und Maraschinokirsche. Nein, das war sie nicht. Zu alt, zu groß.

»Du tust es schon wieder.« Moritz hält nicht so viel vom Biabeobachten. Er beobachtet stattdessen mich über seinen Milchkaffee hinweg.

»Was tue ich?« Ich vermeide es, ihn anzusehen, und halte weiterhin die Lobby im Auge.

»Du zappelst.«

»Ich zappele nicht.«

»Doch, tust du.«

Ich verstoße gegen meine Beobachtungsgrundsätze und werfe Moritz einen Blick zu. Und werde prompt rot. »Was denn?«, frage ich gereizt, weil er mich so angrinst. So süß angrinst.

»Nichts. Ich sehe dich eben gern an.«

»Du hättest mich mal im Zwanzigerjahre-Look sehen sollen. *Achtzehnhundert*zwanzig. Mit Locken hier und hier.« Mit den Zeigefingern mache ich spiralförmige Bewegungen neben meinen Ohren.

»Du siehst bestimmt in allen Jahrhunderten gleich toll aus.«

»Das sagst du doch jeder Zeitreisenden.«

Wir müssen beide lachen. Dann werden wir schlagartig wieder ernst und sehen uns an. Mir wird ganz kribblig im Magen, als ich so in seine seeblauen Augen schaue, und ich frage mich, ob es unserer geheimen Aufklärungsmission wohl sehr schaden würde, wenn ich ihn jetzt einfach küssen...

»Was denkst du?«, fragt Moritz.

»Seeaugen«, sage ich prompt.

»Was?«

»Jetzt sieh mal, was ich im Auge habe«, lenke ich ab und wische hektisch daran herum. »Und außerdem sind wir nicht hier um... um...«

»Um was?«

»Um Eis zu essen. Wir wollen sehen, ob Bia hier irgendwo rumläuft. Und wenn möglich den Kerl von der Burg finden.« Ich stürze mich fest entschlossen auf meinen Eisbecher, die Lobby wieder im Blick. Auf keinen Fall werde ich mich noch mal durch Moritz ablenken lassen. Auch wenn er super aussieht. Und Seeaugen hat. Und Grübchen und so verdammt nah bei mir sitzt...

»Da!« Ich verschlucke mich und muss heftig husten. Jetzt tränen meine Augen wirklich. »Da«, japse ich und zeige mit dem langstieligen Löffel auf den Hotelpagen von der Burg. Er trägt zwar Zivil, aber er ist es. Eindeutig. »Los«, huste ich, »hin!« Ich selbst bin viel zu sehr damit beschäftigt, wieder Luft zu kriegen. Verschwommen sehe ich, wie Moritz zu dem Pagen eilt, mit ihm spricht, gestikuliert. Er deutet auf mich und ich winke mit dem Löffel.

Der Page sieht nicht gerade begeistert aus, lässt sich aber anscheinend bequatschen. Zumindest begleitet er Moritz zurück an unseren Tisch.

»Ich habe nicht viel Zeit«, sagt er anstelle einer Begrüßung.

Dennoch zieht er einen Stuhl heran und setzt sich. »Die Herrschaften sehen es nicht gern, wenn wir uns nach getaner Arbeit mit den Reisenden einlassen.« So ganz schafft er es noch nicht, sich normal auszudrücken. Auch nach all der Zeit nicht.

»Wie lange sind Sie schon hier?«, frage ich, nur so aus Neugier.

»Ist das wichtig?«

»Es würde mich interessieren.«

»Fast vier Jahre«, antwortet der Hotelpage und vergewissert sich, dass ihn auch niemand hört. Er ist ungefähr Mitte zwanzig, würde ich schätzen, mit kupferroten Haaren und Sommersprossen. »Ich bin noch vor der Belagerung gegangen. Als ich die Menschenmassen zur Burg strömen gesehen habe...« Er wird rot, was sich mit seiner Haarfarbe beißt. »Gut, ich gebe es zu. Ich bin geflohen. Ihr wisst sicher, wie es bei einer Belagerung zugeht.« Er wirft uns einen herausfordernden Blick zu.

Ich nicke. Das war wahrlich kein Vergnügen, damals. »Wir sind ja auch abgehauen. Und weiter?«

»Ich habe mich ein wenig im Wald herumgedrückt. Wusste nicht, wohin. Also habe ich versucht, etwas zu jagen, wenn auch ohne Erfolg. Ich war hungrig und hatte Angst. Und dann bin ich in diesen Zeittunnel gestolpert.«

Moritz und ich werfen uns einen kurzen Blick zu. Der Tunnel hätte gesichert sein müssen, nachdem wir dort durchgegangen sind. Vielleicht dauert es, bis sich das Passwort-Bild wieder installiert? Das Bild, das mein Vater davor errichtet hat? Aber nein, vier Jahre: Er ist mir gefolgt! Es war mein Sprung, der ihn hierhergebracht hat. Der Sprung, mit dem ich aus dem Mittelalter zu meinem Vater von vor vier Jahren gesprungen bin, um ihn zu Hilfe zu holen. Der war nicht gesichert. *Ich* habe diesen Mann hierhergebracht. Schon wieder werde ich rot, dieses Mal allerdings aus Scham. »Das muss ... das muss schrecklich für Sie gewesen sein.«

»Sie machen sich keine Vorstellung! Aber dann kam jemand von der Gilde ...«

»Der Gilde der Zeitreisenden?«

Nervös sieht der Mann sich um. »Von ebender. Und der half mir. Erklärte mir alles. In meine Zeit konnte ich nicht mehr zurück, dafür war ich schon zu lange hier gewesen, und eigentlich gefiel es mir auch ganz gut. Nach einer Eingewöhnungsphase von ein, zwei Jahren ...« Der Kellner tritt an unseren Tisch, um eine Bestellung aufzunehmen, doch der Page winkt ab. »Nein danke, Karl. Ich bin gleich weg. Habe schon frei.«

»Wünschte, bei mir wäre es auch so weit«, seufzt der Barkellner und geht wieder.

»Wie gesagt: Wir sollen nicht mit den Gästen zusammen sein.« Der Page reibt sich nervös die Hände. »Ich hätte mich auch nicht zu erkennen gegeben, wenn ich nicht die gnädige Frau gesehen hätte. Ich dachte, sie wären alle tot. Und dann noch das herrschaftliche Fräulein ...«

»Fräulein Bia.«

»Ebendie. Eine große Freude. Sie müssen demselben Weg gefolgt sein.«

»Äh, ja.« Oder so ähnlich. »Können Sie sich noch an die Zimmernummer von Bia hier im Hotel erinnern? Oder wie lange sie vorhatte zu bleiben?«

Das war wohl ein wenig zu direkt. Jetzt wird der Mann misstrauisch. »Nein, warum?«

Ich schlucke. »Nur so. Wäre doch nett, sich mit Bia über vergangene Zeiten zu unterhalten.«

Der Page schüttelt den Kopf. »Auf gar keinen Fall. Fräulein Bia schätzt es nicht, erkannt zu werden.«

Das glaube ich aufs Wort.

»Und ich muss mich jetzt verabschieden.« Der Hotelpage erhebt sich. »Ich habe eine kleine Wohnung, eine Katze... Es geht mir gut. Ich bin froh, dass ich dieses neue Leben leben kann.« Er beugt sich zu uns herunter, seine Augen blitzen. »Diese Elektrizität ist fantastisch, nicht wahr? Ich habe sogar eine Heizdecke. Eine Heiz-Decke!«, betont er, lächelt uns noch einmal zu und verschwindet in seinen wohlverdienten Feierabend.

Moritz und ich sehen ihm nach.

»Du hast ihn verschreckt«, sagt Moritz.

»Ich habe ihm die ganze Sache überhaupt erst eingebrockt.«

»Na und? Er ist glücklich. Wenn ich die Wahl hätte zwischen Belagerung und Heizdecke, wüsste ich auch, was ich wählen würde.«

»Wenn du die Wahl hättest.« Das schlechte Gewissen nagt noch an mir. »Aber die hatte er nicht. Er ist nachgezogen worden, weil ich damals so unvorsichtig gewesen bin. Und jetzt hat er sich im besten Fall arrangiert.«

»Du hast ihn doch gehört«, versucht Moritz, mich zu trösten, und greift nach meiner Hand. »Er hat eine Heizdecke und eine Katze. Er ist auf jeden Fall glücklich hier.«

»Wer ist glücklich?«, fragt eine Stimme, bei der ich meine Hand automatisch zurückziehe.

»Niemand«, antworte ich schnell und sehe hoch zu Pluvius. »Wir reden nur.«

Mein vierzehnjähriger Großonkel setzt sich auf den Stuhl, der soeben frei geworden ist. Er sieht müde aus, abgespannt. Was ich schon daran erkennen kann, dass er sich die Stirn reibt, wie er es so oft zu tun pflegt.

»Was machst du denn hier, Pluvius?«, frage ich besorgt. »Wolltest du nicht zu deiner Mutter?«

»Ja, eben, Pluvius. Was machst du eigentlich hier?« Moritz' Stimme klingt im Gegensatz zu meiner alles andere als mitfühlend.

»Ich bin auf dem Weg zu ihr.«

Ich brauche wohl nicht zu betonen, dass das Hotel in der genau entgegengesetzten Richtung liegt, und trete Moritz unter dem Tisch, der schon den Mund geöffnet hat, um genau das zu sagen.

Der Kellner kommt noch einmal an unseren Tisch und nimmt Pluvius' Bestellung auf.

Wenigstens die zu kommentieren kann Moritz sich nicht verkneifen: »Wasser. Mit Kohlensäure. Wow. Da machst du heute aber den Vogel bunt, was?«

»Den Vogel? Was für einen Vogel?« Pluvius sieht ihn verwirrt an.

An dem unterschiedlichen Sprachgebrauch der beiden kann man noch am ehesten merken, dass sie aus verschiedenen Zeiten stammen. Bei Pluvius ist es nicht so schlimm wie bei den Mittelalterleuten, aber noch zu spüren. Es gibt tatsächlich so etwas wie einen Dialekt. Einen Zeit-Dialekt.

»Auf den Putz hauen«, übersetzt Moritz.

Verständnisloser Blick von Pluvius.

»Einen draufmachen. Mann, was ist los mit dir, Alter? Irgendwie stehst du heute noch mehr auf dem Schlauch als eh schon.«

Pluvius sieht ihn bloß an.

Moritz wendet sich mir zu. »Okay«, stellt er fest, »das ist wirklich ein Alarmzeichen: Dein Großonkel redet nicht mehr.«

»Vielleicht versteht er dich nur nicht, Moritz. Pluvius«, wende ich mich ihm zu, »alles in Ordnung?« Natürlich ist es das nicht. Spätestens, wenn er beim Wort »Großonkel« nicht reagiert, ist so ziemlich nichts mehr in Ordnung.

Der Kellner bringt das Wasser.

Pluvius macht keine Anstalten, es zu trinken, hat sich anscheinend aber vorgenommen, jede einzelne Luftblase darin mit dem Strohhalm zu jagen und zu erstechen.

»Ergeben sie sich freiwillig«, fällt das auch Moritz auf, »oder haben sie vor, Widerstand zu leisten?«

»Nun lass ihn doch«, zische ich ihm zu.

»Ich lass ihn ja. Das war ein Musketier-Zitat.«

Natürlich, was sonst. Ich verdrehe die Augen.

»Aber vielleicht erinnert er sich ja mal daran, dass er sich zu uns gesetzt hat und nicht umgekehrt. Also«, wendet sich Moritz ungerührt an Pluvius, »was ist los?«

Keine Antwort. Pluvius starrt nur weiter in sein Wasser. Seine braun-grünen Augen sind dunkel.

»Ist es wegen deiner Mutter?«

Ich trete Moritz unterm Tisch.

»Was denn? Ich würde auch auf dem Schlauch stehen, wenn meine Mutter aus dem Mittelalter reingesponnen käme in mein Leben und nur Müll reden würde.«

»Sie redet keinen Müll«, sage ich mit einem vorsichtigen Blick zu Pluvius. »Sie kann sich wieder erinnern...«

»Erinnern?« Endlich sieht Pluvius hoch. »Woran denn erinnern? An meine ersten Schritte? Mein erstes Wort? Mein

Lieblingsplüschtier war anscheinend ein Hamster von Steiff, den ich ›Naganaga‹ getauft habe. Dabei fällt mir stets nur diese Lokomotive ein, die ich hatte. Naganaga? Oh Mann. Über so etwas unterhalte ich mich mit meiner *Mutter*.« Er betont »Mutter«, als könne er sich nur schwer an das Wort gewöhnen.

»Echt? Du hattest echt einen Hamster mit Namen ›Naganaga‹? Aua, verdammt. Hör auf, mich ständig zu treten, Ariadne.«

Ich achte nicht weiter auf Moritz. »Das ist doch ...«, mir fehlt das richtige Wort, »schön«, sage ich dann, »dass es wenigstens einige Erinnerungen ...«

»Schön? Was soll denn daran schön sein?«, unterbricht Pluvius mich. »Wen interessiert denn so etwas?«

»Allerdings«, pflichtet Moritz ihm bei. »So 'nen Scheiß will man nun wirklich nicht von seiner Mutter hören. Hamster, also echt.«

Wenn die beiden sich einig sind, wird es meist gefährlich. »Ich meine doch nur. Das ist doch süß.«

»Süß«, stöhnen Pluvius und Moritz gleichzeitig.

Und wie sie sich einig sind. »Kannst du dich denn nicht an irgendetwas erinnern? Etwas, das sie betrifft?«

Pluvius lässt endlich den Strohhalm los und fällt zurück in den Stuhl. Er reibt sich die Stirn nun heftiger. »Das ist es ja. Das ist es ja, was sie hören will. Und ich zermartere mir auch das Hirn, um etwas zu finden, was ich ihr sagen kann. Irgendetwas. Aber mir fallen nur ihre Hände ein. Und ihre Haare. Und Kuchen.«

»Kuchen?«, kommt Moritz mir zuvor.

»Ja, Kuchen. Weiß auch nicht, warum. Aber alles, was ich

immer mit ihr in Verbindung gebracht habe, weiß sie nicht mehr. Oder gehörte in Wirklichkeit zu jemand anders. Die Brosche, die ich vor Augen habe? Ist die von Tante Kassandra. Das Lied von den zehn kleinen Negerlein? Hat Penelope mir beigebracht.«

»Das sagt man nicht mehr.« Moritz stellt seine Cola ab. ›Negerlein‹ ist politisch unkorrekt, glaub mir, Mann. Heute sind das zehn kleine Spatzenkinder.«

»Spatzenkinder?«, protestiere ich. »Du spinnst ja. ›Fledermäuse‹ haben wir im Kindergarten gesungen.«

»Klar, Spatzenkinder. Flogen aus dem Nest und so.«

»Fledermäuse.«

»Spatzenkinder.«

»Könntet ihr mal aufhören mit dem Lied? Ist doch völlig unwichtig«, unterbricht Pluvius unsere Diskussion.

Nicht unbedingt. Unwichtig ist es, ob es Spatzenkinder oder Fledermäuse sind, das stimmt schon. Von Bedeutung allerdings ist, dass ich zumindest meine Mutter danach fragen könnte, und sie würde es wissen. Und Moritz' Mutter auch. Sie gehören zu unserer Zeit. Kennen unsere Vergangenheit besser als wir selbst.

Ich überlege. »Es gibt also nur Kindheitserinnerungen...«

»... die nicht mal zusammenpassen«, stöhnt Pluvius. »Es ist nicht nur, als wäre eine völlig Fremde zurückgekommen: Sie nimmt mir auch noch die paar Erinnerungen an meine Mutter weg, die ich noch habe. Oder zu haben glaubte.«

Moritz und ich schweigen. Dazu fällt uns auch nichts mehr ein.

»Und wisst ihr, was echt blöd ist?«, fragt Moritz irgendwann in die Stille hinein.

»Was?« Pluvius und ich sehen ihn an.

»Wir haben diese Biasache völlig vergessen. Inzwischen hätten fünf von ihrer Sorte hier auftauchen und Spagat machen können: Wir hätten es nicht mitgekriegt.«

»Was für eine Biasache?«, will Pluvius wissen.

»Ach, weißt du, wir haben hier neben deinem Mutterkomplex noch ein paar andere Sachen laufen. Unwichtige Dinge wie zum Beispiel, dass Bia hier im Hotel herumlungert. So etwas.«

»Bia ist *hier?*«

Er weiß es nicht? Stimmt ja, ich hatte noch gar keine Gelegenheit, ihm das zu erzählen. Ich beeile mich, Pluvius ins Bild zu setzen.

»Das gibt es doch nicht.« Pluvius ist wenig begeistert. Er richtet sich auf. »Da wisst ihr, dass eine gefährliche Sammlerin hier im Haus ist, und habt nichts anderes zu tun, als euch gemütlich zum Eis zu treffen?«

»Wir müssen rausfinden, was sie vorhat. Warum sie hier ist.«

»Ist das nicht völlig klar?«

Also mir, ehrlich gesagt, nicht.

Und Moritz anscheinend auch nicht. »Dann klär uns doch mal auf, Alter.«

»Ich bin nicht dein Alter.«

»Nein, du bist nur fünfzig Jahre älter als ich.«

»Hatten wir das nicht schon?«

»Vielleicht eine Zeitschleife, *Alter.*«

»Eine Zeitschleife mit dir? Mann, so viel kann ich gar nicht vergessen, dass mir davon nicht schlecht wird.«

»Dir wird doch schlecht von allem, was mit Zeit zu tun hat.«

»Stopp.« Ich schlage mit dem Eislöffel ein paarmal gegen das Glas. Es drehen sich auch ein paar andere Gäste um, die anscheinend denken, ich will eine Rede halten. Ich lächele entschuldigend. »Aufhören«, sage ich leiser. »Genau das war's. Genau deswegen hat Bia es geschafft, mich an euch vorbei in den Tunnel zu kriegen. Weil ihr euch streitet. Weil ihr dann nichts mehr mitkriegt von dem, was um euch herum passiert.« Wobei wir wieder bei dem Punkt wären, dass Bia in der Tat inzwischen ihr gesamtes Hab und Gut aus dem Hotel hätte tragen können, ohne dass wir davon etwas gemerkt hätten. Als Beobachter sind wir lausig. »Und ich muss jetzt auch los«, erkläre ich und krame nach dem Portemonnaie. »Abendessen mit den Perrevoorts.«

»Lass nur«, sagt Pluvius, »ich bezahle.« Vielleicht hat er ein schlechtes Gewissen.

Während er das Geld auf den Tisch zählt, verabschieden Moritz und ich uns. »Aber du bist vorsichtig, ja?« Ich fürchte, dass er »diese Biasache«, wie er sie nennt, viel zu leicht nimmt.

»Ah. Da macht sich wohl jemand Sorgen um mich? Das tut gut.«

Von Pluvius kommt ein Schnauben.

»Ich passe schon auf.« Moritz küsst mich leicht auf den Mund. Schwerelos, wie ein Hauch. Dabei hält er meine Hand. »Wir sehen uns wieder, Dartagnon.« Letzteres sagt er natürlich zu Pluvius. Dann lässt er meine Hand los, lächelt noch einmal und zwinkert mir zu.

Meine Knie sind weich. »Bis morgen«, lächle ich zurück und sehe ihm nach. Als ich mich umdrehe, starre ich in das finstere Gesicht von Pluvius. »Was?«

Auf dem Rückweg habe ich die ganze Zeit das Fledermaus-Spatzenkinderlied im Kopf. Was wirklich nervt. Vor allem, wenn man nachdenken will, wirklich nachdenken. Und dabei meine ich *nicht* über den Kuss von Moritz und den Gesichtsausdruck von Pluvius dazu. Das verdränge ich lieber.

Also, die Beobachtungssache haben wir vergeigt. Der Frage, ob Bia noch im Hotel ist und was sie vorhat, sind wir keinen Schritt näher gekommen. Wenigstens der Lanzette sind wir auf der Spur: Pluvius wird gleich nachher seine Mutter danach fragen. Aber selbst das scheint im Augenblick ganz weit weg zu sein. Nein, mich beschäftigt, was Pluvius gesagt hat. Was war es noch gleich? Das mit den Erinnerungen, die ihm genommen werden.

»Was ist«, frage ich ihn, »wenn die Erinnerungen nicht verschwinden? Wenn sie sich nur anpassen?«

»Was?« Auch Pluvius neben mir ist tief in Gedanken versunken. Entweder das oder er ist mal wieder sauer auf mich. Zumindest hat er die letzten zehn Minuten kaum ein Wort gesprochen.

»Die Erinnerungen an deine Mutter. Die sind nicht falsch. Die müssen nur... zusammenwachsen.«

»Zusammenwachsen?«

»Ja. Wie in der Zeit. Es gab einen Sprung, peng, und deine Mutter war weg. Und jetzt, peng, ist sie wieder da. Jetzt versucht ihr, über einen so langen Zeitraum eine Brücke zu schlagen, indem ihr in den Erinnerungen nach Gemeinsamkeiten sucht. Aber vielleicht läuft das nicht so. Vielleicht läuft das wie mit der Zeit.«

»Mit der Zeit?«

»Ja. Die Zeit, die zusammenwächst. Und hör auf, mir alles

nachzusprechen. Vielleicht«, ich gestikuliere heftig, um ihm das zu verdeutlichen, »musst du ihr erst einmal zuhören und sie dir. Und dann wächst die Erinnerung zusammen. Und aus dem Plüschtier, diesem Hamster wird...«

»Eine Hamsterlokomotive?« Er sieht mich zweifelnd an.

Ich zucke mit den Schultern. »So in etwa.«

Wir gehen wieder ein paar Schritte. Es ist ein schöner, sonniger Tag gewesen. Ungewöhnlich warm für diese Jahreszeit, und die Luft ist ganz lau. Weiß auch nicht, warum das mit einem Mal wichtig sein soll, aber es fühlt sich schön an. Die Luft und so. Hier mit Pluvius entlangzugehen, denke ich, und fühle mich gleich schuldig.

»Peng«, sagt Pluvius und schüttelt den Kopf. »Also wirklich.« Er lächelt mich schief an.

»Ich meine doch nur, du solltest ihr vielleicht noch eine Chance geben.«

»Ja. Eine Chance.«

»Du tust es schon wieder.«

»Was denn?«

»Mir alles nachsagen.«

»Liegt vielleicht daran, dass du richtig gute Sachen sagst. Wichtige Sachen.«

»Oh ja.«

»Oh ja.«

Ich boxe ihn vor die Brust.

Er lacht und hält meine Hand fest. Und weiter fest. Und immer noch. Es ist wirklich sehr warm für Oktober, richtig heiß sogar, und es wird irgendwie immer noch wärmer. Und ist es nicht auf einmal auch ganz stickig? Ich widerstehe dem Drang, mir Luft zuzufächeln, um den Moment zwischen uns nicht kaputt zu machen. Meine Hand liegt genau auf seinem Herzen. Ich kann es schlagen spüren.

»Ariadne?«, fragt Pluvius und seine Augen sind dunkles Grün.

»Was?«

Pluvius öffnet den Mund. Schließt ihn wieder. Lässt meine Hand los. »Ach nichts.«

Nichts? Ich starre ihn an. Wir standen so kurz vor einer entscheidenden Frage. Einer weltbewegenden Frage. Einer Frage, die den Lauf des Universums beeinflussen könnte, und jetzt – nichts?

»Oder doch. Du und Moritz«, er räuspert sich. »Mögt ihr euch? Ich meine, ich weiß, dass ihr das tut, aber so richtig. Ich meine... Du weißt schon, was ich meine.«

»Ich weiß nicht«, sagt der Wurm in mir. Was gelogen ist. Und auch wieder nicht, denn klar mag ich Moritz, sind wir befreundet, aber... nichts aber. Ich weiß genau, was er meint. »Ja. Irgendwie schon«, füge ich hinzu und frage scheinheilig: »Warum?«

»Ach, nichts. Nur so«, erwidert Pluvius und vergräbt seine Hände in den Taschen.

Denkwürdiges Gespräch, ehrlich. Das sollte man in Stein meißeln. Wir sehen uns nicht an, sondern laufen einfach weiter nebeneinanderher. Ich durchforste mein Hirn nach einem Gesprächsthema, von denen es viele gibt, aber es hapert am Übergang: »Ach übrigens, wir haben neben unserer Sprachlosigkeit ja noch das Bia-Problem«? Nein. Vielleicht: »Und da wir gerade dabei sind, wer wen mag: Bia mögen wir ja alle nicht«. Oder: »Nun mal zu etwas völlig anderem: Was machen wir eigentlich mit Bia?«. Nein, geht nicht. Geht alles nicht.

»Du, Pluvius...«

»Ariadne...«, beginnen wir schließlich gleichzeitig, als wir in unsere Straße einbiegen und es nur noch ein paar Schritte bis zum Haus sind.

»Du zuerst«, sagt er.

»Nein, du.« Der Klassiker.

Pluvius atmet einmal tief durch. »Der Sternfasser. Ich habe nachgesehen. Beziehungsweise meine Mutter hat das für mich getan: Er hat bei mir dasselbe Datum angezeigt wie bei ihr. Dieses Jahrtausend, Jahrhundert, dieses Jahr. Ich gehe nicht mehr zurück.«

Ich brauche ein wenig, um das zu begreifen. »Du meinst..., du meinst...«

»Meine Zeit hat sich geschlossen. Ich bleibe jetzt hier.«

Eine warme Gefühlswelle durchströmt mich, obwohl ich das irgendwie geahnt habe. Ich versuche, es mir nicht anmerken zu lassen. »Und das ist gut oder schlecht?«

»Gut, finde ich«, sagt Pluvius mit einem Seitenblick auf mich.

Ich kann mich jetzt doch nicht beherrschen, muss lächeln.

»Und was wolltest du sagen?«

Wir sind an der Gartenpforte angekommen. Die Perrevoorts sind schon da: Ihr beigefarbener Kombi steht in der Einfahrt. Jetzt kommt es mir doch eher blöd vor, Pluvius das zu erzählen. Ich tue es trotzdem: »An der Geschichte mit Phineus kann etwas nicht stimmen.« Der Geschichte, die er immer als Grund vorschiebt, warum wir uns nicht... uns nicht... also, die er immer vorschiebt, halt. »Phineus kann sich nicht umgebracht haben, denn ich habe sein Grab gesehen. Er war auf einem ordentlichen Friedhof begraben, und so etwas machte man im Mittelalter nicht mit Selbstmördern. Die wurden damals irgendwo verscharrt und einen Grabstein haben sie auch nicht bekommen. Außerdem kannte deine Mutter diese ach so berühmte Geschichte gar nicht, wobei das aber vielleicht auch nur mit dem Zeitschleifengedächtnisverlust zusammenhängt.«

Zeitschleifengedächtnisverlust. Puh, was für ein Wort.

Pluvius sieht mich an. »Merkwürdig«, sagt er.

Ich nicke. »Allerdings merkwürdig.«

Und dann, ohne Vorwarnung, beugt sich Pluvius zu mir herunter. Und küsst mich. Auf den Mund. Fest, fast schon stürmisch. Und das ist dann mit einem Mal gar nicht mehr merkwürdig, sondern fühlt sich richtig an und... nichts und. Fühlt sich richtig an. Punkt.

Zumindest so lange, bis Pluvius sich so schnell von mir löst, dass er mich fast wegstößt. Ich muss mich am Zaun festhalten, um nicht das Gleichgewicht zu verlieren. Entgeistert starre ich ihn an.

Er sieht erschrocken aus. Verzieht verzweifelt das Gesicht. »Das... das war falsch von mir. Es tut mir leid.«

»Falsch?«

Pluvius antwortet nicht. Reibt sich nur die Stirn und schüttelt dann den Kopf. »Es... es tut mir leid«, wiederholt er. Abrupt dreht er sich um und läuft davon.

Das alles ging so schnell, dass ich glauben könnte, ich hätte geträumt. Wäre da nicht dieses Gefühl. Diese brennende Leere in meiner Brust, als hätte mir jemand bei lebendigem Leib das Herz herausgerissen.

Kapitel 7

Die Perrevoorts haben wie immer wenig zu erzählen. Sie sitzen schweigend am Tisch und überlassen uns die Rolle der Alleinunterhalter. Ich bin in Gedanken allerdings immer noch bei Pluvius und kann mich nur schwer konzentrieren. Mama muss sich um Aella kümmern. Also bleibt es an Alex hängen, ein Gespräch in Gang zu bringen. Was sie mit diebischem Vergnügen tut.

»Und, Justus, wie läuft es in der Schule?«, fragt sie unseren Großcousin. Sie hat sich für das Essen richtig in Schale geworfen, trägt zum schwarzen T-Shirt und schwarzen Rock eine immerhin dunkelblaue Weste und hat sich die Haare aus dem Gesicht gekämmt. Ihre blauen Augen strahlen. Für ihre Verhältnisse wirkt sie fast schon überschwänglich. Und ich kann mir irgendwie vorstellen, dass nicht die Perrevoorts der Grund dafür sind, sondern die Mail von ihrem Freund, die sie gerade eben bekommen und so lange gelesen hat, bis Mama ihr gedroht hat, ihr das Handy wegzunehmen.

Justus ihr gegenüber blickt erschrocken von seinem Teller hoch, auf dem er eben noch lustlos herumgestochert hat. Er sieht aus wie Onkel Theodor in klein: Dieselbe hakige Nase, die blassblauen Augen, schmale Lippen mit einer Andeutung von Hasenzähnen. Natürlich hat er nicht den Schnurrbart seines Vaters, aber das kommt bestimmt noch.

»Was?« Er hatte schon immer Angst vor Alex, auch wenn er nichts von ihrem Hexending weiß. Ist wohl mehr eine instinktive Ahnung oder so.

»Die Schule. Du gehst doch zur Schule, oder?«

»Klar gehe ich.«

»Und wie läuft es so?«

»Scheiße.« Diese ehrliche Antwort macht ihn mir fast schon wieder sympathisch.

»Justus, mein Schatz, achte auf deine Wortwahl«, mahnt Tante Regina, die ebenso wie ihr Sohn im Essen herumpickt. »Außerdem stimmt das doch gar nicht. Du bist sehr gut in der Schule. Nur eben ein wenig... minimalistisch.«

»Minimalistisch?« Das Wort lässt sogar meine Mutter hochsehen, die Aella gerade eine Kartoffel klein schneidet.

»Er tut nur das Nötigste«, übersetzt Onkel Theodor und wirft seinem Sohn einen strengen Blick zu.

»Gar nicht«, murmelt Justus, allerdings wenig überzeugend. Er scheint nicht mal sonderlich interessiert an dem, was um ihn herum passiert. Nur Alex behält er wachsam im Auge.

»Und welches Fach magst du am liebsten, Justus?« Alex schneidet ihr Fleisch in winzig kleine Stücke, während Justus jede ihrer Bewegungen aufmerksam verfolgt.

»Bio«, antwortet er.

»Ah, Biologie.« Sie spießt ein Fleischstück mit der Gabel auf, hält es sich vor die Augen und dreht und wendet es, als müsse sie es erst von jeder Seite her prüfen. »Das ist auch eines meiner Lieblingsfächer.« Sie steckt es sich in den Mund.

Justus wird es anscheinend heiß. Er zupft sich am Kragen.

Ich werfe Alex einen prüfenden Blick zu, kann aber nicht

erkennen, ob sie daran schuld ist oder nicht. Normalerweise verengen sich ihre Augen, wenn sie etwas ankokeln will. Und normalerweise muss sie dazu auch wirklich wütend sein. Aber was ist schon normal in diesem Fall?

Mama scheint auch misstrauisch in Bezug auf Alex zu sein. »Äh, Alex, warum erzählst du Theodor und Regina nicht von dem Sportfest bei euch in der Schule?«, versucht sie abzulenken.

Alex hört auf zu kauen und starrt meine Mutter an. Sie schluckt. »Vom Sportfest?«

»Ja. Vielleicht möchten die beiden auch kommen.«

Jetzt starren auch Onkel Theodor und Tante Regina unsere Mutter an.

Alex wendet sich demonstrativ freundlich an die beiden. »Also, da ist nächste Woche ein Sportfest bei uns an der Schule. Und ihr wollt ganz sicher nicht kommen, weil diese zweitklassigen Tanzaufführungen nichts für schwache Nerven sind.«

Onkel Theodor und Tante Regina nicken erleichtert.

»Doch nicht wegen der Tanzvorführungen.« Mama schiebt Aella Kartoffelbröckchen hin, die diese mit den Fingern zusammenquetscht und dann in den Mund steckt. »Aber es gibt ein Spiel. Ein wichtiges.«

Alex verzieht das Gesicht. »Es wird auch Hockey gespielt.«

»Die besten Teams des Landes treten im Hockey gegeneinander an«, ergänzt Mama, »und Alex ist in der Auswahlmannschaft.« Sie klingt stolz, und ich kann es ihr nicht mal verübeln, dass sie damit angibt: Unsere schulischen Leistungen sind normalerweise nicht gerade das Thema, das man beim Abendessend mit Verwandten freiwillig anschneidet.

Und Mama musste sich über die Jahre weiß Gott viele Geschichten über Justus anhören.

»Aber das ist ja wunderbar«, sagt Onkel Theodor in einem Tonfall, als würde er die Verkehrsnachrichten vorlesen.

»Ja, wirklich«, pflichtet ihm Tante Regina ebenso enthusiastisch bei.

Alex grummelt irgendwas und blickt wieder auf ihren Teller.

Justus, der nicht mehr im Mittelpunkt des Interesses steht, entspannt sich sichtlich.

Ich beobachte ihn von der Seite her und versuche rauszufinden, was für ein Hexending er hat. Sein Großvater konnte die Uhrzeit auf die Sekunde bestimmen, was sich jetzt nicht so weltbewegend anhört, aber doch recht nützlich sein kann. Vor allem, wenn man in fremden Zeiten unterwegs ist. Also warte ich, bis seine Eltern und meine Mutter in ein Gespräch verwickelt sind, und raune ihm dann zu: »Wie spät ist es?«

»Hä?« Er macht fast einen Hüpfer vor Schreck darüber, dass ich ihn angesprochen habe.

»Wie spät?«

Justus reckt den Hals, um auf die Uhr auf der Kommode sehen zu können.

»Nein, so ganz spontan. Nur so schätzen.«

Justus reibt sich die Nase. »So sieben?«

Okay, das war nichts. Zeit ansagen ist nicht so sein Ding. Dann Teil zwei. Ich warte, bis er sich wieder seinem Essen widmet, drehe mich dann blitzschnell um und rufe »buh«, während ich ihm gleichzeitig in die Seite boxe.

Dieses Mal macht er einen Hüpfer, und was für einen. Und er verschluckt sich dabei. Was bei den übrigen Familienmitgliedern am Tisch gar nicht gut ankommt.

»Was sollte denn das?«, fragt Mama entgeistert, während Tante Regina um den Tisch herumkommt, um ihrem Sohn auf den Rücken zu klopfen.

»Er hatte einen Schluckauf«, verteidige ich mich.

»Hatte. Ich. Nicht«, hustet Justus. Tränen laufen ihm das gerötete Gesicht herunter.

»Ich wollte ihm nur helfen«, behaupte ich weiterhin. Als ich meine Gabel wieder aufnehme, begegnet mir der Blick von Onkel Theodor. Dieser wissende, unheimliche Blick, mit dem er mich andauernd betrachtet. Ich senke den Kopf und lasse mein Haar so fallen, dass er mein Gesicht nicht mehr sehen kann. Und ich seines nicht.

Justus weiß die Uhrzeit nicht und es passiert auch nichts, wenn man ihn erschreckt. Und in die Zukunft sehen kann er auch nicht, sonst könnte man ihn ja gar nicht erst erschrecken. Also nichts. Ich bin fast bereit zu glauben, dass mein Cousin zweiten Grades kein Hexending geerbt hat. Bis ich plötzlich, und zwar ganz kurz nur, das Gefühl habe, dass er grinst.

Ich drehe mich halb um, um ihm ins Gesicht zu sehen, doch er hustet immer noch, während seine Mutter auf ihn einredet und ihm Wasser holen will.

Nein, da bilde ich mir etwas ein. Onkel Theodor guckt nicht komisch und Justus grinst nicht: Die ganze Familie Perrevoort hat null Komma null Fähigkeiten, die man als außergewöhnlich bezeichnen könnte. Außer der vielleicht, außergewöhnlich langweilig zu sein.

»Und was gibt's als Nachtisch?«, fragt Onkel Theodor, nachdem sein Sohn sich beruhigt hat und man wieder sein eigenes Wort verstehen kann.

»Rote Grütze«, erwidert meine Mutter, was wohl für niemanden eine Überraschung ist: In der Beziehung können wir nämlich alle in die Zukunft sehen. Mama kauft immer mehrere Plastikeimer davon im Supermarkt und serviert dazu Vanillesoße aus der Tüte. Falls meine Mutter jemals ein Hexending hatte, hatte es ganz eindeutig nichts mit dem Auf-den-Tisch-Zaubern von Mahlzeiten zu tun. Wir fragen sie nicht mehr danach. Nach ihrem Hexending, meine ich. Es ist ihr wohl abhandengekommen, zumindest wird sie immer fürchterlich traurig, wenn wir sie darüber aushorchen wollen, also lassen wir es inzwischen bleiben.

Tante Regina setzt sich wieder auf ihren Platz und beginnt übergangslos, mit ihrem Sohn anzugeben. Wahrscheinlich steckt ihr der Schreck über Alex' Hockeyleistung noch in den Knochen. »Justus musste in der Schule seinen Stammbaum aufzeichnen und hat eine Zwei plus bekommen, nicht wahr, Schatz?«

»Mmh«, macht Justus, der jetzt abwechselnd mir und Alex misstrauische Blicke zuwirft.

»Er hätte beinahe eine Eins bekommen, aber anscheinend gibt es in eurem Stammbaum einige Unklarheiten, liebe Theresa.«

»Unklarheiten?« Meine Mutter ist abgelenkt. Aella ist nämlich satt, und dann kann es passieren, dass sie eindöst. Und wenn sie eindöst, hat sie ihr Hexending noch weniger unter Kontrolle und verschwindet manchmal, wird blass oder durchscheinend, was echt gruselig aussieht. Mama versucht, sie mit Roter Grütze wach zu halten.

»Lass doch, Regina«, sagt Onkel Theodor.

»Nein, warum denn? Ich habe doch nur gesagt, dass Justus

eine gute Zensur bekommen hat, weil in *meiner* Familie alles in Ordnung ist.«

»Wir sind auch in Ordnung«, protestiert Alex.

»Nun ja.« Tante Regina schabt mit ihrem Löffel im Glas. »Es gibt da wohl einige Lücken.«

»Lücken? Was für Lücken?«, fragt meine Mutter, die nicht richtig zugehört hat.

»Nicht nur, dass euer Ur-ur-ur-Großvater seine eigene Nichte geheiratet hat...«

»Phineus?«, frage ich atemlos: Der Phineus, dessen Grab wir gefunden haben, der den Sternenfasser erfunden und der sich allem Anschein nach nicht umgebracht hat?

»Ja, genau.« Tante Regina sieht mich an und nickt fast unmerklich. »Du interessierst dich auch für deinen Familienstammbaum?«

»Und wie. Was war denn mit Phineus?«

»Nicht nur, dass er seine eigene Nichte geheiratet hat: Sein Bruder Prosperus ist anscheinend verschwunden. Und von diesem Zeitpunkt an gibt es nichts mehr, keine Aufzeichnungen eure Sippschaft betreffend. Und du warst mir da ja auch keine große Hilfe, Theodor.«

Onkel Theodor macht den Mund auf, um etwas zu erwidern, doch ich komme ihm zuvor. »Phineus hat Andromeda geheiratet?«

»Ja, aber das war wohl damals auch nicht unüblich, dass man eine Verwandte heiratete. Heutzutage ginge das natürlich nicht mehr und in meiner Familie ist es auch nicht vorgekommen. Wir stammen immerhin von den Weizenbruchs ab, einer ganz alten Familie, die schon im Jahr...«

Ich höre nicht weiter zu. Die Gedanken schwirren in meinem Kopf. Phineus hat sich nicht umgebracht. Er hat geheiratet, und zwar Andromeda. Die Geschichte, die sie Pluvius und mir aufgetischt haben, stimmt vorne und hinten nicht!

»... und setzt dann erst wieder ein mit Theodors Oma Kassandra.«

Ich versuche, mich wieder auf die Ausführungen von Tante Regina zu konzentrieren.

»Und auch da gibt es ein einziges Kuddelmuddel, wenn man sich mal diesen adoptierten Onkel von euch genauer ansieht. Da kann ja wohl auch etwas nicht stimmen. Ich habe nämlich herausgefunden, dass ...«

»Es reicht, Regina«, unterbricht Onkel Theodor sie und schlägt mit der Faust auf den Tisch.

Tante Regina wird blass. Außerdem ist es totenstill am Tisch.

Onkel Theodor räuspert sich, was seinen Schnurrbart zittern lässt. »Ich meine, es interessiert sich sicher niemand für diese alten Geschichten, Liebes, deinen Ehrgeiz in allen Ehren«, versucht er abzuschwächen.

»Ich interessiere mich dafür«, wende ich ein.

»Ich auch«, sagt Alex und selbst Justus sieht neugierig zu seinem Vater hinüber.

»Ich sagte, es reicht. Es war ein Schulprojekt und Justus hat eine Zwei bekommen. Eine gute Zwei. Nur darauf kommt es doch an.«

Ich will protestieren, neugierig, was Tante Regina in Bezug auf Pluvius herausgefunden hat, als mein Blick auf meine Mutter fällt. Sie sitzt da, reglos, den Löffel in der Hand, von dem die Rote Grütze wie dickflüssiges Blut heruntertropft. Sie sieht Onkel Theodor an. Hilfe suchend, verloren. Und dann flüstert sie etwas und ihr Cousin scheint zu nicken: Es geht blitzschnell und, mit einem Mal ist alles... wie vorher – anders kann ich es nicht ausdrücken.

»Habe ich euch schon erzählt, dass Justus eine Zwei plus in der Schule bekommen hat?«, fragt Tante Regina plötzlich wieder sehr munter und taucht ihren Löffel in die Grütze vor ihr. »In Englisch war es doch, oder Liebling? Oder war es Mathe?«

Justus starrt sie an.

»Ach ja, Deutsch, jetzt fällt es mir wieder ein.« Tante Regina zeigt mit dem Löffel in Richtung ihres Sohnes. »Ihr musstet irgendwas zeichnen, nicht wahr? Ist ja auch egal. Eine Zwei plus: Ich fand das bemerkenswert.« Sie isst weiter.

Bemerkenswert, in der Tat. Ich starre zu Alex, die mich ebenso fassungslos ansieht. Dann bemerke ich, dass Onkel Theodor uns beobachtet, und senke den Blick. Kann sein, dass ich nichts über Justus' Hexending herausgefunden habe. Aber ich weiß, ich bin etwas anderem, viel Größerem auf der Spur. Und dass Onkel Theodor davon besser nichts mitbekommen sollte.

»Hast du das mitbekommen?«, fragt Alex entgeistert.

Wir haben uns, so schnell es ging, die Hunde geschnappt, nachdem die Perrevoorts sich verabschiedet hatten. Mama bringt Aella ins Bett, während wir noch eine letzte Runde mit Rufus und Kaspar drehen. Oder besser gesagt: Sie mit uns.

»Das mit Tante Regina? Das war so...« Unheimlich wollte ich sagen, komme aber nicht mehr dazu, weil Rufus stehen geblieben ist, um zu schnüffeln, und ich mir fast den Arm auskugele. »Unheimlich«, sage ich erst dann, als ich unseren

Bernhardinermischling weitergezogen habe und wieder neben meiner Schwester auftauche.

»Ja, nicht wahr? Sie wusste anscheinend gar nicht mehr, dass sie uns das mit Justus' Note gerade eine Minute vorher schon einmal erzählt hat.« Wir bleiben beide stehen, während Rufus und Kaspar abwechselnd einen Laternenpfahl bepinkeln.

»Wie kann das sein?«

»Keine Ahnung. Meinst du, das war Onkel Theodor?« Kaspar zieht Alex weiter.

»Nun los, komm schon, Rufus«, zerre ich an Rufus. »Nein, nicht Onkel Theodor«, erwidere ich, nachdem ich sie eingeholt habe. »Ich fürchte, das war... Mama.«

»Mama?« Alex bleibt stehen, was ihr nicht viel nutzt, denn Kaspar mag es gar nicht, wenn er hinter Rufus gehen muss. Mit ein, zwei Sprüngen ist der große Wolfshund wieder an uns vorbei und Alex' Arm sicher ein paar Zentimeter länger. »Was meinst du damit?«, ruft sie über ihre Schulter.

»Ihr Hexending. Mamas Hexending. Sie hat Tante Reginas Gedächtnis beeinflusst.«

»Kann nicht sein. Jetzt. Mal. Halt!« Alex lässt sich nach hinten fallen und reißt an der Leine. Kaspar bleibt stehen.

»Doch, ich fürchte schon. Sitz, Rufus. Sitz!« Ich drücke auf sein Hinterteil, bis er sich setzt. Beide Hunde hecheln uns vorwurfsvoll an.

»Aber das wäre ja... ja...«

»Unheimlich«, ergänze ich. Sachen ankokeln, unsichtbar werden, in der Zeit reisen: schön und gut. Aber das Gedächtnis von Menschen beeinflussen zu können? Das ist doch wohl etwas ganz anderes. Kein Wunder, dass sie nicht mit uns über ihr Hexending sprechen will.

»Hast du das schon einmal an ihr bemerkt? Dass sie so etwas macht?«

Ich habe mich das auch schon gefragt und mein Gedächtnis durchforstet, aber nein, nichts. Also schüttele ich den Kopf. »Nein. Nie.«

»Ich auch nicht.« Alex wird still. Nur das Hecheln der Hunde ist zu hören. Kaspar fängt zudem an, ungeduldig zu fiepen. »Meinst du«, fragt sie schließlich, »sie hat das auch schon mal bei uns gemacht? Dass das der Grund ist, dass wir das nicht mehr wissen? Und dass wir deswegen nie so genau nachfragen, was mit ihrem Hexending passiert ist?«

Ein Schauer läuft mir über den Rücken. »Nein, kann ich mir nicht vorstellen. Ich denke nicht, dass sie diese Gedächtnissache gern macht.«

»Aber sie könnte.«

»Ja, das könnte sie wohl.«

Wir haben beide wahrscheinlich ähnliche Gedanken. Es ist nicht auszuschließen, dass, falls unsere Mutter diese Fähigkeit wirklich besitzt, sie auch unser Gedächtnis beeinflusst hat. Was fürchterlich wäre. Viel schlimmer, als wenn sie unsere geheimen Tagebücher lesen würde, die wir ja gar nicht führen. Viel schlimmer als alles, was ich mir vorstellen könnte.

»Nein«, schüttele ich entschieden den Kopf. »Das würde sie nie machen.«

»Aber heute hat sie es getan. Und warum? Was hat Tante Regina denn so Schreckliches erzählt?«

Jetzt stimmt auch Rufus in das Gefiepe ein und steht auf. Ich halte ihn kurz. »Sie hat etwas rausgefunden. Als sie den Stammbaum für Justus gemacht hat.« Und ich denke nicht, dass sie bloß verhindern wollte, dass wir erfahren, dass Tante Regina für ihren Sohn die Schularbeiten macht.

»Und was?« Kaspar ist nicht mehr zu halten. Er fängt an zu schnüffeln und zieht Alex dabei unaufhörlich ein Stückchen weiter.

Natürlich setzt Rufus ihm sofort nach, derselben unsichtbaren Spur folgend.

Ich versuche, mich genau an das zu erinnern, was Tante Regina gesagt hat: Phineus hat Andromeda geheiratet. Phineus' Bruder ist verschwunden. Es existiert seitdem eine riesige Lücke in unserem Stammbaum, der erst bei Uroma Kassandra wieder einsetzt. Doch selbst da gibt es ein, wie hat Tante Regina es noch einmal ausgedrückt? Ach ja, ein Kuddelmuddel. Und das mit Pluvius, da stimmt auch irgendwas nicht. Aber was? Vielleicht hat sie nur herausgefunden, dass Pluvius nicht Kassandras leiblicher Sohn war: Gut, das wissen wir längst. Oder sie hat entdeckt, dass Pluvius verschwunden ist, als er vierzehn war. Dass er nie wieder in seine alte Zeit zurückkehrt, wissen wir jetzt auch: Der Sternfasser hat es verraten. Noch etwas? Gibt es etwa noch ein Geheimnis um Pluvius?

»Nun kommt endlich«, ruft Alex, die mit Kaspar schon ein ganzes Stück die Straße runter ist.

»Sag das mal ihm«, erwidere ich und ziehe an Rufus, den das nicht im Geringsten zu stören scheint. Irgendetwas an dem, was Tante Regina herausgefunden hat, war es meiner Mutter wert, ihr Hexending anzuwenden. Was sie meines Wissens noch nie oder zumindest längere Zeit nicht mehr getan hat. Es muss etwas Wichtiges sein. Aber ich kann mir noch so sehr das Gehirn zermartern, ich komme nicht darauf, was es sein könnte.

Es ist frustrierend, einem Gedanken nachzuhängen und ihn nicht zu packen zu kriegen. Als würde etwas genau hinter deinem Bewusstsein kauern, ohne dass du es erreichen kannst, während es dir die Zunge rausstreckt und »Ätschbätsch« ruft oder so. Folglich habe ich die letzte Nacht schlecht geschlafen. Folglich habe ich miese Laune.

Zumindest so lange, bis ich beim Frühstück Pluvius treffe. Sofort fällt mir alles wieder ein. Nein, nicht die Sachen, die Tante Regina erzählt hat: der Kuss. Seine Lippen auf meinen. Sein Geruch, seine Augen... prompt sind die Schmetterlinge wieder in meinem Magen unterwegs. Und die Enttäuschung. Begleitet von ihrer Freundin, dem schlechten Gewissen, weil ich gleichzeitig an Moritz denken muss. Miese Laune, Schmetterlinge, Enttäuschung und schlechtes Gewissen sind definitiv zu viele Gefühle auf nüchternen Magen.

Ich murmele daher nur eine Art »Guten Morgen« und verschanze mich hinter der Cornflakespackung.

Pluvius erwidert etwas ähnlich Unverständliches und setzt sich mit einem Kaffee an den Tisch.

Alex sieht von mir zu Pluvius und wieder zurück. »Mann. Seid ihr beide Morgenmuffel.«

»Ich nicht«, murmele ich.

»Ich auch nicht«, nuschelt Pluvius in seine Tasse.

»Na dann«, sagt Alex.

Ich konzentriere mich auf die Entstehung der Cornflakes, deren spannende Geschichte hinten auf der Packung abgedruckt ist.

Alex fragt Pluvius nach dem Abend mit seiner Mutter und Pluvius erzählt, er sei in Ordnung gewesen. Die beiden haben Karten gespielt.

»Ach übrigens, Ariadne: Meine Mutter hatte die Lanzette«, sagt er so nebenbei, »die ganze Zeit über.«

Mein Kopf ruckt hinter der Cornflakespackung hervor.

Er beobachtet mich über den Rand seiner Tasse hinweg. Seine grün-braunen Augen blicken ernst. »Die Lanzette befand sich die ganze Zeit über in ihrem Nähzeug. Sie hielt sie wohl für eine etwas zu lang geratene Nadel.«

»Und jetzt? Wo ist sie jetzt?«

»Sie ist immer noch da. Ich wollte Pando..., meine *Mutter* nicht misstrauisch machen, also habe ich nicht zu viel nachgefragt. Aber sie sagt, sie würde mir bei Gelegenheit erklären, wie man sie benutzt. Wie sie ihre Zeitschleife angelegt hat, weiß ich schon jetzt: Sie hat das Ding auf ihre Füße gerichtet und ›Halt‹ gerufen. Das hat schon genügt.«

»Du machst Witze.«

»Nein, ehrlich gesagt ist mir überhaupt nicht danach, Witze zu machen.«

Wir starren uns an. Ich gewinne.

Pluvius schlägt die Augen nieder und erzählt weiter. »Auf die Füße zeigen und ›Halt‹ rufen. Das hat sie gesagt. Es gibt nicht viele Zeitreisende, die das schon einmal ausprobiert haben. Und danach darüber berichten konnten.«

So einfach ist das? Dann sollte es doch auch nicht so kompliziert sein, damit einen Zeittunnel anzulegen, oder? Pluvius fragt nach unserem Abend mit den Perrevoorts und ich ziehe mich wieder hinter die Cornflakes zurück und überlasse Alex die Antwort. Meine Schwester lästert über Onkel Theodor und beschreibt ihm in allen Einzelheiten, wie man Justus zum Schwitzen bringen kann. Kein Wort über Mamas Hexending. Unseren Verdacht. Unseren merkwürdigen Stammbaum.

Pluvius wirft mir ab und an einen vorsichtigen Blick zu.
Den ich ignoriere. Ich versuche, mich auf Moritz zu konzentrieren, den ich nachher in der Schule wiedersehen werde und von dem ich gerade nicht weiß, wie ich ihm nach der Sache mit Pluvius noch unter die Augen treten soll.

Das Problem wird mir abgenommen, denn Moritz taucht gar nicht erst in der Schule auf. Er ist in meiner Parallelklasse und zunächst bin ich sogar etwas erleichtert darüber, dass er schwänzt. Oder verschlafen hat. Nach der großen Pause allerdings mache ich mir Sorgen. Er hat gestern nichts davon gesagt, dass er heute nicht kommt. Ob er etwas von mir und Pluvius ahnt? Quatsch. So langsam leide ich unter Verfolgungswahn.
   Bei mir fallen die letzten beiden Stunden Englisch aus und ich flitze, so schnell ich kann, nach Hause. Immer noch keine Nachricht von Moritz: Ich habe gleich auf meinem Handy nachgesehen, das ich nicht mit zur Schule nehmen darf. Ich versuche, ihn anzurufen, doch sein Handy ist abgeschaltet. Ich rufe sogar im Hotel an, obwohl mir das total peinlich ist, und lasse mich zu seinem Zimmer durchstellen. Nichts. Jetzt beginne ich doch, mir Sorgen zu machen. Er hat von dem Kuss von Pluvius erfahren: Es gibt gar keine andere Erklärung. Vielleicht ist er mir vom Hotel aus gefolgt? Aber warum sollte er das tun? Weil ich was vergessen habe. Genau, so muss es sein. Was denn? Den Schlüssel. Er hat schließlich noch den Schlüssel zur Zeitkarte. Und den wollte er mir bringen. Warum gestern Abend? Warum nicht einfach heute in der Schule? Nein, das kann alles nicht stimmen und es bringt auch nichts, wenn ich mir alles Mögliche einbilde. Ich versuche noch mal, ihn zu erreichen. Abgeschaltet. Immer noch.

Den Nachmittag über lenke ich mich ab, so gut es geht. Mache Hausaufgaben. Wasche freiwillig ab. Spiele mit Kaspar und Rufus. Gehe Pluvius aus dem Weg, was nicht schwer ist, weil der sich in seinem Zimmer verbarrikadiert. Gehe Alex aus dem Weg, weil ich nicht über Mama und Hexendinge und vor allem nicht über Mamas Hexending reden will. Gehe Mama aus dem Weg, weil die eine Freiwillige für den Einkauf sucht. Lese ein Buch. Lege es wieder weg. Nehme es wieder hoch, lese weiter, zumindest zwinge ich mich zu ein paar Seiten.

Dann, gegen Abend, klingelt endlich das Telefon. Ich stürze in den Flur und halb die Treppe runter, aber Mama hat schon abgenommen. »Nein«, höre ich, »aber ich kann sie ja mal fragen.« Sie hält eine Hand über den Hörer und sieht hoch zu mir. »Das ist die Mutter von Moritz. Sie fragt, ob du vielleicht weißt, wo er steckt.«

Mir wird schlecht. Ich schüttele den Kopf, dann setze ich mich auf die Stufe.

»Nein, auch nicht«, spricht meine Mutter ins Telefon. »Davon wüsste ich... Nein, habe ich auch noch nie. Aber Ariadne ist jetzt da. Ich frage sie schnell.« Wieder hält sie den Hörer weg. »Habt ihr so eine Art Spiel gespielt?«

»Ein Spiel?«

»Ja. Schnitzeljagd oder so?«

»Nein. Warum?«

»Es wurde ein Zettel an der Rezeption abgegeben. Darauf steht: ›Für Ariadne von Moritz‹, und dann ein paar Zahlen.«

»Zahlen?« Ich flüstere fast.

»Ja, eine Kombination oder so. Du weißt auch nicht, was das bedeuten kann?«

Wieder schüttele ich stumm den Kopf.

Meine Mutter mustert mich prüfend, dann nimmt sie wieder den Hörer hoch. »Nein, Frau Haußmann, sie hat keine Ahnung. Wollen Sie vielleicht selbst mit ihr... Nein, klar. Sie ruft Sie natürlich an, sobald sie etwas hört. Was sind das denn für Zahlen?« Sie schreibt sie auf. »Vielleicht fällt uns dazu was ein.... Ja, natürlich frage ich sie. Viel Glück.« Sie drückt auf »Aus« und stellt den Hörer auf die Ladestation zurück. »Moritz' Mutter ruft jetzt die Polizei.« Meine Mutter kaut gedankenverloren an ihrer Unterlippe, dann sieht sie zu mir hoch. »Du bist dir sicher, dass du nichts darüber weißt?«

»Ganz sicher«, beteuere ich mit einigermaßen fester Stimme.

»Auch nichts über diese Zahlen?«

»Welche Zahlen denn?«

Meine Mutter nimmt den Zettel hoch. »Zwei, neun und eins und dann zwei Zahlenpärchen: achtzehn und dreiundzwanzig.«

Zum dritten Mal schüttele ich den Kopf, weil ich den Mund nicht mehr aufmachen kann. Mein Innerstes hat sich in Eis verwandelt. »Keine Ahnung«, bringe ich gerade noch heraus. Ich weiß nicht, warum ich es so schnell begriffen habe, es ist aber auch nicht besonders kompliziert. Soll es auch nicht sein, denn schließlich ist es eine Botschaft für mich: Die ersten drei Zahlen stehen stellvertretend für Buchstaben des Alphabets und lauten B-I-A. Und die Zahlenpärchen sind keine Kombination, es ist eine Jahreszahl. Es ist das Jahr, in dem Moritz sich aller Wahrscheinlichkeit nach in diesem Augenblick befindet.

III.
Das Haus zwischen den Zeiten

Kapitel 1

Das Haus sieht noch abweisender aus als bei meinem ersten Besuch, obwohl es taghell ist. Wie ein Mausoleum ragt es vor mir auf, mit seinen hohen Fenstern und dem säulengeschmückten Portal. In den Figuren, die die Fassade schmücken, kann man mit ein bisschen Fantasie die vier Sammler entdecken: Neben dem Giebel hält Kratos, der mächtige Gott des Krieges, eine Streitaxt in der Hand, seinem verschlagenen Bruder Zelos kriecht ein Skorpion über den Fuß. Auf der Balkonbrüstung trägt Bia, die Gewalt, einen Dolch im Gürtel und Nike natürlich den unvermeidlichen Siegeskranz.

Es ist noch früh am Morgen und auf der Straße sind nur die ersten Händler mit ihren Karren unterwegs. Ein Pferdegespann zuckelt rumpelnd übers Pflaster, ein Hund stöbert in einem Abfallhaufen nach Essbarem. Zwei Häuser weiter werden die Fensterläden geöffnet, jemand gießt Wasser in den Rinnstein. Ein Junge trägt Zeitungen aus, verschwindet blitzschnell in den schmalen Durchgängen zwischen den Häusern oder den Kellerstiegen und taucht wieder auf. Niemand achtet auf ihn, so wie auch mich niemand sieht.

Ich trage die Bluse mit den überdimensionalen Ärmeln und dazu den Mittelalterrock, der meine Turnschuhe verdeckt. Die Haare habe ich mir zu einem Dutt hochgesteckt: Schon das war schwierig genug und ich musste mir die Anleitung dazu aus dem Internet holen. Wer, außer Ballerinas und Dressurreiterinnen, trägt heutzutage schon Dutt?

Aber heutzutage ist jetzt und jetzt haben wir achtzehnhundertdreiundzwanzig. Der Tunnel hat mich zeitgenau in der alten Höhle ausgespuckt. Ich musste nur noch den Park durchqueren und hier bin ich.

Und habe einen Plan. Der allerdings mehr Löcher hat als ein Schweizer Käse, also bin ich dementsprechend nervös.

Einmal atme ich noch tief durch, dann trete ich unter das Portal und läute. Es dauert, bis sich im Haus etwas regt, und das ist ein gutes Zeichen: Es bedeutet, dass die Sammler noch nicht so schnell mit meiner Ankunft gerechnet haben. Dass sie noch keine Wache bei der Höhle postiert haben, denn damit steht und fällt mein Plan. Unser Plan. Der Schweizer-Käse-Plan.

Endlich wird die Tür geöffnet. Doch es ist weder die Haubenfrau noch das Kammermädchen, das mir öffnet: Es ist ein mir völlig unbekannter Mann in Uniform, der mich unbewegt ansieht und mit gekünstelter Stimme fragt: »Sie wünschen?« Anscheinend der Hausdiener. Er ist nicht groß, steht aber stockgerade, die Wangen eingefallen, das spärliche Haar zurückgekämmt.

Jetzt muss ich noch darum bitten, gefangen genommen zu werden! »Ich möchte zu Nike. Der gnädigen Frau.« Und ich muss die furchtbare Alte »gnädige Frau« nennen: Mir bleibt auch nichts erspart.

Der Mann zieht eine Augenbraue hoch. »Und wen darf ich melden?«

Ich verbeiße mir eine spöttische Bemerkung. Auch wenn es sich für mich so anfühlt, führen wir hier nun mal kein Theaterstück auf – für ihn ist das die Realität. Seine Zeit, seine Sitten. »Ariadne von Wallenstein«, erkläre ich möglichst blasiert. Das »von« habe ich mir aus dem Mittelalter geborgt. »Ich möchte Moritz von Haußmann abholen.« Moritz kriegt auch gleich noch ein »von« verpasst, das klingt irgendwie besser.

»Wenn Sie bitte hereinkommen wollen.« Der Hausdiener lässt mich in die Diele und sagt dann: »Einen Augenblick.« Dann entschwindet er würdevoll.

Ich habe erst jetzt Gelegenheit, mich hier umzusehen: Beim letzten Mal war es zu dunkel, um etwas erkennen zu können, und unsere Abreise verlief ja reichlich überstürzt und auch noch über das Dach.

Der Flur gleicht eher einer schlanken Halle, an deren linker Seite Treppen nach unten und oben führen. In der Luft hängt eine Mischung von Gerüchen: Kohle, Leder, ein schwacher Duft von Moschus, ein schwächerer von Zitrone. Rechts, neben zwei Schiebetüren, sind feingliedrige Kommoden aufgereiht. Unter Blumengestecken stehen chinesische Figürchen aus Porzellan. Drei goldene Spiegel reichen bis zur Decke, in deren Mitte ein Kronleuchter hängt.

Ich nehme eines der Figürchen hoch, einen blau-weiß gemusterten Löwen, und überlege, ob dies einer der Gegenstände ist, hinter denen die Sammler her sind. Deswegen tun sie dies alles. Deswegen sind sie hinter der Zeitkarte her und verfolgen jeden einzelnen unserer Sprünge. Nicht, um sich zu bereichern: Das machen sie sowieso. Nein, es geht ihnen um »aufgeladene Gegenstände«, Sachen von historischer Bedeutung. Denn meist sind es kleine Dinge, die die Geschichte beeinflussen können: Ein verlorenes Hufeisen kann den Verlauf einer ganzen Schlacht ändern, ein missratener Kuchen das

Ende einer dichterischen Epoche sein, ein verlorener Schlüssel eine Festung zu Fall bringen.

Ich drehe den Löwen in meiner Hand und versuche, dem kleinen Porzellantier etwas Bedeutung einzuhauchen. Vielleicht hat es einst Marco Polo gehört. Vielleicht hat er es einer chinesischen Prinzessin mitbringen wollen, als Zeichen seiner Liebe. Vielleicht hat sie umsonst darauf gewartet, weil Sammler es gestohlen hatten, und darum einen anderen geheiratet. Einen Samurai-Krieger, der jedoch spürte, dass ihre wahre Liebe Marco Polo galt, und deswegen, aus lauter Frust, drei Nachbarländer in Schutt und Asche legte... So läuft das nämlich mit diesen Gegenständen. Meistens ist es besser, sie wären bei ihren ursprünglichen Besitzern geblieben.

Ich stelle den Porzellanlöwen rasch wieder an seinen Platz, als ich Schritte auf der Treppe höre. Der Hausdiener kommt zurück und macht eine leichte Verbeugung, bei der sein spärliches Haupthaar nur noch besser zu sehen ist. »Die gnädige Frau erwartet Sie.«

Darauf gehe ich jede Wette ein. Ich atme tief durch, um mein heftig galoppierendes Herz zu beruhigen. Mit gerafftem Rock steige ich hinter dem Mann die Treppe hoch und mache mich bereit, Nike zu treffen.

»Da bist du also wieder«, krächzt die Alte, die dieses Mal nicht im Rollstuhl, sondern auf dem Sofa sitzt. Sie trägt einen Morgenrock und noch ihre Nachthaube. »So früh hier aufzutauchen, zeugt nicht gerade von Anstand. Du kannst es wohl nicht abwarten, deinen Freund zu sehen, was?«

Ich sehe mich um. Dass Bia und Kratos nicht da sind, macht mich nervös, aber ich kann ja schlecht nach ihnen fragen. Zudem hätte es mich wahrscheinlich mindestens genauso nervös gemacht, wenn sie da gewesen wären.

»Wo ist Moritz?«, frage ich so forsch, wie es mein trockener Mund zulässt.

»Er ist schon wach, weigert sich jedoch, sich anzuziehen. Und so lange bekommt er kein Frühstück. Was sollen die Dienstboten sagen?«

Sammler sind mit so etwas sehr pingelig. Sie kennen sich gut aus in der Geschichte, verkleiden sich gern und gehen ganz und gar in der Epoche auf, die sie besuchen. So lange, bis sie das haben, weswegen sie gekommen sind.

»Er ist also nicht eingesperrt?«

»Nicht im klassischen Sinn.« Nike gibt das heisere Frettchengeräusch von sich, das ich inzwischen als Lachen kenne. »Mein Kind, dass du es immer noch nicht verstanden hast: Dieses Haus ist eine Festung. Nachdem du es betreten hast, und zwar freiwillig, wie ich hinzufügen möchte, kannst du es nicht mehr verlassen: Ich habe dafür Sorge getragen, dass die Luke im Dachboden geschlossen wird. Die Türen sind versperrt und selbst du mit deinen Fähigkeiten wirst nicht an unserem Gitter vorbeikommen.«

Das Drahtgeflecht, das wie ein Käfig wirkt: Pandora hat recht gehabt.

»Nein, nein, dein Freund und du, ihr seid unsere Gäste. So lange, bis du den Tunnel wieder öffnest.«

Den Tunnel zu meinem Vater natürlich. »Und wie soll ich das anstellen?«

»Geh mal da rüber. Zu der Kommode.« Sie zeigt mit knorrigem Finger darauf und ich folge ihrem Befehl. »Siehst du die Schublade? Nein, nicht die große, die kleine, flache im

Oberteil zwischen den beiden schwarzen Säulen. Ja, die. Zieh sie auf.«

In der Schublade liegt nur ein Gegenstand: eine lange Nadel, die ein bisschen so aussieht wie eine Strick- oder Hutnadel, nur dass sie innen hohl ist und etwa so lang wie mein Unterarm. Ich ahne, worum es sich handelt, und erstarre.

»Du kannst sie ruhig herausnehmen.«

Vorsichtig greife ich nach der Lanzette. Sie ist viel kleiner, als ich sie in Erinnerung hatte: Zelos hat sie im Hotel auf uns gerichtet und damit Moritz' Gedächtnisverlust verursacht. Damals hatte ich sie für einen Spazierstock gehalten.

»Der arme Zelos hat sie uns glücklicherweise hinterlassen«, scheint Nike meine Gedanken zu lesen. »Der eitle Fatzke hat sie sich in einen Stock einarbeiten lassen. Mit Silberknauf!« Sie kichert. »Pech für ihn, Glück für uns. Die Lanzette ist euch gar nicht aufgefallen: Sie war noch im Hotel bei den verlorenen Sachen. Bia musste sie nur noch abholen.« Sie richtet ihren krummen Zeigefinger auf mich. »Du kannst sie ruhig behalten: Wie gesagt, sie nützt dir nichts hier im Haus. Gewöhn dich aber schon einmal an sie, denn sobald Bia und Kratos zurück sind, wirst du sie gebrauchen müssen. Die beiden sind nicht so geduldig wie ich: Sie können es kaum erwarten, bis der Tunnel ins Mittelalter wieder steht. Du solltest also besser fleißig üben, das ist ganz sicher gesünder für dich und deinen hübschen Freund.«

Mir wird ganz flau im Magen. Ich kenne Bia und Kratos. Dank unserer Begegnung auf der Burg kann ich mir nur allzu gut vorstellen, wozu sie imstande sind. Aber mir zu drohen, wird die Sache auch nicht beschleunigen: »Ich weiß nicht, wie man sie benutzt«, sage ich und betrachte die sanft schimmernde, hohle Nadel. Endlich halte ich eines dieser sagenhaften Instrumente in Händen und kann nichts damit anfangen! Die Lanzette wiegt nicht viel und kommt mir vor wie ein zu lang geratener Zauberstab. »Zeitreisen ist keine Magie«, höre ich prompt die Stimme meines Vaters in meinem Kopf, »es ist eine Wissenschaft.« Das Ding in meiner Hand sieht nicht sonderlich wissenschaftlich aus. Und es summt leise.

Einmal mehr erstaunt mich Nikes Fähigkeit zu erraten, was mich beschäftigt. »Die Lanzette stammt aus der Wissenschaft der Zukunft«, sagt sie. Auch ihre trüben Augen haben sich bewundernd darangeheftet. »Es existieren nur drei davon, soweit wir wissen, und nur Zeitreisende vermögen damit umzugehen.«

»Zelos konnte es.«

»Papperlapapp. Zelos war in der Lage, ein kurzes Paradox zu erzeugen, um Menschen zu verwirren, und er konnte eure Gänge stabilisieren. Einen Tunnel aufzubauen, das hat er nie geschafft. Und glaub mir: Es ist gefährlich, damit herumzuspielen.« Etwas in ihrer Stimme macht mir klar, dass sie weiß, wovon sie spricht. Außerdem sieht sie mit einem Mal besorgt aus, nein, mehr als das: Nike wirkt beinahe ängstlich. Haben sie und die anderen beiden Sammler es versucht? Haben sie die Lanzette benutzt?

Das Summen der Nadel wird stärker. Ihre Vibration überträgt sich in meine Hand und lässt sie auf der Haut kitzeln. Plötzlich wird mir etwas klar. »Ihr wart es, nicht wahr? Ihr habt den Tunnel einstürzen lassen.«

»Aber doch nicht absichtlich, du dummes Kind«, zischt Nike und beugt sich vor. Der ängstliche Ausdruck auf ihrem Gesicht ist blanker Wut gewichen. »Wie, meinst du, bin ich sonst an den hier«, sie hält einen Stock hoch, »gekommen?« Sie lehnt sich schwer atmend zurück. »Wir hatten erst das Schloss, später dann dieses Haus als Quartier gewählt, weil es direkt an einem unserer wichtigsten Tunnel lag. Einem von denen, die weit zurück und über deine Gegenwart hinausreichten. Ja, das wusstest du nicht, so wie du vieles nicht weißt.« Sie beobachtet mich aus ihren zu Schlitzen zusammengepressten Augen. »Es gibt nur zwei, drei Tunnel mit dieser enormen Spanne. Von ihnen führen viele kleine Nebengänge ab, von denen nur wenige stabil sind: Sie wuchern schnell zu. Die großen Tunnel sind jedoch gut gesichert. Von euch, von den Springern. Bei diesem hier war es anders. Zum einen, weil dein Vater ihn unvorsichtigerweise oft benutzt hat. Zum anderen, weil wir ihn und seine Familie über die Jahre genau im Auge behielten. Und irgendwann auf das Bild deiner Mutter stießen.«

»Das Passwort«, unterbreche ich Nike.

Sie nickt grimmig. »Wir haben die anderen Wege vernachlässigt, das war vielleicht unser Fehler: Wir waren uns zu sicher. Statt weitere Wege zu stabilisieren, haben wir uns in unserem Haus eingerichtet und sind von hier aus überall hingereist. Ja, wir haben uns viel zu sehr auf diesen einen Tunnel verlassen. Tatsache ist, dass er irgendwann unsere einzige Möglichkeit geworden war, irgendwohin zu reisen. Als wir es bemerkten, war es schon zu spät. Da haben wir es versucht. Die Lanzette zu benutzen versucht.«

»Und etwas ist schiefgegangen und der Tunnel eingestürzt«, versuche ich zu verstehen, »und das bedeutet, dass...«

»Dass wir nur noch in die Zukunft reisen können. Bia hat noch einen der letzten kleinen Zweige in die Vergangenheit nutzen können, der inzwischen zugewuchert ist. Sie hat ihren

Versuch, das Schloss im Park zu zerstören, beinahe mit ihrem Leben bezahlt. Aber du«, sie zeigt auf mich und die Lanzette, »wirst uns aus dieser zugegeben recht misslichen Lage befreien.«

Ich sehe auf das Instrument in meinen Händen. Auch auf die Gefahr hin, mich zu wiederholen: »Ich weiß aber nicht, wie man sie benutzt. Niemand hat es mir beigebracht.«

»Papperlapapp«, zischt Nike. »Meinst du, du bekommst so etwas beigebracht? Die Gilde ist sehr bemüht, dieses Wissen für sich zu behalten. Aber ich habe gehört, dass Zeitreisende mit der Lanzette tanzen. Und siehe da: Du hast sie schon zum Summen gebracht.«

Sie summt in der Tat. Und sie kitzelt.

»Du kannst sie mitnehmen. Gewöhn dich an sie. Übe, falls man mit ihr üben kann.« Nike erhebt sich ächzend, indem sie sich auf ihren Stock stützt. »Ich muss mich ankleiden. Du kannst zu deinem Freund gehen. Sag ihm, er soll anziehen, was Thomas ihm hingelegt hat. Wir wollen kein Aufsehen erregen.«

»Und wenn ich mich weigere?« Ich halte die Lanzette jetzt wie ein Zepter in beiden Händen, um ihre Schwingungen auszugleichen. Man kann es auch als Drohung verstehen.

Nike dreht sich halb um und lächelt. Sie sieht mich mit ihren blässlichen, verschleierten Augen an. Die Ohrläppchen, die unter der Haube zu sehen sind, baumeln. »Nun, dann solltest du dir vielleicht schon mal überlegen, wie viel dir an deinem hübschen Freund liegt. Mein Bruder wird bei unserem Treffen dabei sein, ebenso meine Schwester. Bia ist noch ungehalten, wegen der Sache auf der Burg. Und Kratos... nun, du kennst ihn ja. Er ist immer so unbeherrscht.« Ohne ein weiteres Wort humpelt sie zur Klingelschnur und zieht daran. Wenig später wird die Tür geöffnet. Dieses Mal ist es das Hausmädchen, das mir bei meinem ersten Besuch die Haare gemacht hat und uns bei der Flucht geholfen hat. »Clara, bring das Fräulein zu unserem Besuch und richte beiden ein Frühstück. Händerlein soll zu mir kommen. Und sagt Thomas noch einmal Bescheid wegen der Türen: Wir wollen unsere Gäste nicht wieder verlieren.«

Das Mädchen macht einen Knicks und sieht mich erwartungsvoll an. Mir bleibt nichts anderes übrig, als ihr zu folgen.

»Moritz!« Ich will auf ihn zustürzen, kaum hat das Hausmädchen mir die Tür geöffnet, halte aber noch die Lanzette in Händen. Suchend blicke ich mich um, dann lege ich sie vorsichtig auf die hohe Kommode gleich neben der Tür.

»Verdammt«, sagt Moritz anstelle einer Begrüßung und ich erstarre mitten in der Bewegung.

Irgendwie ist der Zeitpunkt, in dem die Heldin ihrem Freund zur Rettung eilt und ihm in die Arme fliegt, schon im Ansatz erstickt. »Geht es dir gut? Haben sie dir was getan?«, frage ich verlegen, bleibe vor ihm stehen und nestele mit meinen Fingern am Rock.

»Nein«, erwidert Moritz, was irgendwie alles und nichts beantwortet.

Ich betrachte ihn aufmerksam. »Du weißt doch noch, wer du bist?« Gar keine so abwegige Frage nach seiner letzten Begegnung mit einem Sammler.

»Sehr lustig«, sagt Moritz störrisch. Und dann, als ich schon denke, dass sein Gedächtnis tatsächlich wieder Schaden genommen hat: »Du hättest nicht kommen müssen, Ariadne.«

»Ach nein? Und wie wärst du dann wieder nach Hause gekommen?«

»Daran habe ich eben gearbeitet.« Moritz wendet sich Clara zu.

Sofort spüre ich einen Stachel der Eifersucht. Wenn er glaubt, das Hausmädchen könne uns noch mal helfen, ist er auf dem Holzweg: Der Dachbodenweg ist versperrt und ich denke nicht, dass sie es mit drei Sammlern persönlich aufnehmen wird. »Danke, Clara, das ist dann alles. Herr von Haußmann und ich würden gerne frühstücken«, weise ich blasiert an.

Von Claras Gesicht, deren Augen bislang unentwegt an Moritz gehangen haben, schwindet das Lächeln. Sie knickst und verlässt das Zimmer.

»Gut, was?«, sage ich über die Schulter.

»Gut?«, fragt Moritz wütend. »Ich hatte sie schon so weit, dass sie mir hilft. Du hättest nicht kommen müssen.«

»Hilft? Wobei soll sie dir denn helfen? Hier aus dem Haus zu entkommen? Damit du was noch mal tun kannst? Vor der Höhle herumlungern und darauf warten, dass ein Zeitreisender dich aufsammelt?«

»Zum Beispiel«, entgegnet er trotzig.

Ich schlucke eine Erwiderung runter und beiße mir auf die Lippen. So habe ich mir unsere Begegnung nicht vorgestellt, wirklich nicht. Während wir beide schweigen, sehe ich mich um. Sie haben Moritz das Zimmer gegeben, das letztes Mal Pandora hatte. Es ist karger eingerichtet als das gegenüberliegende Schlafzimmer und trotzdem hat er es schon geschafft, es zu verwüsten. Das Bett ist unordentlich, seine Decken zerwühlt. In einer Nische eingepasst befindet sich der Kleiderschrank, der offen steht. In der Ecke steht der Toilettentisch in einer Wasserlache: Moritz hat anscheinend ausgiebig zu duschen versucht. Der Sekretär am Fenster ist abgeräumt, Tintenfass, Papiere und eine Büste stehen auf dem Boden vor dem Kamin. Die Sachen, die Moritz anziehen soll, liegen kreuz und quer auf dem runden Tisch in der Zimmermitte: Ein echter Zylinder trohnt auf einer Stuhllehne.

Eine willkommene Ablenkung von dem eisigen Schweigen, das sich zwischen uns ausgebreitet hat. »Oh, sieh mal, das ist ja cool«, rufe ich betont lebhaft. »Hast du den schon ausprobiert?« Ich stürze mich auf den schwarzen, glänzenden Hut und setze ihn auf.

Moritz beobachtet mich missbilligend. »Schön, dass er dir gefällt.«

»Er wackelt.« Der Dutt stört. »Nun sei doch nicht so mürrisch.«

»Nicht so mürrisch? Mürrisch?«

»Es ist alles unter Kontrolle. Wir haben einen Plan«, sage ich beschwichtigend.

»Wir. Natürlich.« Moritz schnaubt durch die Nase. »Wo ist er denn, unser unentbehrlicher Freund und Helfer?«

Wir wissen wohl beide, von wem die Rede ist. »Weitergesprungen. Zu meinem Vater. Die beiden werden bald kommen und uns rausholen.«

Wieder wird es still bis auf ein leises, gleichförmiges Ticken. Anscheinend gibt es hier irgendwo unter all den Sachen vergraben eine Uhr oder aber es war die Bombe, die Moritz jetzt platzen lässt: »Ich habe euch gesehen«, sagt er. »Dich und Pluvius. Ich bin dir gefolgt, weil ich endlich den Schlüssel für das Zeitkästchen loswerden wollte.« Er schweigt und mir wird abwechselnd heiß und kalt.

Pluvius und ich. Der Kuss, oh nein. »Das ist nur... das war nur ein Versehen«, stammele ich. »Er ist schließlich mein Großonkel.«

»Wie ein verwandtschaftlicher Kuss sah das nicht aus«, erwidert Moritz. Er ist wütend. Wütend und verletzt. »Ich dachte immer, du und ich... also, wir beide wären zusammen.«

»Sind wir auch«, sage ich erschrocken.

»Tja, ich küsse niemanden sonst.«

»Nein, du flirtest nur mit dem Hausmädchen.«

»Um hier rauszukommen, verdammt. Das ist ja wohl was anderes.«

»Ach ja?«

»Ja!«

Das ist kindisch, ich weiß. »Ich bin schuld, dass du hier bist. Es tut mir leid.«

»Nein, schuld ist diese Bia. Sie hat mich vor eurem Haus erwischt, gleich nachdem ich den Schlüssel in den Briefkasten geworfen habe ...«

»Du hast ihn weggeworfen? Du hast den Schlüssel weggeworfen?«

»Nicht weggeworfen: in den Briefkasten geworfen. Sagte ich doch. Ich war so wütend auf dich, daher wollte ich nichts mehr mit dir zu tun haben. Und dann kam Bia. Ich bin ihr direkt in die Falle gegangen.« Jetzt klingt er nur noch wütend, was allemal besser ist als dieser verletzte Unterton. »Sie kam auf mich zu und fragte nach der Uhrzeit. Nach der Uhrzeit: Anscheinend hat sie Sinn für Humor. Ich hätte aufpassen müssen. Sie sah wirklich blass aus, mehr wie ein Vampir oder so. Aber auch harmlos.«

»Bia ist nicht harmlos«, erwidere ich schwach.

»Ja, das weiß ich jetzt auch«, antwortet Moritz gereizt.

Es wird wieder einmal ruhig zwischen uns. Als wäre da etwas, was wir nicht benennen, nicht einfach so wegquatschen können und das uns die Zunge lähmt. Etwas, das gleichzeitig hohl und dumpf in unserem Magen nistet.

Der Schlüssel zum Zeitkästchen liegt in unserem Briefkasten und ich weiß nicht, ob das gut oder schlecht ist. Und wie ich mich wieder mit Moritz vertragen kann. »Und jetzt willst du nicht mehr, dass ich dich rette?«, frage ich, weil ich etwas sagen muss, irgendetwas. Alles ist besser als dieses Schweigen. Tränen steigen mir in die Augen. Ich schlucke sie runter.

Moritz verzieht die Mundwinkel. »Also, ich könnte es mir überlegen. Mich zu retten ist immerhin eine coole Entschuldigung.«

Ich nicke hoffnungsvoll. Oh ja. Das ist es.

»Und außerdem siehst du hinreißend aus mit diesem Zylinder.«

Ich muss lächeln. Unsicher gehe ich zu Moritz und setze mich neben ihn aufs Bett. »Es tut mir leid«, sage ich und meine es ernst. Pluvius tat es ja auch leid. Das hat er gesagt. Der Gedanke daran treibt mir schon wieder Tränen in die Augen.

Die Moritz sofort als Zeichen meiner Reue deutet. »Es sollte dir auch leidtun«, grummelt er. Dann beugt er sich vor und küsst mich. Ganz leicht und sanft.

Nicht so wie Pluvius. Nicht so, wie es nicht sein darf. Ein Fehler, den man bereuen muss. Ein richtiger, nicht zu bereuender Kuss ist anscheinend leicht und schwerelos. Nur dass man dabei immer noch an so vieles denken kann...

Moritz sieht mich an und lächelt schief. »Und wenn der Kerl mir noch einmal in die Quere kommt...«

In diesem Augenblick geht die Tür auf, eine Gestalt stürzt herein, fällt gegen den Tisch und auf den Boden.
Moritz und ich springen auf, die Zimmertür schlägt zu.
»Verdammt«, ächzt Pluvius und richtet sich auf.

So viel zu unserem Plan.
Pluvius sieht übel aus: Seine Lippe blutet und sein linkes Augenlid ist gerade dabei, zuzuschwellen. Ich mache das Handtuch in der Wasserpfütze nass und drücke es ihm vorsichtig gegen das Auge.
Pluvius stöhnt auf: »Au, verdammt, nicht so fest. Gib her: Ich mache das lieber alleine.«
Unser Plan war nicht gerade brillant, zugegeben, aber wir hatten auf die Schnelle keinen besseren: Pluvius und ich wollten ins Jahr achtzehnhundertdreiundzwanzig springen. Ich sollte Moritz aufspüren, er eine Weile warten, bis es ihm besser geht, und dann den Tunnel ins Mittelalter suchen, um mit etwas Glück direkt zu meinem Vater zu springen. Der Tunnel, von dem die Sammler nicht wissen, muss irgendwo in der Nähe des weißen Hauses liegen, schließlich sind Pandora und ich direkt dort herausgekommen. Und man muss ja nicht drinstehen, um zu springen: In der Umgebung zu sein, reicht schon. Nur dass Pluvius nicht mal in die Nähe gekommen ist.
»Sie haben auf uns gewartet«, berichtet mein Großonkel und hält das Handtuch fest gegen sein Auge gepresst. »Du warst kaum weg, als sie sich auch schon auf mich gestürzt haben. Ein Mädchen, ungefähr unser Alter, vielleicht etwas älter, und so ein bärtiger Typ. Riesenkräfte und nicht gerade zimperlich.«

»Bia und Kratos.« Ich nicke. »Und dann?«

»Dann habe ich mich gewehrt. Und sie haben mich mehr oder weniger durch den ganzen Park geschleift. Das war alles. Sie haben mich hierhergebracht und in dieses Zimmer geschubst.«

»Klasse Plan«, lässt Moritz sich vom Bett her vernehmen. Er lehnt am Kopfende, die Arme vor der Brust verschränkt, und beobachtet uns.

»Wer hat sich denn entführen lassen?«, kommt es prompt von Pluvius zurück.

»Tja. Ich hätte wohl wachsamer sein müssen. In jeder Beziehung«, erwidert Moritz.

»Allerdings«, sagt Pluvius, der natürlich nicht weiß, worauf er anspielt.

»Und das Veilchen hätte *ich* dir verpassen sollen«, setzt Moritz hinzu.

Pluvius schaut unter seinem Handtuch hoch. »Ach ja? Und warum? Weil ich so blöd bin und dich retten will?«

»Mich retten? Ich bin ganz gut alleine klargekommen.« Moritz lacht spöttisch.

»Ja, das glaube ich.« Pluvius sieht sich um, ohne das Tuch vom Auge zu nehmen. »Gemütlich hast du es hier. Hier kann man es sicherlich aushalten die nächsten, sagen wir mal, einhundertneunzig Jahre.«

Noch bevor ich dazwischengehen kann, klopft es an der Tür und Clara bringt ein Tablett herein. »Wo darf ich das... oh«, sagt sie, als sie Pluvius erblickt.

»Das ist mein... äh, Cousin. Er hatte einen kleinen Unfall«, improvisiere ich, obwohl das natürlich kaum sein plötzliches Auftauchen hier im Haus erklären kann.

»Das... das... Möchten Sie auch Frühstück?«, fasst sich das Hausmädchen recht schnell.

»Frühstück?«, wiederholt Pluvius. Er spricht es aus, als habe sie ihm Menschenfleisch angeboten, und lässt das Handtuch sinken. »Möchte ich Frühstück?«, fragt er mich verblüfft. Wahrscheinlich findet er es ungewöhnlich, erst ein blaues Auge verpasst und dann Essen serviert zu bekommen.

»Ja, möchtest du«, nehme ich ihm die Entscheidung ab.

»Möchte ich«, antwortet Pluvius an Clara gerichtet.

Die nickt kurz, dann sieht sie sich suchend um. Ich räume rasch Moritz' Klamotten vom Tisch, damit sie das Tablett abstellen kann. Es ist nur für eine Person gedeckt.

»Ihr Frühstück habe ich in Ihrem Zimmer gerichtet, gnädiges Fräulein«, sagt Clara, als hätte sie meine Gedanken gelesen.

Bei der Anrede zieht Pluvius die Augenbrauen hoch, was er jedoch sofort bereut. Er stöhnt und drückt sich wieder das Handtuch ans Auge.

»Ich komme gleich«, erwidere ich. Das Hausmädchen macht allerdings keine Anstalten zu gehen, sondern bleibt wartend in der Tür stehen. Also gut. Ich werfe Moritz und Pluvius noch einen warnenden Blick zu und kann nur hoffen, dass sie sich während meiner Abwesenheit nicht an die Gurgel gehen. Erst an der Tür merke ich, dass ich den Zylinder noch trage. Ich setze ihn ab und drücke ihn Moritz in die Hand. Dann nehme ich die Lanzette, die sofort anfängt, leise zu summen, und gehe frühstücken. Wer in der Zeit reist, muss bei Kräften bleiben. Und wer es mit den Sammlern aufnehmen will, erst recht. Auch wenn ich noch keine Ahnung habe, wie ich das anstellen soll.

Es ist dasselbe Prozedere: Clara macht mir gnadenlos und schmerzhaft die Haare, danach soll ich etwas essen. Ich versuche, sie derweil über die Sammler auszuhorchen, doch sie gibt nicht viel preis: Nike ist die »gnädige Frau«, Bia auch ein »gnädiges Fräulein« und von Kratos hält sie anscheinend nicht viel. Oder sie hat Angst vor ihm. Auf jeden Fall schweigt sie beharrlich, wenn ich die Sprache auf ihn bringen will. Wahrscheinlich hat sie mächtig Ärger bekommen nach unserer letzten Flucht. Nervös zieht sie mir die Locken am Gesicht herunter, tritt dann zurück und mustert mich noch einmal prüfend.

»Ich werde jetzt dem anderen Herrn das Essen bringen«, sagt sie und huscht zur Tür hinaus, noch ehe ich etwas erwidern kann.

Ich betrachte noch einmal die Lanzette, nehme sie in beide Hände. Das Summen ist vielversprechend, da hat Nike schon recht: Es passiert etwas, sobald ich sie berühre. Trotzdem wage ich nicht, sie irgendwie einzusetzen. Wie denn auch? Soll ich sie schwenken? Damit wedeln? Über meinem Kopf damit herumfuchteln wie mit einem Schwert? Ich lege sie vorsichtig zurück aufs Bett. Hunger habe ich keinen, aber ich trinke eine Schale Tee. Der ist wenigstens warm und irgendwie tröstlich. So langsam gewöhne ich mich an dieses Getränk, das mich durch alle Jahrhunderte hindurch begleitet.

Wir haben nicht mehr viel Zeit, bis ich mit dem summenden Ding da den Tunnel zu meinem Vater öffnen soll. Einen Tunnel, der ja schon offen ist. Durch den wir fliehen könnten, falls wir es schaffen, aus dem Haus und in seine Nähe zu kommen. Pandora spürt dann offensichtlich einen Sog: Vielleicht kann ich das auch. Wenn ich darauf achte. Alle meine Sinne schärfe... Aber vorher steht uns noch eine winzige Kleinigkeit im Weg, nämlich aus dem Drahtkäfig zu entkommen...

Ich stelle entschlossen die Teeschale ab und beschließe, eine Expedition durchs Haus zu unternehmen. Schließlich bin ich, wie hat Nike es gleich ausgedrückt? Ein Gast, genau. Ich bin ein Gast und darf mich frei bewegen. Mit der summenden Lanzette in der Hand lausche ich an der Tür. Als nichts zu hören ist, öffne ich sie vorsichtig. Aus Moritz' und Pluvius' Zimmer kommen Stimmen, doch ich lasse sie erst einmal in Ruhe: Pluvius sieht nicht nur durch Kratos' Behandlung mitgenommen aus und Moritz trete ich im Augenblick auch nur ungern unter die Augen. Sollen die beiden das erst einmal unter sich ausmachen.

Ich gehe instinktiv nach oben, so wie letztes Mal, als ich mit Pandora geflohen bin. Es riecht wieder nach dieser inzwischen vertrauten Mischung aus Moschus und Zitrone, ganz schwach nach kaltem Rauch. Das Summen der Lanzette wird schwächer.

Unter dem Dach liegen die Zimmer der Dienstboten: Alex hat mir davon erzählt. Hier hat sie bei unserem letzten Aufenthalt geschlafen. Ich werfe in jedes einen raschen Blick: Kleine Kammern ohne viele persönliche Dinge darin, an den Garderoben hängen Schürzen und eine Uniform. Schließlich befindet sich hier oben noch eine Art Näh- und Bügelzimmer mit Bergen von Tischwäsche. Die Luke zum Dachboden, die mit einem Haken heruntergezogen wurde, ziert in der Tat ein nagelneues Schloss: unmöglich, das ohne Bolzenschneider aufzubekommen.

Ich schleiche wieder nach unten. Auf unseren Flur, von dem neben »meinem« und dem Zimmer der Jungs noch zwei Türen abgehen. Ich horche an der ersten und versuche dann langsam, unendlich langsam die Klinke herabzudrücken. Abgeschlossen. Die danebenliegende Tür ist es nicht und ich werfe einen raschen Blick in ein Schlafzimmer, das meinem gleicht.

Aufgereiht auf dem Pfostenbett liegen Kleidungsstücke, die alle aus verschiedenen Epochen stammen müssen: Ich sehe breite, ausladende Reifröcke aus kostspieligem hellem Samt mit Untergestellen und Miedern, ein schwarzes Kleid mit riesigem Rüschenkragen, Taftkleider mit langer Schleppe und sogar ein paillettenbesetztes Charlestonkleid. Dazu liegen auf sämtlichen Kommoden, Stühlen und selbst auf dem Tisch die verschiedensten Kopfbedeckungen: von spitzen Schleierhüten über Hauben und Strohhüte bis hin zu einem Federexemplar, das aussieht, als könne es jederzeit davonfliegen. Spätestens als ich ein schmales Mittelalter-Wollkleid mit langem Ärmel und besticktem Gürtel erkenne, wird klar: Das hier ist Bias Zimmer.

Mein Herz beginnt stärker zu klopfen, was die Lanzette wieder anzuheizen scheint, die begierig lossummt. Schnell und geräuschlos schließe ich die Tür. Auf eine Begegnung mit dem Geistermädchen bin ich wahrlich nicht scharf, vor allem, nachdem wir sie das letzte Mal in ein Verlies geschubst und eingesperrt haben.

Und dann kann ich sie auch hören: Bias Stimme klingt klar und deutlich aus dem Wohnzimmer ein Stockwerk tiefer.

Dicht an die Wand gepresst schleiche ich die Treppe hinunter.

»…kannst sie nicht einfach hier im Haus herumspazieren lassen«, bekomme ich den letzten Teil ihres Satzes mit, als könne sie mich sehen. Als wüsste sie, dass ich vor der Tür stehe. Ich erstarre. Dieses Mal setzt mein Herz einen ganzen Schlag lang aus.

Nikes Erwiderung kann ich nicht verstehen.

»Und das Ding im Keller? Das scheinst du völlig vergessen zu haben.«

Ein Frettchenhusten, dann wieder Nikes undeutliches Gemurmel.

»So harmlos sieht es mir aber nicht aus. Ich finde, es ist schon deutlich gewachsen.«

Von was reden sie? Ich wage nicht, noch näher ans Wohnzimmer zu gehen, sperre jedoch die Ohren auf, so gut ich kann.

»Ich tue ihr schon nichts«, dringt Bias hohe Stimme in den Flur. »Zumindest so lange nicht, bis sie unsere Probleme gelöst hat. Für wen hältst du mich?«

Wer *jetzt* Gegenstand ihrer Unterhaltung ist, kann ich mir hingegen nur allzugut vorstellen. Wohl besser, ich begegne Bia die nächste Zeit nicht alleine.

»Und dann können wir endlich hier weg«, fährt Bias Stimme fort. »Wir suchen uns ein neues Zuhause. Einen neuen, schönen Tunnel. Wie mich dieses Leben hier anödet!«

Wieder Nikes Gemurmel.

»Rumgepfuscht? Im Gegensatz zu euch habe ich wenigstens versucht, etwas zu unternehmen!«

Moment mal – war sie es etwa, die den Tunnel zum Einsturz gebracht hat? Zuzutrauen wäre es ihr. Jetzt schleiche ich mich doch noch ein wenig näher ans Wohnzimmer, was die Lanzette erneut anstachelt. Zudem laufe ich beinahe dem Hausdiener in die Arme, der von unten kommend ein Tablett hochträgt. Rasch ziehe ich mich auf die Treppe zurück.

Der Hausdiener klopft, wartet, bis Bia »herein« gerufen hat, und betritt dann das Wohnzimmer.

»Ah, der Tee. Endlich«, kann ich Nikes Stimme hören, bevor die Tür wieder zufällt.

Das ist die Gelegenheit, ins Erdgeschoss zu gelangen. Ich gehe, so schnell es der lange Rock erlaubt, hinunter in den Flur mit den chinesischen Figürchen und probiere die Haustür. Abgeschlossen natürlich. Das wäre auch zu einfach gewesen. Die Lanzette führt inzwischen einen regelrechten Tanz auf.

Es führt noch eine schmale Treppe nach unten und ich nehme an, dass dort die Küche liegt. Und dass sich dort Clara und die Haubenfrau befinden. Also zwänge ich mich lieber durch die angrenzende Flügeltür, als ich den Hausdiener zurückkommen höre. Es ist dämmerig, die Fensterläden sind noch geschlossen. Ich kann schemenhaft zwei Ohrensessel vor einem Kamin erkennen, einen runden Tisch mit Stühlen und Bücherregale, die bis zur Decke reichen.

Hinter der halb geöffneten Tür lausche ich, bis sich die Schritte des Dieners entfernen, und will gerade wieder hinaushuschen, als eine Stimme mich herumfahren lässt.

»Ah, da ist sie ja. Die berühmte Ariadne.«

Mein Herz steht still und ich bin um Jahre gealtert vor Schreck. Ohne den Drahtkäfig um uns herum wäre ich vermutlich augenblicklich gesprungen.

Es ist Kratos, der sich da aus einem der Sessel erhebt. Im dunklen Zimmer wirkt er riesig. Ich kann seine Gesichtszüge nicht erkennen, aber er klingt nicht gerade freundlich. Instinktiv strecke ich ihm die Lanzette entgegen, die er jedoch gar nicht beachtet.

»Wir hatten schon das Vergnügen?!«

Ich weiß nicht, ob das als Frage formuliert worden ist, und bin lieber ruhig. Außerdem bin ich vor Angst wie erstarrt und hätte im Moment selbst dann kein Wort herausbringen können, wenn mein Leben davon abgehangen hätte. Kratos ist hoffentlich nicht so rachsüchtig wie Bia. Denn das letzte Mal, als ich ihn gesehen habe, steckte er in einer Rüstung. Und Alex hat ihm mächtig eingeheizt ...

»Du bist also die Hoffnungsträgerin. Die mit dem Faden. Die uns aus dem ganzen Schlamassel wieder herausführen soll.« Er spricht leise, fast lauernd.

Bias Worte kommen mir in den Sinn: »... bis sie unsere Probleme gelöst hat.« Probleme, Schlamassel: Anscheinend meinen die beiden dasselbe.

Doch dann, scheinbar zusammenhanglos, beginnt Kratos, eine Geschichte zu erzählen. Eine Geschichte, die mir nur allzu bekannt ist: »Alle neun Jahre werden auf Kreta vierzehn Jugendliche dem Minotaurus geopfert, einem blutdürstigen Mischwesen aus Mensch und Stier. Sie werden in sein Labyrinth getrieben, finden nicht mehr hinaus und er jagt sie. Einen nach dem anderen.«

Ich rühre mich nicht. Diese Geschichte muss ich mir andauernd anhören, sobald ich meinen Namen sage.

Kratos allerdings kann sie besonders gut ausschmücken: »Es muss lange gedauert haben, bis er sie alle gefunden hat, meinst du nicht? Kannst du dir vorstellen, wie sie sich gefühlt haben? Wie sie sich versteckten in den Hecken, die Schreie ihrer Mitgefangenen im Ohr, zitternd, bis es auch sie erwischte?«

Ja, jetzt kann ich das in der Tat.

Kratos fährt fort. »Eines Tages ist Theseus unter den Verdammten. Ariadne verliebt sich in ihn. Sie gibt ihm ein Schwert und ein Wollknäuel. Theseus tötet den Minotaurus. Mithilfe des Wollfadens, dessen Ende er am Eingang des Labyrinths befestigt, findet er den Weg heraus und kann entkommen.«

Der bärtige Riese kommt ein paar Schritte auf mich zu. Er ist so groß, dass ich meinen Kopf in den Nacken legen muss, um zu ihm hochzusehen. Die Lanzette zwischen uns brummt wie ein Hornissennest. »Wie gefällt es dir in *unserem* Labyrinth?«, fragt er leise, ohne dass ich in seinem zugewucherten Gesicht eine Regung erkennen kann.

Eine Gänsehaut läuft mir die Arme hinunter, meine Hände fühlen sich fast taub an. »Labyrinth?«, bringe ich nur heraus.

»Kennst du überhaupt den Unterschied zwischen einem Irrgarten und einem Labyrinth, Ariadne?« Kratos sieht auf mich herunter. »Nicht? Nun, das ist traurig. Ein Irrgarten ist ein Netz aus Wegen mit Abzweigungen, Kreuzungen und Sackgassen. Ein Labyrinth jedoch hat nur einen einzigen Weg. Und der führt unweigerlich vom Eingang bis zu seiner Mitte. Du kannst dich nicht verstecken: Es gibt kein Entkommen.«

Ich bin verwirrt. Keine Ahnung, was er mir damit sagen will.

»Und nun verschwinde«, knurrt Kratos, während er wieder zu seinem Sessel geht. »Vergiss den Faden. Konzentrier dich lieber auf das Ding in deiner Hand: Uns bleibt nicht mehr viel Zeit.«

Das lasse ich mir nicht zweimal sagen. Ich bin schon halb zur Tür hinaus, als mich seine Stimme noch einmal zurückhält. Er murmelt fast und ich bin mir nicht sicher, ob er mich meint, als er sagt: »Der Minotaurus wendet sich gegen seine Schöpfer. Das hat er schon immer getan.«

Ich mache, dass ich wegkomme.

Kapitel 2

Ein Labyrinth? Was denn für ein Labyrinth?« Moritz hat sich wohl oder übel umgezogen: Ich konnte ihn dazu überreden. Es macht die Sammler weniger nervös, denn sie können es nicht ausstehen aufzufallen. Und so glauben sie vielleicht eher, wir würden nach ihren Regeln spielen.

»Ich weiß es doch auch nicht. Aber irgendetwas stimmt nicht. Wir übersehen etwas.« Die Lanzette habe ich inzwischen zur Seite gelegt und knete meine schlohweißen Finger: Scheint so, als würde das Ding mir irgendwie Energie abzapfen. Entweder das oder das ständige Schütteln hat meine Hände taub gemacht. »Nike hat nur den Tunnel erwähnt. Nein, warte: Einen Tunnel, von dem viele kleinere Wege abgegangen sind. Früher zumindest. Dann sind diese Wege zugewuchert und Bia hat an ihnen herumgepfuscht. Dabei ist der Tunnel eingestürzt. Aber es ist noch etwas passiert. Und ich komme nicht darauf, was das sein soll.« Frustriert lasse ich mich auf einen Stuhl sinken. »Das ist doch alles…«

»Mist«, kommt es von Pluvius. Er steht vor dem Spiegel und versucht, sich ein knallgrünes Halstuch zu binden. »Das hier kann gar nicht funktionieren.« Wütend macht er es wieder auf.

»Tunnel, von dem keine Wege mehr abführen. Kein Netz aus Wegen, kein Irrgarten mehr. Nur noch ein Weg: ein Labyrinth.« Ich schließe die Augen und reibe mir die Stirn, wie es sonst eigentlich nur Pluvius tut.

Der immer noch fluchend an seinem Tuch zerrt.

»Nun hilf ihm halt«, bitte ich Moritz, weil ich mich so einfach nicht konzentrieren kann.

Moritz' dunkelblaue Kinnkrawatte sitzt tadellos, nachdem ihm Clara gezeigt hat, wie es geht. Er sieht wirklich umwerfend aus in dem Frack und der hellen Hose, auch wenn er sich mit diesem hohen Hemdenkragen sichtlich unwohl fühlt. Er verdreht die Augen, kommt meiner Bitte aber nach.

»Dieses Haus ist der Mittelpunkt des Labyrinths...«, überlege ich weiter. »Kratos sprach davon. Nein, einen Augenblick: Er sagte: ›Willkommen in unserem Labyrinth‹. Das Haus ist gemeint. Das ist das Labyrinth.«

»Verdammt, willst du mich erwürgen?«, beschwert Pluvius sich.

»Gute Idee eigentlich«, erwidert Moritz trocken.

»Das wird nie und nimmer dreimal rumgeschlagen.«

»Wird es doch.«

»Das ist zu eng.«

»So soll es aber sitzen.«

»Ich muss noch Luft holen können.«

»Das würde ich mir an deiner Stelle abgewöhnen. Wirst schon sehen, was ich meine, wenn du erst mal diesen Frack anhast.«

»Das Haus ist das Labyrinth«, versuche ich, die Streitereien der Jungen zu ignorieren, was nicht gerade leicht ist. So langsam habe ich das Gefühl, etwas Wichtigem auf der Spur zu sein. »Ein Labyrinth hat nur einen Eingang und man folgt ihm so lange, bis man beim Mittelpunkt ist.«

»Und im Labyrinth werden eine Handvoll Jugendlicher geopfert. Damit sind dann wohl wir gemeint«, wirft Pluvius ein.

Moritz zupft noch einmal an seinem Tuch und tritt dann einen Schritt zurück, um sein Werk zu begutachten. »Denn im Mittelpunkt lauert der Minotaurus.«

»Na also. Dann haben wir es ja«, sagt Pluvius.

Keine Ahnung, ob er damit unsere Ausführungen oder seine Krawatte meint. Ich schüttele den Kopf. »Ich glaube nicht, dass wir dem Minotaurus geopfert werden sollen. Nein, wir sollen ihn besiegen.«

»Also sollen wir den Tunnel reparieren UND irgendeinen Minotaurus besiegen?« Pluvius steht fertig angezogen vor mir, und jetzt mal abseits all unserer Probleme: Diese Zeit hat auch ihre Vorzüge. Moritz hat sich zwar in einen gut aussehenden Gentleman verwandelt, aber Pluvius mit seinen langen Haaren, dem blauen Auge und der geschwollenen Lippe sieht aus wie ein Pirat. Ein außerordentlich attraktiver Pirat.

Ich räuspere mich. »Keine Ahnung, wirklich nicht.« Moritz, Pluvius, Minotaurus, Tunnel: Irgendetwas klingelt da bei mir. Es ist beinahe zum Greifen nah, aber eben nur beinahe. »Dann bleibt nur noch eine Frage...«

»Wo steckt der Minotaurus?« Moritz lässt sich steif und mit hoch erhobenem Kinn auf einem Stuhl nieder.

»Oh, das weiß ich schon: Der ist im Keller«, winke ich ab.

Die beiden Jungs starren mich an.

»Bia sprach davon, von einem Ding im Keller. Und es klang so, als hätte sie wirklich Angst davor. Nein, die Frage lautet: *Was* ist er?« Mein Blick fällt auf die Lanzette, die ruhig wartend vor mir liegt. »Denn wahrscheinlich wird uns nichts anderes übrig bleiben, als hinunterzusteigen und nachzusehen.«

In den Keller zu kommen, ist leichter gesagt als getan: Wir haben plötzlich jede Menge Aufpasser. Sobald wir auch nur unseren Kopf zur Tür herausstrecken, stürzt sich entweder der Hausdiener, die Haubenfrau oder Clara auf uns. Wir müssen uns ständig Entschuldigungen ausdenken. Zunächst behaupteten wir abwechselnd, die Toilette benutzen zu müssen – den »Abtritt«, wie das hier heißt. Aber das ist nicht sehr sinnvoll, da uns der Hausdiener jedes Mal in den Hinterhof geleitet und wartet, bis wir aus diesem stinkenden Loch wieder aufgetaucht sind. Als wir vorgeben, uns ein Buch leihen zu wollen, werden wir zwar in die immerhin Kratos-freie Bibliothek geführt, aber auch hier keine Sekunde aus den Augen gelassen. Und als wir sagen, wir hätten Hunger, wird uns Obst gebracht. Es bleibt uns nichts anderes übrig, als in unserem Zimmer darauf zu warten, dass man uns holt. Um dann entweder den Tunnel zu reparieren oder den Minotaurus zu erledigen.

Endlich klopft es.

Moritz, der mit einem Buch rücklings auf dem Bett liegt, richtet sich auf. Pluvius blickt hoch. Auch er hat gelesen.

Ich habe mich die letzte Stunde damit beschäftigt, die Lanzette anzustarren. Sie in die Hand zu nehmen und summen zu lassen. Sie ein wenig zu schwenken. Sie zu reiben, anzuhauchen, damit auf ein Kissen zu tippen oder nur darüber zu grübeln. Ich habe schon ernsthaft in Erwägung gezogen, ob die Sammler uns durch Langeweile foltern und mürbe machen wollen, und bin inzwischen froh über jede Abwechslung. Und sei es, einem leibhaftigen Monster gegenübertreten zu müssen.

Müssen wir nicht. Clara, die auf unsere Aufforderung hin die Tür öffnet, will uns bloß zum Mittagessen holen.

»Na, wenigstens kommen wir hier mal raus.« Ich stehe auf und strecke meine steifen Glieder.

»Noch ein Gedicht von Mörike und ich hätte geschrien«, murmelt Moritz, der seinen Frack wieder anzieht.

Pluvius wirft seinem Jackett nur einen widerwilligen Blick zu und lässt es über der Stuhllehne hängen. »Das ist ja wohl harmlos«, schnaubt er, während er seine Weste geradezieht und zur Tür geht. »Bei mir ist gerade jemand vierundzwanzig Seiten lang spazieren gegangen und hat dabei die Natur beschrieben. Natur. Beschrieben. Himmel, ich vermisse eine Spielkonsole.«

»Und ich mein Handy. Und Fernsehen.«

»Und einen iPod«, ergänzt Pluvius.

»Oh ja, Musik, das wäre himmlisch.«

»Irgendein Geräusch außer dem fürchterlichen Ticken dieser Uhren.«

»Radio meinetwegen.«

»Radio wäre auch nicht schlecht.«

»Schön, dass ihr die Errungenschaften unserer Zeit so zu schätzen wisst«, sage ich. Vor allem Pluvius hat sich erstaunlich schnell an unsere Technik gewöhnt. »Mir würde schon eine anständige Toilette genügen.« Ich streiche mir die Locken aus dem Gesicht. Irgendeine der vielen Nadeln, die Clara in meine Frisur gesteckt hat, hat sich gelockert und die herabhängenden Haare kitzeln in meinem Nacken. Dann schnappe ich mir die Lanzette und folge Pluvius zur Tür.

»Warte«, sagt Moritz hinter mir, »du löst dich auf.« Ich bleibe stehen und er schiebt mir eine Haarsträhne hinters Ohr. »Aber immerhin gibt dir das einen wilden, entschlossenen Ausdruck«, grinst er.

»Mehr wild als entschlossen wahrscheinlich.« Ich puste mir eine weitere Locke aus der Stirn.

»Kommt ihr endlich?«, fragt Pluvius, der sich umgedreht hat und uns finstere Blicke zuwirft. Er hält mir die Tür auf. Als ich an ihm vorbeigehe und ihn dabei streife, passiert etwas Merkwürdiges: Die Lanzette, die eben noch schwach gesummt hat, gibt einen starken Stoß ab, der mir bis in den Ellenbogen fährt. Ich bleibe stehen und starre sie entgeistert an.

»Was ist?«, fragt Moritz von hinten.

Ich sehe hoch zu Pluvius, in seine grün schimmernden Augen, bin mir aber nicht sicher, ob er es auch gespürt hat. »Nichts«, sage ich schließlich und mache mich daran, Clara zu folgen.

Das Speisezimmer liegt auf der ersten Etage neben dem Wohnzimmer. Es ist hell und freundlich eingerichtet: Auch hier gibt es diese schön geschwungenen Stühle, den glänzenden, polierten Tisch. Es riecht nach Hähnchen.

Wir sind allein: Weder Nike noch Bia lassen sich sehen und auch von Kratos keine Spur. Ich bin zwar froh darüber, gleichzeitig aber neugierig. »Essen denn die Herrschaften nicht mit uns?«

Moritz rümpft die Nase, Pluvius schüttelt leicht den Kopf.

»Die Herrschaften haben schon gegessen.« Clara dreht sich weg und serviert uns von einer Anrichte, auf der schon einige Schüsseln stehen, zunächst Suppe mit Klößchen, danach (tatsächlich!) Hähnchen mit Kartoffelstampf und zum Abschluss einen Pudding. Dann lässt sie uns allein.

Wir reden nicht viel, essen aber umso mehr: Irgendwie haben wir wohl alle das Gefühl, Kraft sammeln zu müssen für das, was noch vor uns liegt.

Moritz hat sich gerade zum dritten Mal die Schüssel mit dem Pudding geschnappt, als uns ein markerschütternder Schrei zusammenfahren lässt.

Sofort sind wir auf den Beinen. Ich greife geistesgegenwärtig nach der Lanzette, die ich neben mir auf dem Stuhl abgelegt habe, und haste den anderen zur Tür nach.

Clara steht im Flur, die Augen schreckensweit geöffnet. Doch sie scheint nicht geschrien zu haben, sondern schaut nur ratlos von uns zur Treppe und wieder zurück.

»Los«, ruft Pluvius, »das kam von unten.«

Die Jungen stürmen voran, ich, so gut es geht, hinterher. Wieder bin ich dankbar für die Turnschuhe, die ich mir unter den langen Rock geschmuggelt habe und die verhindern, dass ich mir auf diesen Stufen den Hals breche.

Im Erdgeschoss bleiben wir stehen.

»Noch weiter runter?«, fragt Pluvius kurz und zeigt auf die Küchentreppe.

»Sicher«, sagt Moritz und drängt sich an ihm vorbei.

Mir bleibt wieder nichts anderes übrig, als hinter ihnen herzulaufen. Um dann doch noch zu stolpern, als Pluvius ebenso plötzlich stehen bleibt wie Moritz.

Pluvius fängt mich in letzter Sekunde auf. Und hält mich fest.

Die Lanzette beginnt wie verrückt zu summen. Als würde sie eine Verbindung zwischen Pluvius und mir herstellen. Ich habe das Gefühl, in einen Strudel gezogen zu werden, um mich herum scheint alles zu verschwimmen und in meinen Ohren rauscht es. Es kostet mich alle Kraft, mich loszureißen und mich stattdessen auf die Stimmen zu konzentrieren, die jetzt klar und deutlich zu hören sind.

»Nun rede doch endlich, Frau!« Das ist Kratos, unterbrochen nur vom hysterischen Schluchzen der Haubenfrau.

»Da... da war etwas. Ein Ungeheuer. Und es... es hat gefaucht«, schluchzt sie.

»Ein Ungeheuer? Sei doch nicht närrisch«, dröhnt Kratos.

»Ich schwöre es, gnädiger Herr. Hinter... hinter dem Weinkeller.«

»Hinter dem Weinkeller ist nichts.«

»Doch, gnädiger Herr. Die alte Holzluke, die wir nicht mehr benutzen. Und dahinter... dahinter...«

»Ich werde nachsehen gehen. Sie bleiben hier.« Schritte entfernen sich.

Wir stehen immer noch halb auf der Treppe, von wo aus wir nichts sehen können. Weiter runter trauen wir uns nicht, um nicht der Haubenfrau in die Arme zu laufen. Also bleibt uns nichts anderes übrig, als still abzuwarten, was passiert.

Die Lanzette pulsiert. Mir ist schwindelig. Ich stehe eine Stufe über Pluvius, sodass wir gleich groß sind. Sein Gesicht ist nur Zentimeter von meinem entfernt, doch ich sehe ihn kaum und spüre seinen Arm nicht, der mich hält. Dafür beschäftigt mich dieses Gefühl zwischen uns viel zu sehr. Das stärker wird, sich wellenförmig ausbreitet und schließlich meinen ganzen Körper besetzt. Ich fühle mich wie vor einem Sprung, einem gewaltigen, der uns bis in die Steinzeit katapultieren könnte. Käfig oder nicht: Dieses Gefühl ist so stark, dass es mir beinahe egal ist, was dort unten vor sich geht. Mein Gesicht fühlt sich warm an. Mein Herz rast.

»Da ist nichts«, ertönt Kratos' Stimme nach einer ganzen Weile wieder. »Und ich will auch nicht, dass sich jemand dort hinten herumtreibt. Da gibt es nichts zu sehen.«

»Ich wollte Wein holen für den heutigen Abend, als ich dieses... dieses Fauchen hörte. Ich bin nachsehen gegangen und da sah ich es – das Maul des Ungeheuers ...«

»Schluss jetzt. Endgültig. Zurück an die Arbeit und kein Wort mehr darüber. Da war nichts.«

Ich kann keine Erwiderung hören. Ich kann gar nichts hören außer Pluvius' Atem, der sich ebenfalls beschleunigt hat. Der Sog ist jetzt so stark, dass es beinahe wehtut. Meine Augen tränen. Ich beiße mir auf die Lippe und unterdrücke ein Stöhnen.

»Gut. Ich werde jetzt den Wein holen und in die Küche bringen. Sie können schon vorausgehen. Und sagen Sie auch den anderen, dass ich niemanden dort hinten sehen will, verstanden? Niemanden.«

Pluvius lässt mich los und tritt eine Stufe nach unten, wo er auf Moritz prallt, der nach oben zeigt. Natürlich nach oben. Weg von hier.

Pluvius und ich sehen uns an. Er sieht ebenso verwirrt aus, wie ich mich fühle. Die Spannung zwischen uns ist unterbrochen. Mein Körper fühlt sich... leer an. Enttäuscht. Mein Mund ist trocken.

»Was ist?«, zischt Moritz und zeigt zur Kellertür hinauf.

Natürlich, er hat ja recht: Jetzt ist die ideale Gelegenheit dazu. Kratos ist verschwunden, die Haubenfrau in der Küche. Wir huschen die Stufen hoch, ich immer noch wie benommen.

Im Erdgeschoss ist niemand. Dafür kommen jetzt von oben die Stimmen von Bia und Nike, die Clara ausfragen.

Moritz, Pluvius und ich blicken uns an. In unser Zimmer können wir nicht mehr zurück. Moritz zeigt auf die Bibliothek und wir hechten hinein. Pluvius schließt die Schiebetür so weit, dass noch ein kleiner Spalt offen bleibt. Dieses Mal sorgt er dafür, dass ein wenig Abstand zwischen uns bleibt. Ich bemerke es mit einer Mischung aus Erleichterung und Bedauern.

Keine Sekunde später kommt Bia die Treppe herunter: Wir können ihre Röcke rascheln hören. Nur wenige Schritte vor unserer Schiebetür trifft sie auf Kratos, der von unten heraufkommt.

»Was war denn das, um Himmels willen?«, spricht sie genau das aus, was wir gerade denken.

Sie sieht noch aus wie damals, im Mittelalter, als Alex und ich sie im Garten getroffen haben: bleich, schmal, harmlos. Natürlich ist sie perfekt im Stil dieser Zeit gekleidet, mit Riesenärmeln, dem aufgebauschten Rock und der schmalen Taille. Sie trägt keinen Dutt, aber akkurat gescheitelte Haare und Locken links und rechts, die ihr bis auf die Schultern fallen.

»Nur die Händerlein«, knurrt Kratos. Er steht zu weit links: Ihn können wir im Gegensatz zu Bia nur hören.

»Was war denn?«, kommt Nikes Stimme von oben.

»Es ist nichts«, ruft Bia laut. »Die Händerlein hat sich erschreckt.« Dann wendet sie sich wieder an Kratos. »Lass mich raten: Es ist größer geworden«, sagt sie leise. Sie sieht noch bleicher aus als gewöhnlich, falls das überhaupt möglich ist.

»Es frisst. Ernährt sich irgendwie.«

»Aber wir haben doch das Gitter ...«

»Was wahrscheinlich ein Glück ist. Aber hier im Haus kann es sich frei bewegen.«

»Hat es sich schon bewegt?«

»Nein, bis jetzt frisst es nur.«

Die beiden verstummen. Bia knetet ihre Hände. »Dann müssen wir das kleine Biest jetzt dazu zwingen, zu handeln.«

Ich zucke zusammen.

»Wie denn?«

»Ich könnte mir vorstellen, dass sie sehr kooperationsbereit wird, wenn wir ihrem Freund ein bisschen wehtun.« Wie Bia das so sagt, könnte man meinen, sie spricht über das Wetter.

»Wie nett du bist, Schwesterherz. Und wie sollen wir das anstellen?«

»Himmel noch mal, Kratos. Du warst doch wohl lange genug im Mittelalter. Ein klein wenig wirst du dir da abgeguckt haben, sollte man meinen. Und den einen hast du dir immerhin schon vorgenommen.«

Jetzt ist es Pluvius, der zusammenzuckt.

Bia tippt sich gespielt grüblerisch mit dem Zeigefinger an die Lippe. »Ich war ja schon immer ein Fan von diesem Fingerbrechen. Das ist ganz schön laut...«

»Das Schreien?«

»Das auch.« Sie lächelt.

»Welchen von beiden? Wer ist denn ihr Freund?«

»Keine Ahnung. Wahrscheinlich beide.«

Dieses Mal kann ich Moritz zusammenzucken sehen.

»Nehmen wir halt beide. Wo stecken die überhaupt?« Bia sieht sich um und streift mit ihrem Blick auch die Tür, hinter der wir uns verbergen.

»Oben, beim Mittagessen.«

»Dann sollten wir sie holen.« Bia rafft ihre Röcke und verschwindet aus unserem Sichtfeld. Kurz darauf verdunkelt Kratos' Gestalt den schmalen Sehschlitz, als er ihr folgt.

Dann sind nur noch Schritte zu hören.

»Schnell«, flüstert Pluvius und schiebt, so leise es geht, die Türen auf, »wir haben keine Zeit zu verlieren.«

Moritz folgt ihm. Beim Abbiegen stößt er aus Versehen an eine der Kommoden. Die chinesischen Figürchen klirren aneinander. Eine Vase fällt herunter, die Pluvius geschickt auffängt. Wir bleiben einen kurzen Schreckmoment stehen und starren uns aus aufgerissen Augen an.

Pluvius schüttelt den Kopf, dann stellt er die Vase leise wieder zurück an ihren Platz. »Pass doch auf«, flüstert er.

Moritz zeigt ihm den Mittelfinger.

Wieder einmal steigen wir hinunter: Was anderes bleibt uns auch nicht übrig. Die Haustür ist abgeschlossen, oben suchen uns die Sammler. Ich trage die Lanzette mit beiden Händen und komme mir ehrlich gesagt vor wie ein Jedi-Ritter. Nur gut, dass das Ding nicht auch noch leuchtet.

Die Kellertreppe ist noch schmaler als die Treppen oben und windet sich in einer Linkskurve nach unten. Der Boden hier ist gefliest. Rechts liegt die Küche, die zu unserem Glück leer ist: Wir blicken direkt auf einen riesigen gemauerten Herd unter einer Haube, auf der Krüge und Töpfe stehen. Die Wände ringsherum hängen voller Pfannen, Backformen, Holzlöffel. Links ist ein großes Regal mit Schüsseln. Auf dem Herd dampft etwas, eine der Feuerklappen ist geöffnet.

»Schnell«, flüstert Pluvius, doch keine Sekunde später tritt eine rundliche Frau mit Haube an den Herd und nimmt den dampfenden Topf herunter. Noch eine Bedienstete: wahrscheinlich die Köchin.

Wir stehen wie erstarrt. Sie braucht sich nur umzudrehen, um uns zu sehen.

Die Köchin holt eine dampfende Kanne vom Herd und verschwindet wieder im Raum links, aus dem leise und aufgeregt Stimmen kommen: Anscheinend hat die arme Händerlein den Schock noch nicht verdaut.

Pluvius macht ein Zeichen und wir ziehen uns rückwärts und geräuschlos tiefer in den Flur zurück. Hier ist es dunkel, doch unsere Erleichterung darüber ist nur von kurzer Dauer.

»Hat jemand an eine Kerze gedacht?«, flüstert Moritz.

Ich schüttele den Kopf, obwohl er das in dem Dämmerlicht wohl nur noch erahnen kann. Jetzt wäre es doch nicht so schlecht, wenn mein Jedi-Ritter-Lanzetten-Schwert leuchten könnte! In Gedanken nehme ich mir vor, zu unserem nächsten Zeitausflug ein Feuerzeug mitzunehmen. Das wussten ja schon die Steinzeitmenschen, dass Feuer die wichtigste Errungenschaft der Menschheit ist, verdammt! Spätestens nach Claras Vortrag übers Lichtmachen hätte ich eigentlich daran denken müssen.

Wir tasten uns mit den Füßen an einem verschlossenen Raum vorbei, der wahrscheinlich die Vorratskammer ist: Zumindest stehen einige Fässer davor. Schließlich landen wir im Weinkeller, auf den der Flur direkt zuführt. Hätten wir es vorhin nicht mit eigenen Ohren gehört, hätten wir nicht geglaubt, dass es von hier noch weitergeht: Durch ein schmales Fenster fällt Licht auf Regale voller Weinflaschen, doch von einer Tür oder einem Durchgang ist nichts zu erkennen.

Wir teilen uns auf. Pluvius geht nach rechts, Moritz und ich links herum. Die Lanzette in meinen Händen summt jetzt stärker. Als wolle sie mir sagen, dass wir auf der richtigen Spur sind. Auf einem Fass steht eine Kerze und wieder verfluche ich mich dafür, kein Feuerzeug dabeizuhaben.

Und dann hören wir es. Ein Fauchen, tatsächlich.

Ich packe Moritz am Arm, wir bleiben stehen.

»Habt ihr das auch gehört?«, kommt von irgendwoher Pluvius' Stimme.

»Es muss hier sein«, antwortet ihm Moritz. »Hier bei uns.«

Wenig später taucht Pluvius hinter uns auf. »Klingt tatsächlich wie ein Ungeheuer, meint ihr nicht auch?«

Wir lauschen angestrengt. Das Fauchen wird mal leiser, mal lauter, mal jault es auf, aber es ist permanent da. Die Lanzette scheint darauf zu antworten: Anders kann ich es nicht beschreiben. Sie summt ebenfalls stärker und schwächer, vibriert manchmal beinahe in meiner Handfläche.

»Hat die Haubenfrau nicht etwas von einer Holzklappe gesagt?«, frage ich, bevor mich der Mut verlässt und ich Ungeheuer Ungeheuer sein lasse.

»Ja. Die muss hier irgendwo...« Moritz schaut sich um. »Da links, seht ihr? Da kommt ein schwacher Lichtschein her.«

Tatsächlich. Wir gehen gemeinsam darauf zu und richtig: Hinter einem der Regale ist ein schmaler Durchgang in der Wand.

Moritz holt tief Luft und zwängt sich als Erster hindurch.

Als ich ihm folgen will, hält Pluvius mich am Arm zurück und schon diese kurze Berührung genügt, um mir wieder einen Stromstoß zu versetzen. Er schüttelt den Kopf und schiebt sich an mir vorbei.

Ist mir nur recht. Dies ist halt die Zeit, in der Gleichberechtigung ein Fremdwort ist, Frauen dafür jedoch als Erste von Bord gehen dürfen und als Letzte von Ungeheuern gefressen werden.

Als würde ich nun tatsächlich ein Schwert halten, strecke ich die Lanzette vor mir aus und hole tief Luft. Ich bin froh, dass ich »nur« den Mittelalterrock anhabe und den Jungen problemlos folgen kann. Bia mit ihren gigantischen Unterröcken wird wahrscheinlich gar nicht durch diese schmale Öffnung passen, versuche ich mich zu trösten.

Als ich mich aufrichte, stehe ich in einem dunklen, kargen Verschlag. Hier gibt es keine Fliesen mehr: Der Boden besteht aus festgestampfter Erde. Die Wände sind zwar gekalkt, aber dreckig und voller schwarzer Spinnweben. Schwaches Licht dringt durch die Ritzen einer Luke am Ende des Raums. Es riecht nach Schimmel, fauligem Holz und eine Spur metallisch, vielleicht Schwefel.

Das Fauchen ist lauter geworden, doch jetzt klingt es eher nach einer Art starkem Luftzug. Einem Sturm, der durch ein Schlüsselloch gepresst wird.

Die Lanzette in meiner Hand tanzt. »Der Holzkeller«, bemerke ich, »das ist er wohl.« Ich halte sie, so fest ich kann.

»Sieht so aus, als würden sie ihn nicht mehr benutzen«, ergänzt Pluvius.

»Trotzdem haben sie Vorsorge getroffen«, sagt Moritz und zeigt auf eine Art Vorhängeschloss. Es sieht neu aus.

»Meinst du, das ist unseretwegen dort?« Ich gehe ein paar Schritte darauf zu, um es zu untersuchen, als ich im Metall des Riegels etwas aufblitzen sehe. Der Riegel spiegelt etwas hinter mir. Ich fahre herum. Und starre direkt in ein Maul. Das Maul des Minotaurus.

Der Verschlag ist gar keiner: Es ist ein Vorraum. Gegenüber der Luke öffnet er sich nach hinten. Was sich dort befindet, ist nicht zu sehen, denn der Raum wird eingenommen von einem riesigen Schlund.

Ich rühre mich nicht. Die Lanzette in meiner Hand vibriert wie verrückt.

Ich spüre mehr, als dass ich es höre, wie Pluvius und Moritz neben mich treten. Und ebenso wortlos in dieses... dieses *Ding* starren, das sich vor uns auftut.

Es ist nur auf den ersten Blick ein Maul. Eigentlich ist es ein vertikaler Abgrund. Ein Tunnel, wenn man so will, aber er ist nicht fest, er bewegt sich. Kein Wunder, dass die arme Händerlein gedacht hat, der Schlund gehöre einem lebendigen Wesen: Als würde es Kaubewegungen machen, öffnet und schließt sich das Gebilde, wobei dieses windartige Fauchen entsteht. Es ist gigantisch: In der Höhe reicht es bis zur Decke und es ist breiter als Moritz, Pluvius und ich zusammen, wenn wir nebeneinanderstehen. Und tief ist es, wirklich tief. Auch wenn wir nicht bis auf den Grund sehen können (und ich bezweifle, dass ein lebendiger Mensch das könnte), ahnt man instinktiv, dass es schier endlos ist. Bei seinem Anblick hat man das Gefühl, als blicke man dem Universum persönlich in den Hals. Ich starre in eine Spirale, einen Wirbelsturm aus Schwarz, in dem sich dunkle Lichter drehen. Nicht wie ein Sternenhimmel oder so. Wenn ich es beschreiben müsste, würde ich sogar sagen, dass dieses Ding das genaue Gegenteil von Himmel ist. Es ist alt, uralt, unbegreiflich alt. Es schraubt sich nach unten. Vielleicht, so schießt es mir durch den Kopf, führt es direkt in die Hölle.

»Singt es?«, fragt Pluvis. Seine Stimme wird fast augenblicklich von dem Ding verschluckt. Wie abgeschnitten.

Er hat recht. Dem Fauchen liegt ein eigentümlicher Ton zugrunde, der in der Tat entfernt an Musik erinnert. An den Gesang eines Wals. Oder das Geräusch einströmenden Wassers, das in eine Höhle läuft.

»Was... Himm...will... das?«, kommt es abgehackt und kaum verständlich von Moritz.

Was es auch ist: Es wird stärker, es scheint auf uns zukriechen zu wollen. Oder uns fressen. Es hat seine Größe nicht sehr verändert, seit wir davorstehen und es anstarren, dennoch meine ich, dass es näher gekommen ist. Die Lichter in seinem Inneren strahlen heller.

»Mein... gefähr...?«, dringen Satzfetzen von Pluvius an mein Ohr.

Ob es gefährlich ist? Bestimmt. Nichts, was so aussieht, könnte harmlos sein.

Instinktiv weiß ich, dass dieses Ding den Tunnel zum Einsturz gebracht hat. Und dass es das ist, was die Sammler von mir wollen: Damit soll ich es aufnehmen. Die Lanzette, die in meinen Händen zu hüpfen scheint, irgendwie gebrauchen und das Minotaurus-Ding besiegen.

Ehrlich, ich habe keine Ahnung, wie Theseus das gemacht hat. Ist mir auch völlig egal. Denn dieses Ding bewegt sich, und zwar auf uns zu!

»Es kommt«, spreche ich fast tonlos in seinen Rachen hinein. Ich kann die Lanzette kaum noch halten.

Wir bewegen uns rückwärts, auf den schmalen Zugang zum Weinkeller zu. Es ist unmöglich, etwas zu sagen, da das Fauchen wieder angeschwollen ist. Aber das ist wohl auch unnötig: Dass wir hier wegmüssen, ist uns wohl allen klar.

Nacheinander klettern wir durch den Spalt. Noch immer können wir kaum etwas hören außer dem Brausen, Zischen und Fauchen von dem Schlund, das uns verfolgt. Pluvius rennt vorweg, Moritz ist hinter mir. Wir aalen uns an den Weinregalen vorbei, biegen ein paarmal ab. Es hallt schaurig hinter uns her, wird aber ein wenig leiser. Dann sind wir wieder im Gang, der zur Küche führt.

Und in dem ein Licht auf uns zukommt.

Ein Licht?

Pluvius bleibt so plötzlich stehen, dass ich beinahe gegen ihn pralle. Er hält die Arme ausgestreckt, als könne er mich so hinter sich verstecken. Moritz legt mir die Hand auf die Schulter.

Denn vor uns stehen die Sammler. Kratos und Bia. War ja klar, dass sie nicht lange gebraucht haben, um uns zu finden.

Anscheinend wollen sie uns zurücktreiben. Dem Ding in den Rachen stopfen. Entweder das oder sie wollen sich die Jungs für ihren Folterplan schnappen.

Was auch immer sie vorhaben: Es bedeutet nichts Gutes. Und wir stecken fest. Hinter uns liegt der Schlund des Minotaurus, der sich unaufhörlich nähert, vorne versperren Bia und Kratos den Weg. Sie tragen eine Laterne bei sich und ich kann Bias Augen funkeln sehen.

Nein, so nicht.

»Halt dich fest«, schreie ich Moritz ins Ohr. Ich packe die Lanzette fester, greife nach Pluvius' Hand und warte auf den Energiestoß, der mich prompt durchschießt, mir den Arm hochflitzt, direkt in meinen Körper zu strömen scheint und sich wie ein glühender Kern ausbreitet. Jetzt. Das ist das Zeichen.

»Halt«, rufe ich, die Lanzette auf meine Füße gerichtet. Es ist das Einzige, was mir einfällt.

Und die Welt steht still.

Kapitel 3

Wie lange sind wir schon hier? Am Anfang haben wir noch Striche gemacht, bei zwölf allerdings aufgehört. Zwölf Tage. Aber was heißt das schon? Tage außerhalb der Zeit sind sinnlos. Kann es gar nicht geben. Es gibt Abfolgen von Wachsein und Schlafen, das schon. Wir essen, treffen uns. Wir reden darüber, wie wir abhauen sollten, obwohl wir wissen, dass das unmöglich ist. Jemand muss kommen und uns retten. Jemand mit irgendeiner Karte... Zeitkarte, genau. Retten vor dem ungeheuerlichen Zeitriss im Keller. Retten vor den Sammlern.

Wir schreiben das Jahr achtzehnhundertdreiundzwanzig. Wir stammen aus der Zukunft. Wir, das sind Pluvius, Moritz und ich, Ariadne. In unserer Zeit gab es elektrisches Licht und Musik aus einem winzigen Gerät, dessen Namen ich vergessen habe. Pluvius sagt, das wäre ein Radio, aber er bringt viel durcheinander. Behauptet, er wäre neunzehnhundertvierundfünfzig geboren, aber er hätte seinen Platz verloren, was immer das auch heißen mag. Er besitzt eine Art Uhr mit vielen verschiedenen Rädchen und Scheiben, die ihm so etwas sagt. Wir müssen auch ständig hindurchsehen, aber ich begreife nicht viel davon und habe es so langsam aufgegeben. Moritz ist auch genervt: Ich kann es ihm ansehen.

»Ihr müsst. Das ist der Sternfasser, wisst ihr noch? Meine Mutter hat ihn mir gegeben. Er hilft gegen die Verwirrung in dieser Zeitschleife.«

Ich seufze und nehme ihm die Uhr ab. Tatsächlich, achtzehnhundertdreiundzwanzig steht da. Und wenn man jetzt das eine Rad so dreht und das andere so... Nein, es hat keinen Zweck. Habe schon damals (irgendwann) kein Wort begriffen, als Pluvius mir den Gebrauch erklärt hat. Ich war schon immer eine Niete in Physik, aber das wollte ich nicht zugeben. Und nun ist es zu spät. Also tue ich nur so, als würde ich hindurchsehen, sage ab und an einmal »Oh« und »Ah« und gebe das Ding dann weiter an Moritz.

Der zwar genervt mit den Augen rollt, es mir aber abnimmt.

Clara bringt uns Frühstück, nein, halt, das ist das Abendessen. Danach spielen wir Karten oder so. Moritz behauptet steif und fest, es gäbe hier einen Fernseher, und will ständig irgendetwas mit Dinosauriern sehen. Und er will Duschgel, aber ich denke, er ist auch ziemlich verwirrt mittlerweile. So wie wir alle: Manchmal meine ich, mich zu erinnern, dass früher noch andere mit uns hier im Haus gewesen sind. Ein bärtiger Kerl. Eine gruselige Alte. Und ein Mädchen, das etwas von uns wollte. Wir sollten einen Tunnel bauen oder so... Vielleicht habe ich das alles aber auch nur geträumt.

Zwölf Striche, das war vor einiger Zeit. Wie lange wir wohl schon hier sind?

Wie lange sind wir hier? Habe ich das schon einmal gefragt? Ich kann mich nicht mehr erinnern. Ich heiße Ariadne. Ich stamme aus der Zukunft. Welche Zukunft das ist? Keine Ahnung. Wir hatten eine Sonne, die man in ein Glas sperren konnte, nur das weiß ich noch. Ich muss jedes Mal daran denken, wenn Clara mit ihrem Lichtkästchen kommt, um den Kamin oder eine Kerze anzuzünden. Sie glaubt mir nicht, wenn ich ihr von der Glassonne erzähle. Sie sagt, ich würde zu viel lesen und das würde mich verwirren.

Ich lese in der Tat sehr viel, meist Gedichte von einem gewissen Mörike, und sie gefallen mir ziemlich gut. Die meisten kenne ich inzwischen auswendig. Auf jeden Fall sind sie besser als Romane, in denen nur spazieren gegangen wird.

Wir gehen nicht spazieren. Nicht einmal raus, und wenn, dann nur in den Hof. Ich weiß nicht, warum. Es ist vielleicht nicht der Tag dafür.

Oft stelle ich mich ans Fenster und beobachte die Menschen auf der Straße. Die Männer mit ihren Spazierstöcken, dem steifen Gang und den Zylindern, die Frauen in prächtigen Kleidern und Umhängen, einen Hund an der Leine. Und einmal meine ich, meinen Vater zu sehen.

Er sieht anders aus als die anderen, wie ein Bettler. Aber ich weiß genau, dass es mein Vater ist: Wie ein Blitz durchfährt mich die Erkenntnis, auch wenn er merkwürdig gekleidet ist und einen Bart trägt.

»Papa! Papa!«, schreie ich und werde ganz aufgeregt. Ich klopfe ans Fenster wie eine Verrückte, aber er kann mich nicht sehen. Hebt nicht einmal den Kopf.

»Papa!«

Ich raffe meine Röcke, renne zur Tür, zwei Treppen hinab. Stürze an der Händerlein vorbei zur Eingangstür, aber sie ist verschlossen. »Papa«, schreie ich und trommele dagegen. Ich flehe sie an, mir aufzuschließen, aber sie will es nicht tun.

Weigert sich. Wir kämpfen sogar, bis Thomas kommt und mich wegträgt. Ich schreie und spucke und beschimpfe ihn, doch er trägt mich nur hoch in mein Zimmer und schließt die Tür hinter mir.

Ich stürze ans Fenster, aber natürlich ist niemand mehr zu sehen. Ich weine. Weiß genau, dass es mein Vater war. Trotz der Verkleidung.

Mein Vater.

Als ich es am Nachmittag erzählen will, bin ich mir nicht mehr so sicher. Moritz trinkt meinen Tee aus und meint, ich müsse mich beruhigen, sonst würde ich nur Kopfschmerzen bekommen.

Pluvius ist ganz aufgeregt. Er murmelt ständig etwas von einem Zeigkästchen, dann hält er sich wieder seine Taschenuhr vors Auge. Er will, dass wir auch da durchgucken, aber ich habe jetzt in der Tat Kopfschmerzen und keine Lust dazu. Moritz will lieber Tee trinken.

Dann, wenig später, weiß ich es nicht mehr. Ich gehe noch oft zum Fenster und sehe hinaus und betrachte die Menschen dort unten. Mein Vater ist nicht darunter.

Wie lange sind wir schon hier? Ich muss es vergessen haben. Genauso, wie ich vergessen haben muss, wo ich eigentlich hingehöre. Nicht in diese Zeit, so viel steht fest. Ich muss dauernd Tee trinken, wobei ich Tee doch eigentlich nicht mag. Und ich finde es auch lästig, wenn man mich ständig an den Haaren ziept. Es fühlt sich falsch an: Anders kann ich es nicht ausdrücken.

Ab und an treffe ich jemanden. Plovitz oder Murius, oder so. Sie sehen sich gar nicht ähnlich, aber sie sagen ständig dasselbe: Wir müssen hier weg, Ariadne. Zumindest am Anfang haben sie das gesagt: Inzwischen ist der eine, der Dunkle, ruhiger geworden. Der andere redet immer noch viel.

Ariadne, das bin ich. So viel kann ich mir immerhin merken. Und dass wir auf der Flucht waren, auf der Flucht vor einem Tier...

Es ist langweilig. Ich trinke Tee und lese und unterhalte mich mit dem Mädchen, das meine Haare macht. Dann empfange ich Besuch von den beiden Jungen, weiß aber nicht so recht, was ich mit ihnen anfangen soll. Es stört mich, dass sie mich drängen. Dass sie mich in irgendeine Richtung schubsen wollen. Wo ich doch weiß, dass draußen (wo ist draußen?) das Tier lauert und böse Menschen hinter uns her sind (woher weiß ich das?).

Es ist verwirrend. Besser ist es, nicht zu viel darüber nachzudenken: Ich bekomme Kopfschmerzen davon.

So, der Tee ist getrunken. Und das Buch ist langweilig: Jemand beschreibt einen sehr langen Spaziergang. Ich lege es weg und denke eine Weile an gar nichts.

Meine Haare kitzeln im Nacken. Eine Fliege summt.

Das Mädchen räumt das Tablett ab und fragt, ob ich noch etwas wünsche. Ich weiß es ehrlich gesagt nicht. Ich wünschte, ich wüsste es.

Wie lange sind wir schon hier? Am Nachmittag kommen Motzki und Pluzikus: Ich bin froh, dass ich mir ihre Namen gemerkt habe. Motzki lässt sich auf mein Bett fallen und sagt kein Wort. Pluzikus läuft im Zimmer auf und ab. Er hat lange Haare und kommt mir vertraut vor. Ab und an holt er einen Gegenstand aus der Tasche und hält ihn ans Licht.

»Zweitausendelf. Ich komme immer auf zweitausendelf. Und

das hier ist...«, wieder guckt er in so eine Art Taschenuhr, »nur tausendachthundertdreiundzwanzig.« Er tigert durchs Zimmer. Bleibt dann plötzlich stehen und sagt: »Wir müssen hier weg, Ariadne.«

Ich muss gähnen.

»Konzentrier dich. Versuch, dich zu erinnern.«

Vom Bett her lässt sich Motzki vernehmen: »Lass sie in Ruhe.«

»Sonst?«, fragt Pluzikus.

»Weiß nicht«, erwidert Motzki.

»Du kannst mich mal, Moritz«, sagt Pluzikus, was nicht nett klingt.

»Motzki. Er heißt Motzki«, verbessere ich.

»Ehrlich?«, fragt Motzki auf dem Bett. »Blöder Name.«

Pluzikus seufzt. Er ist unzufrieden mit uns. Ständig ist er unzufrieden. »Wenn er nur die Zeitkarte aufbekommt...«, sagt er. »Was hast du mit dem Schlüssel gemacht? Moritz? Hörst du überhaupt zu?«

»Ich heiße Motzki«, sagt Motzki träge.

»Erinnerst du dich noch an den Schlüssel? Du hattest ihn nicht bei dir: Ich hab dich durchsucht. Wo hast du ihn gelassen?«

Motzki liegt wie tot auf dem Bett und antwortet nicht.

»Nun reiß dich mal zusammen«, sagt Pluzikus und macht Anstalten, ebenfalls aufs Bett zu klettern.

Motzki richtet sich auf. »Hey, lass das, Alter. Komm mir nicht zu nah. Welcher Schlüssel?«

»Du bist Ariadne und mir gefolgt. Du hast gesehen, dass wir uns küssen. Du wolltest eigentlich den Schlüssel loswerden, also: Was hast du damit gemacht?«

»Schlüssel?« Motzki runzelt die Stirn. »Schlüssel. Du Ratte, du hast sie geküsst. Ich war so... war so...«

»Was?«

»Sauer, genau. Ich wollte nichts mehr von euch wissen und habe den Schlüssel, den Schlüssel...«

»Ja?«

»In den Briefkasten geworfen.«

Pluzikus atmet hörbar aus. »Na endlich.«

Halt, einen Augenblick mal: Ariadne bin ja ich. Das heißt, Pluzikus und ich haben uns geküsst? Ich sehe ihn mir noch einmal an. Übel sieht er nicht aus, wirklich nicht. Der andere ist noch ein wenig hübscher, dieser... wie hieß er doch gleich? Mokitz. Aber Pluzikus ist auch nicht schlecht.

Pluzikus seufzt. Er lässt sich auf den erstbesten Stuhl fallen und hält sich wieder einmal die Taschenuhr vors Gesicht. »Dann hätte er wenigstens die Chance, den Schlüssel zu finden, das Zeitkästchen aufzusperren und uns hier rauszuholen.«

»Welchen Schlüssel?«, fragt Mokitz müde und lässt sich rücklings aufs Bett fallen.

Ich zucke mit den Schultern. Ob es gleich Tee gibt?

Wie lange wir wohl schon...

Rumms. Mit einem gewaltigen Knall wird die Tür aufgestoßen und schlägt gegen die Wand. Ich verschlucke mich an meinem Tee und muss husten. Wie gelähmt starre ich auf die Gestalten, die mit gezücktem Degen ins Zimmer stürmen.

Ein Degen? Ist das wirklich ein Degen?

»Ariadne. Gott sei Dank. Komm, Kind, wir müssen uns beeilen«, sagt ein Mann mit Hakennase und Schnurrbart, den ich noch nie zuvor in meinem Leben gesehen habe.

Mit der Hand wedele ich mir Luft zu, erhebe mich hoheitsvoll und streiche mir dann den Rock glatt.

»Nun komm schon«, sagt der Hakennasenmann ungeduldig. »Wir haben keine Zeit für so was.«

Ich weiß gar nicht, was »so was« ist, und finde die Person unhöflich. Einfach so hier hereinzuplatzen, also wirklich! Als Dame jedoch lasse ich mir meinen Unmut nicht anmerken und frage nur spitz: »Sind wir uns schon vorgestellt worden?«

»Verdammt«, sagt der Hakennasenmann, aber nicht zu mir. »Du hattest recht, Pandora: Das geht sehr schnell mit dem Gedächtnisverlust.«

»Ich muss es schließlich wissen«, sagt die Frau, die den Degen in der Hand hält. Sie hat lange rote Haare und Sommersprossen und trägt eine Hose wie ein Mann.

Eine Hose! Ich muss verschämt den Blick abwenden.

»Hast du die Lanzette, die die Sammler gestohlen haben?«, fragt die Rothaarige. Sie duzt mich, als wäre ich ein gewöhnliches Küchenmädchen!

»Lanzette?«

»Ja. Ein röhrenförmiges, langes Ding. So eins, wie ich hier habe. Sie werden es dir gegeben haben, sonst hättest du die Zeitschleife nicht legen können.« Sie zeigt auf das Ding in ihrer Hand, das ich zunächst für einen Degen gehalten habe.

Ach, so heißt das. Ich habe es bislang immer zum Rückenkratzen benutzt. Mit schwungvoll raschelnden Röcken gehe ich zu meiner Kommode und ziehe sie auf. Hole das Rückenkratzding, die »Lanzette« heraus.

Der Hakennasenmann nimmt sie mir ab. »Na endlich«, sagt er und streicht darüber. Sofort beginnt sie zu summen, was sie bei mir auch immer getan hat, nur leiser. »Es nützt hier nichts, Pandora«, sagt der Hakennasenmann. »Hast du das Gitter gesehen? Es steckt in der Tapete.«

»Ich weiß«, sagt die Rothaarige. »Aber es hilft uns beim Zeitriss. Wir müssen ihn so schnell wie möglich finden.« Sie stürmt hinaus, ohne noch ein Wort an mich zu richten.

Ich will mich gerade erschöpft auf den Stuhl sinken lassen und erwäge eine Ohnmacht, als der Hakennasenmann mich am Arm packt. »Wir müssen hier weg, Ariadne. Also komm.«

»Ich gehe nirgendwohin«, sage ich mit Panik in der Stimme. »Lassen Sie mich in Ruhe.«

»Nun mach dich doch nicht so schwer.« Der Hakennasenmann zieht mich mit sich und ich halte mich am Türrahmen fest. »Lass. Das. Jetzt«, sagt er und biegt meine Finger einzeln zurück.

Tränen schießen mir in die Augen.

»Wo sind die Jungen?«

Ich sage es ihm nicht. Entschlossen presse ich die Lippen aufeinander. Da kann er mich noch so sehr foltern: Von mir wird er kein Wort erfahren.

Der Hakennasenmann seufzt entnervt.

Allerdings können wir in diesem Augenblick laute Stimmen aus dem Zimmer gegenüber hören. Es geht bei dem Streit wohl um eine Dame und einen geraubten Kuss. Wie romantisch!

Der Hakennasenmann ist mit zwei Schritten an der Tür, wobei er mich mit sich zieht. Ohne zu klopfen, öffnet er und das Geschrei bricht ab. Ein dunkelhaariger Junge und einer mit roten, langen Haaren starren uns entgeistert an.

»Sie wünschen?«, sagt der Dunkelhaarige, der sich schnell

wieder fasst. Er zieht seine Weste gerade und kontrolliert rasch den Sitz seiner Krawatte.

»Weiß einer von euch noch, wer ich bin?«, fragt der Hakennasenmann. In der einen Hand umklammert er die Lanzette, die ich ihm gegeben habe, mit der anderen hält er mich fest.

Der Rothaarige, der im Gegensatz zu seinem Freund recht derangiert aussieht, nickt zögernd. »Sie sind... Theseus? Der Geliebte von Ariadne?«

Ich zucke zusammen. Ariadne? Das bin ich. Empört blicke ich zu dem Mann, der meinen Oberarm immer noch wie einen Schraubstock umklammert hält.

»Fast«, erwidert der und stellt sich vor: »Theodor. Ich bin der *Onkel* von Ariadne.«

»Onkel. Theodor«, wiederholt der Rothaarige langsam und reibt sich die Stirn.

»Und wisst ihr beiden noch, wer ihr seid?«, fragt der Hakennasenonkel weiter.

Was für eine merkwürdige Frage!

»Pluvius«, stellt sich der Rothaarige vor.

Der Dunkelhaarige sieht Hilfe suchend zu mir. »Motzki?«, versucht er.

»Na ja, immerhin nah dran«, seufzt der Hakennasenonkel. »Also, Pluvius, und du da, Moritz: Hier ist irgendwo eine instabile, gefährliche und sehr große Transiente.«

Die beiden starren ihn ebenso fassungslos an wie ich. Ich hoffe nur, dass ich dabei einen etwas intelligenteren Eindruck mache.

»Ein Zeitriss«, erklärt der Hakennasenonkel ungeduldig. »Wir holen euch hier raus, aber zuerst müssen wir den Riss schließen. Weiß jemand, wo der sich befindet?«

Moritz glotzt nur verständnislos, während Pluvius fragt: »Im Keller?«

Im Keller. Mir läuft ein Schauer über den Rücken. Im Keller befindet sich auch ein Ungeheuer, welch Zufall!

»Keller, gut. Wir müssen jetzt dahin und ihr kommt mit.«

»Niemals«, protestiere ich. »Ich bin nur ein schwaches, hilfloses Mädchen und Sie können mich unmöglich...«

»Folgt mir«, befiehlt der Hakennasenonkel, als hätte er mich nicht gehört. »Pluvius, du achtest auf Moritz.«

»Auf mich braucht niemand zu achten«, erwidert der verschnupft und greift nach Frack und Zylinder.

»Der bleibt hier«, sagt der Rothaarige, nimmt ihm den Zylinder aus der Hand und wirft ihn aufs Bett. Dann schiebt er ihn zur Tür hinaus.

Ich versuche, Moritz über die Schulter einen mitfühlenden Blick zuzuwerfen. Hoffentlich müssen wir nicht hinausgehen, so ganz ohne Kopfbedeckung!

Wir steigen die Treppen hinunter, wobei ich aufpassen muss, nicht zu fallen. Weit kommen wir allerdings nicht, denn ein Stockwerk unter uns stellt sich uns eine energisch aussehende Alte im Rollstuhl in den Weg.

»Wage es nicht«, kreischt sie. »Bia! Kratos! Hierher!«

Ich blicke mich um, unsicher darüber, ob sie gerade ihre Furcht einflößenden Hunde gerufen hat, aber es kommt niemand. Und ich kann auch keine Geräusche trappelnder Pfoten vernehmen, was mich dann doch sehr erleichtert.

Der Hakennasenonkel lässt meinen Arm los, tritt hinter den Stuhl und schiebt die schreiende, tobende Alte kurzerhand ins nächste Zimmer. Er schließt die Tür von außen ab; den Schlüssel steckt er in die Tasche seiner Jacke. »Weiter«, ruft er und stürmt mit ausgestrecktem Rückenkratzer die Stufen hinunter.

Pluvius rennt hinterher.

Moritz und ich folgen wesentlich langsamer. Eine Dame rennt nicht und das weiß der dunkelhaarige Gentleman natürlich. Er bietet mir seinen Arm an, den ich dankbar lächelnd ergreife.

»Was für eine Aufregung, nicht wahr?«, sagt er galant, während wir die Stufen hinabsteigen.

»Ja, mir ist schon ganz warm«, flüstere ich kokett und fächele mir mit der Hand Luft zu.

»Wollen Sie sich ausruhen?«

»Nein, es geht schon. Ich glaube, herausgehört zu haben, dass die Angelegenheit einer gewissen Dringlichkeit nicht entbehrt.«

»In der Tat. Das war auch mein Eindruck.«

Wir lächeln uns an.

An der Treppe zur Küche tritt Moritz einen Schritt vor und macht eine angedeutete, knappe Verbeugung. »Wenn ich vorangehen dürfte...«

»Ich bitte darum.« Ich strecke ihm die Hand entgegen und bereue, keine Handschuhe übergezogen zu haben. So fühlt es sich ein wenig unschicklich an, aber nun ist es zu spät.

Die Kellertreppe ist sehr schmal. Ich muss aufpassen, wohin ich meine Schritte setze, schließlich sehe ich ja meine Füße nicht, doch der starke Griff meines Galans gibt mir Halt. Ich nicke ihm dankbar zu.

Unten angekommen sehen wir uns ratlos um. Zur Rechten können wir eine Küche sehen, zur Linken gar nichts: Es ist recht dunkel.

»Vielleicht sollte ich besser sehen, ob ich ein Licht besorgen kann«, sagt Moritz, der immer noch meine Hand hält.

»Und mich alleine lassen?«

»Natürlich nicht. Wo waren nur meine Gedanken.« Er sieht noch einmal nach rechts, dann nach links. »Wollen wir uns ins Dunkle wagen?«

»Mit Ihnen würde ich überall hingehen«, erwidere ich, was hoffentlich nicht zu gewagt war. »Nur nicht in die Küche.«

»Nein«, lacht Moritz, »undenkbar. Also die Dunkelheit.«

Kichernd und Hand in Hand wenden wir uns also nach links. Schreiten an ein paar Fässern und einer verschlossenen Tür vorbei und stehen schließlich im Weinkeller. Einem wirklich riesigen Raum, durchzogen von mannshohen Regalen, sodass er einem Labyrinth gleicht.

»Und nun?«

»Ist da nicht ein Geräusch?«, frage ich.

Wir beide lauschen. Ein Fauchen ist zu hören. Als würde ein Sturm toben oder Wind durch ein zugiges Fenster strömen.

»Da ist in der Tat etwas. Es kommt von links. Dort hinten.«

Er reckt sich und auch ich stelle mich auf die Zehenspitzen. Und sehe einen undeutlichen, wabernden Lichtschein.

»Ja, Sie haben recht.«

»Dann sollten wir wohl dorthin gehen.«

Ich weiß nicht, ob das eine so gute Idee ist.

»Keine Sorge: Ich beschütze Sie«, errät mein Galan den Grund meines Zögerns.

Nun gut. Ich nehme meinen Mut zusammen und nicke. »Aber ich muss Sie warnen«, flüstere ich: »Ich habe mein Fläschchen mit Riechsalz nicht dabei.«

Wir gehen an den staubigen Regalen vorbei in Richtung

Fauchen. Mein Kleid kommt einigen schmutzig aussehenden Fässern bedrohlich nahe. Es riecht nach Schimmel und feuchter Erde und ich fürchte fast, hier gibt es Spinnen. Der Gedanke macht mich nervös. Es wird etwas passieren, wenn ich Spinnen sehe. Etwas Unheimliches... Nun, wahrscheinlich werde ich schreien: Das wird es sein. Ich kann unheimlich laut schreien.

Es wird merkwürdigerweise heller, je mehr wir uns dem hinteren Teil des Kellers nähern, allerdings wird auch das Fauchen stärker. Dann stehen wir vor einer Wand. Wir wollen schon beinahe wieder umkehren, als Moritz nach links zeigt: »Da ist ein Durchlass.«

Wir gehen darauf zu und da ist er, in der Tat. Ein schmaler, sehr schmaler Gang. Durch den ich nie und nimmer mit meinen Röcken...

Moritz zieht mich einfach weiter. Ich kann nicht vermeiden, dass meine Ärmel mit der widerlichen Wand in Kontakt kommen, von meinem Rock ganz zu schweigen. Männer! Ich ziehe wütend meine Hand aus seiner, sobald wir auf der anderen, der hellen Seite sind, und richte meine Locken.

Doch dann halte ich mitten in der Bewegung inne. Und starre auf die tanzenden Gestalten im Schein von etwas, das meinem Blick verborgen ist. Lichter flackern über die Decke, das Fauchen ist fast ohrenbetäubend. Ganz hinten steht die unhöfliche Frau mit dem Degen, neben ihr der Hakennasenmann. Auch er hält dieses Ding, diese... *Lanzette* am ausgestreckten Arm von sich. Hinter den beiden drückt sich Pluvius gegen die Wand und lässt die Rothaarige nicht aus den Augen. Es ist bei diesem flackernden und tanzenden Licht zwar nur schwer zu sagen, aber so nah beieinander sehen sich die beiden fast ähnlich.

Doch das ist nicht die größte Überraschung. Denn es gibt noch jemanden, der sich jetzt zu uns umdreht. Einen Mann, auch er hält eine Lanzette in der Hand. Er trägt einen Bart und lange, ungepflegte Haare, seine Kleidung besteht beinahe aus Lumpen, und trotzdem trifft mich seine Erscheinung wie ein Schlag.

»Ruhig bleiben, nicht erschrecken«, sagt der Mann. »Es ist einfach wunderschön, dich wiederzusehen, Ariadne.«

Dieser Mann ist mein Vater!

Kapitel 4

Es bleibt keine Zeit für Erklärungen (Was macht mein Vater hier? Was mache ich hier? Und wer, wo und wann bin ich überhaupt?), denn die rothaarige Frau klingt auf einmal gar nicht mehr so unhöflich oder selbstsicher wie vorhin, als sie »Schnell, Chris... stärker« ruft. Der Rest wird vom Fauchen verschluckt.

Chris, mein Vater, dreht sich um und geht näher zu ihr, den Arm mit der Lanzette ausgestreckt.

Das Fauchen schwillt an. Es scheint uns ganz auszufüllen, bis in die Haarspitzen. Lässt die Kopfhaut jucken und das Blut pochen.

Noch immer kann ich nicht sehen, auf was die drei ihre Waffen richten. Falls es überhaupt Waffen sind. Zudem passiert nicht viel: Es kommt kein Lichtblitz herausgeschossen oder so, wie ich erwartet hätte. Und noch etwas ist auffällig: Während die Lanzetten von der Rothaarigen und dem Hakennasenmann regelrecht beben und sie beide Hände nehmen müssen, um sie zu halten, passiert bei meinem Vater nicht viel. Auch er richtet die Spitze in dieselbe Richtung wie die anderen beiden, doch seine Lanzette vibriert nicht. Sie zittert nicht einmal. Vielleicht ist sie kaputt?

»Geht nicht... anders... deine Tochter«, schreit die Rothaarige verzweifelt.

»Nein.« Mein Vater schüttelt so heftig den Kopf, dass seine langen, zotteligen Haare fliegen.

»... muss... keine andere Möglichkeit«, ruft die Rothaarige.

Mein Vater dreht sich um, sieht zu mir herüber. Er fasst einen Entschluss und ist mit drei Schritten bei mir. »Du musst... versuchen...«, sagt er. Dann drückt er mir die Lanzette in die Hand. Die sofort zu wütend pochendem Leben erwacht.

»Lieber Himmel!« Die Reaktion scheint ihn noch mehr zu überraschen als mich. Hastig zieht er seine Hand weg und ich packe die Lanzette fester. Ich habe keine Ahnung, was von mir erwartet wird, aber das ist auch nicht wichtig: Die Lanzette weiß es. Sie vibriert heftig, ein böses, rachsüchtiges Vibrieren, das mich in Richtung des Lichts zieht.

Ich versuche, einen Blick von Moritz zu erhaschen, doch der ist verschwunden. Als ich an Pluvius vorbeigehe, öffnet der den Mund und sagt etwas, was ich allerdings nicht verstehe. Ich atme tief durch, dann stelle ich mich zwischen die beiden anderen Lanzettenträger, sehe in das Licht...

Und weiß alles.

Ich blicke in einen tobenden, Farben schleudernden Schlund. Blitze zucken mir über die Augen, dringen dahinter ein, bohren sich in mein Hirn. Ein Strahl von Geschichte trifft mich, meine Geschichte, mein Leben: Ich weiß alles in diesem Augenblick. Kenne meine Vergangenheit, meine Zukunft. Und habe es im nächsten, gnädigen Moment wieder vergessen. Denn jetzt ist nur eins wichtig: »Du musst... schließen«, schreit die Rothaarige.

Wir stehen nur einen Fußbreit vom Abgrund entfernt. Ich richte die Lanzette darauf, denke »Halt«, sage es aber nicht. Es kommt mir nicht richtig vor. Stattdessen hebe ich die Lanzette in Augenhöhe und ziele auf etwas, das nur sie zu erfühlen scheint: Sie vibriert heftig.

Das Fauchen wird übermenschlich laut, der Abgrund kriecht noch näher.

»Nein«, schreit Pandora. Mit einem Mal weiß ich ihren Namen. »Andere...« Der Rest geht unter im wilden Kreischen des Lochs, des Zeitlochs: Jetzt weiß ich auch, was wir hier tun. Oder besser gesagt: tun wollen. Aber ich habe immer noch keine Ahnung, wie genau das funktionieren soll.

Onkel Theodor neben mir hat die Lippen zusammengepresst und braucht all seine Kraft, um die wild gewordene Lanzette in seiner Hand nicht fallen zu lassen.

Pandora hat die Augen so weit aufgerissen, als wolle sie das Loch hypnotisieren.

Ich überlege fieberhaft. Das Summen, das Tanzen: Es ist nicht gut. Zeitreisende tanzen mit der Lanzette, hat Nike erzählt. Das tun sie, um Tunnel anzulegen, die Zeit zu zerschneiden. Aber wir müssen das Gegenteil tun, nicht wahr? Wir müssen diesen Zeitriss *heilen*. Die Lanzette darf nicht das tun, was sie immer tut. Das alles schießt mir in Sekundenbruchteilen durch den Kopf und mit einem Mal weiß ich: Ich muss dieses Vibrieren stoppen, das mir inzwischen bis in den Oberarm hinaufgekrochen ist. Ich konzentriere mich mit aller Macht darauf. Denke an die Vision, die ich vorhin hatte und an die ich mich zwar nicht mehr erinnere, deren Gefühl ich aber nie vergessen werde. Mein Leben. Vor mir und hinter mir. Ich als Teil der Geschichte, eingebettet in einen Strom aus Schicksalen, von Anfang bis Ende. Ein tiefes Gefühl von Zufriedenheit breitet sich in mir aus. Geschichte fließt zurück. Durch mich, durch diesen Arm: Anders kann ich es nicht ausdrücken. Das Vibrieren wird schwächer. Es ist kaum zu spüren, am Anfang, doch dann immer deutlicher zu erkennen: Die Lanzette beruhigt sich. Sie stimmt nicht mehr ein in dieses Kreischen, will keine Farbwirbel mehr jagen und Zeit aufstören. Sie wird ruhig. Noch immer kann ich ihre Kraft spüren, doch tatsächlich ist es, als hätte ich sie umgelenkt. Sie fließt wie ein unterirdischer Strom. Das Fauchen nimmt ab. Der Riss beginnt tatsächlich, sich zu schließen.

»Gut gemacht«, ruft Pandora über den Lärm hinweg. Auch ihre Lanzette wird ruhiger, während die von Onkel Theodor noch heftig auf und ab schwingt. Endlich gelingt es auch ihm, sie unter Kontrolle zu bringen.

Wir drei stehen da, schwer atmend, und beobachten, wie der Riss kleiner und kleiner wird. Das Fauchen weicht einem hohen, surrenden Ton, schließlich einem Flüstern. Dann erstirbt auch das.

Es ist dunkel um uns herum und der Keller ist wieder ein Keller.

»Hat jemand ein Streichholz?«, fragt Pandora.

Ein Licht flammt auf: Onkel Theodor hat sein Feuerzeug angemacht. Ja, *das* sind echte Zeitreisende. Die wissen wenigstens, wie man sich ausrüstet.

Und apropos Zeitreisende: »Onkel Theodor?«, starre ich ihn an. »Du?«

Onkel Theodor nimmt einen der Kerzenstumpen, die überall herumliegen, und zündet ihn in aller Seelenruhe an. »Hallo, Ariadne.« Er reicht den Stumpen an Pandora weiter, entzündet dann den nächsten. »Gut zu sehen, dass du wohlauf bist. Deine Mutter ist ganz krank vor Sorge. Und dein Vater«, er wirft einen Blick über meine Schulter, »sicherlich auch.«

Stimmt ja, Papa ist hier. »Papa!« Ich laufe zu ihm und schmiege mich in seine Arme.

»Lieber Himmel, Ariadne«, lacht er. »Ist da irgendwo noch meine Tochter unter dem ganzen Haufen Stoff?«

Und wie. Eine erleichterte Tochter noch dazu. Die wieder ganz genau weiß, wer sie eigentlich... »Moritz«, fällt mir ein. Ich löse mich von meinem Vater und sehe zu Pluvius, der an der Wand lehnt. »Hast du Moritz gesehen, Pluvius?«

Pluvius reibt sich die Stirn. »Der ist... weggegangen«, sagt er und versucht, sich zu konzentrieren. »Mit einem Mädchen. Sie hat ihm zugewinkt und er...«

»Einem Mädchen?«, wiederhole ich alarmiert. »Einem sehr bleichen Mädchen?«

Pluvius nickt. »Ja«, sagt er, während er seine Stirn bearbeitet, als könne er so seine Erinnerungen hervorlocken. »Sie kam mir irgendwie bekannt vor...«

»Verdammt«, schimpfe ich. Dann erkläre ich meinem Vater: »Wir müssen Moritz finden. Bia hat ihn wieder mal entführt.«

Wieder mal. Wieder mal muss ich Moritz suchen. Wenn ich für jedes »Moritz wurde entführt« einen Euro bekommen würde... Nein, zugegeben, so schlimm ist es nicht. Aber es nervt schon, dass Moritz ständig auf Bia hereinfällt. Ich dachte, *wir* wären zusammen. Zumindest wenn er bei Verstand ist, legt er auf diese Tatsache ja großen Wert. Jetzt ist er das natürlich nicht. Er läuft hier irgendwo herum und denkt, er sei ein Gentleman aus dem neunzehnten Jahrhundert. Wobei: Nach seiner letzten, nein, vorletzten Begegnung mit den Sammlern hat er nur noch Zeichentrickfilme gesehen, insofern ist das jetzt vielleicht eine Verbesserung.

Papa, Onkel Theodor und ich machen uns sofort an die Verfolgung, während Pandora sich um Pluvius kümmert. Er hat dank des Sternfassers nicht so viel abbekommen wie wir, macht aber immer noch einen verwirrten Eindruck. Pandora soll ihm auf die Sprünge helfen, immerhin ist er ihr Sohn. Und wenn möglich die Dienstboten beruhigen, die sich ängstlich in ihrem Aufenthaltsraum neben der Küche verbarrikadiert haben und davon überzeugt sind, dass ihr letztes Stündlein geschlagen hat. Pandora ist nicht glücklich darüber und hätte lieber bei der Jagd mitgemacht, das sieht man ihr an.

Die offene Haustür verheißt nichts Gutes. Vorsichtshalber laufen Onkel Theodor und Papa trotzdem erst rasch nach oben und durchsuchen die Zimmer. Nike sitzt immer noch tobend in ihrem Wohnzimmer fest, doch von den anderen beiden Sammlern keine Spur: Bia und Kratos sind geflohen. Und sie haben Moritz mitgenommen.

»Weit können sie noch nicht sein«, keucht Onkel Theodor, als er wieder neben mir steht. »Sie haben erst noch ihre Sachen ausgeräumt: Das hat Zeit gekostet.«

Mein Vater nickt. »Die Hälfte der Gegenstände haben sie zurückgelassen.«

»Dann ist ja klar, wo sie hin sind«, sage ich und raffe meine Röcke. »Sie wissen nichts vom Tunnel in die Vergangenheit: Sie sind rauf zur Höhle.«

Mein Vater und Onkel Theodor nicken.

Wir stürzen nach draußen. Prompt erregen wir Aufmerksamkeit: Niemand hier bewegt sich so schnell. Nicht mal die Pferde. Die Menschen auf der Straße bleiben sogar stehen, um uns nachzusehen, doch darauf können wir jetzt keine Rücksicht nehmen. Wir müssen es schaffen, die Sammler einzuholen, bevor sie an der Höhle sind.

Wir laufen in den Park. Ich habe in der Schlaufe vielleicht zeitweise einiges an Gedächtnis eingebüßt, war aber so schlau, meine Turnschuhe anzubehalten. So muss ich zwar meine Röcke hochhalten, komme aber recht schnell voran. Zumindest schneller als Onkel Theodor, der nicht gut in Form ist und meinem Vater und mir wie eine Lokomotive hinterherschnauft.

Am Teich mit dem Entenhaus können wir sie schon sehen: Kratos, der einen Sack mit sich schleppt, und Bia, die auf Moritz einredet und ihn am Arm zieht.

Moritz sieht nicht sehr willig aus: Vielleicht kehrt auch bei ihm die Erinnerung zurück?

Wir rennen, was das Zeug hält. Ich trage noch immer die Lanzette, genau wie Onkel Theodor, und weiß, dass man sie wie eine Waffe einsetzen kann: Zelos hat es vorgeführt, als er im Sommer Moritz für den Bruchteil einer Sekunde tief in die Vergangenheit schickte und ebenso schnell wieder herauskatapultierte, womit er ihn regelrecht »löschte«. Wie bei dem Zeitriss habe ich zwar keine Ahnung, wie ich ihm das nachmachen soll, fühle aber ein ganz neues Selbstvertrauen. Die Lanzette und ich passen zusammen. Wir werden schon wissen, was zu tun ist.

Wir holen auf. Es ist jetzt deutlich zu erkennen, dass Moritz sich wehrt. Bia ruft etwas. Kratos dreht sich um, um ihr zu helfen – und sieht uns. Mit einem Satz dreht er sich weg und stürmt mit großen Schritten davon. Anscheinend ist es ihm wichtiger, den Sack mit den gesammelten Gegenständen in Sicherheit zu bringen, als Bia zu helfen.

Die Sammlerin hat uns jetzt ebenfalls erspäht. Sie lässt Moritz los und eilt Kratos hinterher, stolpert dann jedoch über den Rocksaum und schlägt lang hin.

Moritz ist sofort bei ihr, um sie festzuhalten. Nein, doch nicht: um ihr aufzuhelfen. Was tut er denn da? Warum hält er sie nicht auf?

Bia rafft ihre Röcke ebenso, wie ich es die ganze Zeit über tue. Sie rennt ein paar Schritte, flucht, bricht dann zusammen.

Moritz ist sofort wieder bei ihr und greift nach ihrer Hand.

Sie tritt nach ihm, glaube ich, und dann können wir sie auch schon keifen hören. »Verschwinde, du Tölpel. Das ist alles deine Schuld. Aua.« Sie greift nach ihrem Fuß.

Atemlos kommen wir bei ihr an. Papa wirft noch einen Blick hoch zum Hügel, doch Kratos ist verschwunden. Er hat den Tunnel zweifellos erreicht.

Bia starrt mit vor Wut verzerrtem Gesicht zu uns hoch. »Mein Knöchel«, schimpft sie. »Ich habe mir den Knöchel verstaucht.«

Onkel Theodor vermag erst einmal nichts zu erwidern und konzentriert sich darauf, nach Luft zu schnappen.

»Geht es dir gut, Junge?«, richtet sich Papa an Moritz.

Der nickt. »Ich habe dem Fräulein mehrmals gesagt, sie möge nicht so rennen. Zum einen ist es nicht kommod. Zum anderen ist es auch gefährlich. Wie man ja sieht.«

Bia spuckt aus.

Ich muss lächeln. Moritz ist also immer noch Gentleman. Tja, in diesem Fall hat er uns einen Gefallen getan und sie mächtig aufgehalten. Hätten sie nicht versucht, ihn mitzunehmen, wären wahrscheinlich beide Sammler entkommen. Wir schicken Moritz und Onkel Theodor zurück zum Haus, um Nikes Rollstuhl zu holen: Allein kann Bia keinen Schritt mehr tun. Die Sammlerin setzen wir auf eine Bank. Bia spuckt und kreischt und ruft laut um Hilfe, bis mein Vater ihr droht, ihr das Gedächtnis mit der Lanzette zu löschen, wenn sie nicht sofort damit aufhört.

Papa und ich sehen uns an. Ahnen wohl beide, dass er das nicht kann, aber das weiß Bia ja nicht. Wir halten Abstand zu ihr, ohne sie aus den Augen zu lassen.

»Es ist so schön, dich zu sehen«, sagt mein Vater. »Selbst in dieser Aufmachung.«

Ich lache und drehe mich einmal um mich selbst. »Was, du findest nicht, dass das der letzte modische Schrei ist?«

»Für dieses Jahrhundert sicherlich.« Er sieht an sich herunter und zupft an seinem braunen, löcherigen Kittel. »Na ja, ich sollte mich wohl in Zurückhaltung üben, was die Kritik an einzeitlicher Mode betrifft.« Er zwinkert mir zu. »Das Mittelalter hängt mir so langsam zum Halse heraus.«

Sofort werde ich wieder ernst. »Musst du wieder dorthin zurück?«

»Nein, das geht nicht. Die Gilde kennt das Versteck ja jetzt.« Mein Vater, der Ausgestoßene. Der vogelfrei in anderen Zeiten leben muss, weil er ein Zeitparadox erschaffen hat, um mich zu retten. Ich bin schuld, dass er nicht bei uns leben kann, bei seiner Familie.

»Die Gilde: Du meinst Onkel Theodor und Pandora?«

Mein Vater nickt. »Onkel Theodor ist das gewählte Oberhaupt. Aber Pandora...«

»Was ist mit ihr?«

»Nun, sie ist... besonders. Sie ist so eine Art Richterin. Und sie ist die begabteste Springerin, die ich kenne. Außer...«, er stockt und streichelt mir über die Wange. »Außer dir, meine Kleine.«

»Ich?«

»Ja, sicher. Wie du mit der Lanzette umgegangen bist: Das können nur wenige Menschen. Und erst diesen Zeitriss zu heilen: Ohne dich hätten sie es nicht geschafft, da bin ich mir sicher.«

»Was hat es damit überhaupt auf sich?« Statt einer Antwort sieht mein Vater prüfend zu den Häusern am anderen Ende des Gartens hinüber und ich begreife: »Oh, natürlich. Du musst weg, nicht wahr? Bevor Onkel Theodor zurückkommt.«

Mein Vater nickt. »Aber wir haben noch Zeit.« Er sieht noch einmal zu Bia, die weiter leise vor sich hin flucht, und zieht mich noch ein wenig weiter weg. So kann sie uns nicht mehr hören. »Es ist wichtig, dass du verstehst. Dass du alles begreifst. Nur so kannst du eines Tages etwas anders machen.«

»Anders?«

»Vom Weg abweichen. Nichts ist vorgeschrieben, nichts ist bestimmt.« Wieder wirft er einen raschen Blick Richtung Eingang.

Noch keine Spur von Onkel Theodor.

»Geschichte ist veränderbar, verletzbar, immer im Wandel«, erklärt mein Vater dann. »Jedes Mal, wenn ein Zeitreisender springt, verletzt er damit das Gewebe der Zeit und hinterlässt ein Loch. Einen Weg, wenn man so will. Das ist anstrengend und man braucht dazu eine Begabung.«

»Ja, ich weiß.« Das hat er mir nun wirklich schon hundertmal erklärt.

»Mit einer Lanzette kann man so ein Loch künstlich erzeugen: Sie ist eine Technik aus der Zukunft und diente ursprünglich den Zeitwächtern dazu, ohne große Nebenwirkungen irgendwo hinzuspringen. Nur die Wächter dürfen sie benutzen.«

Ich nicke ungeduldig. Ja, auch das weiß ich natürlich. Kann ich inzwischen auswendig runterbeten.

»Zelos hat eine Lanzette gestohlen, später ist sie dann seinen Geschwistern in die Hände gefallen. Richtig gebrauchen konnten sie sie allerdings nicht. Mussten sie auch nicht, schließlich saßen sie direkt an einem riesigen, stabilen Tunnel, der ständig offen gehalten wurde. Und, und das ist wohl das Schlimmste, der auch noch gut vor der Gilde versteckt war.«

»Und zwar von dir.«

Mein Vater verzieht das Gesicht. »Ja. Das war ein großer Fehler. Ich habe zwar eine Sicherung an dem Tunnel angebracht, doch die Sammler haben sie schon vor langer Zeit umgehen können. Sie kannten mich einfach viel zu gut. Dann ist etwas passiert, von dem du nichts weißt...«

Ich werde hellhörig.

»Ich hatte vor, mich der Zeitgilde zu stellen.«

»Was!?« Mir stockt der Atem. »Aber das... du kannst doch nicht...«

»Nein, hör mir zu, mein Schatz: Ich musste es tun, nachdem ich so eine Ahnung hatte, dass ich nicht der Einzige bin, der den Tunnel zu euch benutzt. Ich habe Spuren gefunden. Hätte ich den Schlüssel gehabt, hätte ich natürlich auf der Zeitkarte nachsehen können...«

»Aber den hatte ich ja noch«, ergänze ich. Schon wieder. Anscheinend mache ich alles immer nur noch schlimmer. Ich kämpfe mit dem Kloß in meinem Hals, was mein Vater natürlich sofort merkt.

»Ariadne, Kind.« Papa legt mir die Hände auf die Schultern und sieht mir ernst in die Augen. »Du glaubst doch wohl nicht, es wäre deine Schuld, dass dies alles passiert? Dass ich mich deinetwegen vor der Gilde verstecken muss?«

Ich nicke trotzig und nestele an meinem Armband.

Mein Vater lässt mich los und fährt sich mit den Fingern durch die Haare. »So ein Quatsch! Lass dir das von niemandem einreden, hörst du? Wenn hier jemand schuld ist, dann bin ich das. Verstanden? Ich habe die Sammler ja praktisch auf eure Spur gebracht.« Er seufzt.

Ich nicke zögerlich, aber auch ein klein wenig erleichtert.

»Die Gefahr für euch ist einfach zu groß geworden, das habe ich schließlich erkannt. Deshalb habe ich Theodor eine Nachricht zukommen lassen. Ich dachte, wenn ich ihm sage, wo der Tunnel ist, und ihm das Zeitkästchen gebe...«

»Bloß nicht.« Ich sehe mich rasch um. »Ich glaube nicht, dass Pandora dich gehen lässt.«

»Nein.« Mein Vater fährt sich erneut durch sein verstrubbeltes Haar. »Das glaube ich inzwischen auch nicht mehr.« Er lächelt schwach. »Sie hat da entsprechende Andeutungen gemacht.«

Ich mache den Mund auf, um etwas zu sagen, doch Papa lässt mich nicht zu Wort kommen.

»Theodor hat die Nachricht anscheinend nie bekommen. Vielleicht hat sie jemand abgefangen. Und gleich die Sammler gewarnt, dass ich mich stellen will und der Tunnel dann auffliegt...« Er schüttelt den Kopf. »Was es auch gewesen sein mag: Sie sind plötzlich nervös geworden, haben versucht, die Lanzette zu benutzen, um selbst einen Tunnel zu erschaffen, und dabei genau das Gegenteil erreicht: Der Tunnel ist eingestürzt und sie haben damit ihre einzige Verbindung in die Vergangenheit verloren. Also haben sie dich geholt...«

»Mehrmals!«

»Mehrmals geholt, damit du wenigstens den Tunnel reparierst. Das offene Zeitloch im Keller haben sie wahrscheinlich erst gar nicht bemerkt und möglicherweise hätte es sich irgendwann sogar geschlossen oder zumindest stabilisiert, wenn es nicht immer wieder aufgestört worden wäre...«

»Aufgestört? Wieso?«

»Um weiter zu wachsen, benötigt auch der größte Zeitriss konstante Energiezufuhr...«

»Was denn für eine Energiezufuhr? Muss man ihn füttern oder was?«

»So ungefähr. Denk dir ein Pendel. Es hängt ganz ruhig da. Du störst es, indem du es anstupst, und es fängt an zu schwingen. Dann wird es langsamer und langsamer, bis es schließlich stehen bleibt. Sich also gewissermaßen stabilisiert.«

Ich nicke. Na gut. So weit ist es klar.

»Aber bei einer Pendel*uhr* wird ständig Energie zugeführt. Sie bleibt nicht stehen.«

»Und irgendjemand hat dem Pendel... äh, dem Zeitriss Energie zugeführt?«

Mein Vater nickt. »Allerdings.« Er wirft mir einen merkwürdigen Blick zu.

»Ich? Ich habe das getan?«

»Ständig. Du hast die Lanzette, die den Riss herbeigeführt hat, ja mit dir rumgetragen und die Lanzette wirkt wie ein Skalpell. Die Zeit konnte sich also nicht stabilisieren...«

»Weil ich sie ständig offen gehalten habe«, ergänze ich schaudernd.

»Ja, genau.« Mein Vater nickt. »Du hast das Innere des Risses gesehen, diesen Strudel. Den nennt man Transiente. Wärst du da hineingeraten...« Er spricht nicht weiter. Räuspert sich stattdessen wieder. »Das hätte übel ausgehen können, Ariadne. Ich kenne niemanden, der sich einem derart großen Zeitriss genähert hat und hinterher auch davon berichten konnte.«

Na, gut zu wissen. Wieder etwas, wovon ich meiner Mutter auf keinen Fall jemals erzählen kann.

»Und jetzt?«

Mein Vater blickt zum letzten Mal prüfend zu den Häusern hinüber. »Jetzt muss ich gehen. Theodor ist ein gutmütiger Mensch. Er wird sagen, er habe in all der Aufregung für einen Moment nicht nachgedacht, als er mich hier mit dir alleine gelassen hat. Pandora hingegen...«

»Ist ein Biest.«

»Ist Zeitreisende durch und durch. Sie tut alles dafür, die Gilde und ihre Gesetze zu schützen. Und da kommt sie auch schon, wenn mich nicht alles täuscht.«

In der Tat sehe ich eine stecknadelkopfgroße Gestalt, die sich rasch nähert. »Du springst jetzt also in die Gegenwart?«

»Und noch weiter, wenn ich kann. Aber keine Sorge, Ariadne: Ich werde dich, deine Mutter und deine Schwestern immer finden.«

»Weil du die Zeitkarte hast.«

»Na ja, die hat Theodor mir abgenommen. *So* gutmütig ist er dann auch wieder nicht.«

Ich starre ihn entsetzt an. »Aber dann können sie dich aufspüren, jederzeit. Egal wie weit du auch wegspringst: Sie können dich doch sehen.«

Papa grinst. »Nicht, wenn sie nicht auch den hier haben«,

und er hält den Schlüssel hoch. Moritz' Schlüssel, den er aufbewahrt und schließlich in unseren Briefkasten geworfen hatte. »Nimm ihn«, sagt mein Vater und drückt ihn mir in die Hand. »Und versteck ihn gut. Vielleicht wirst du die Karte eines Tages wiedersehen. Und mich dann finden.«

Jetzt ist Pandora wirklich schon recht nahe.

»Bis bald«, sagt mein Vater und küsst mich auf die Stirn. »Und pass auf deine Mutter und deine Schwestern auf!« Dann rennt er den Hügel hoch.

Ich sehe ihm nach, bis die Hecken ihn verbergen. Mit tränenverschleiertem Blick stecke ich mir den Schlüssel in den Schuh, bevor ich mich schnell wieder aufrichte, in der Hoffnung, noch einen letzten Blick auf ihn zu erhaschen, doch mein Vater bleibt verschwunden. »Bis bald«, flüstere ich ihm nach.

Kapitel 5

Fünf Wochen: Wir haben fünf Wochen in dieser Zeitschleife festgesessen! Unfassbar. Gemessen an den Jahren, die Pandora in ihrem Mittelaltertag verbracht hat, ist es zwar nicht viel mehr als ein Wimpernschlag, aber immerhin!

»Warum hat es so lange gedauert, bis ihr uns gefunden habt?«, will ich von Onkel Theodor wissen, während ich Rufus streichle, der zu meinen Füßen liegt. Rufus grunzt wohlig und dreht sich auf den Rücken. Kaspar unter dem Wohnzimmertisch öffnet träge ein Auge, schläft dann weiter.

Es ist Sonntag. Mama ist mit Aella und Alex bei Oma Penelope und Oma Kassandra, Pluvius und ich sitzen mit Onkel Theodor im Wohnzimmer. Er will uns einiges erklären, wie er sagt. Ich glaube ja eher, mein Onkel will uns zur Verschwiegenheit verpflichten.

Onkel Theodor scheint in der Tat begierig darauf, einiges geradezurücken. Laut meiner Mutter hat es ihn sehr belastet, dass wir so lange verschwunden waren und sie uns nicht aufspüren konnten. Tja, ich kann mir gut vorstellen, *wer* ihn in Wirklichkeit belastet hat. Und Pandora gleich noch dazu: Unsere Mutter hat den beiden die Hölle heiß gemacht, hat Alex uns erzählt.

»Pandora kennt einen ganzen Haufen Tunnel und hat Verbindungen in allen möglichen Zeiten. Und an die meisten erinnert sie sich auch wieder«, verteidigt sich Onkel Theodor jetzt. »Wir hatten keinerlei Anhaltspunkte, wohin ihr gesprungen seid, daher mussten wir alle möglichen Epochen besuchen. Und glaub mir: Es ist kein Vergnügen, um diese Jahreszeit in die Nähe einer römischen Befestigung zu kommen. Die sind nämlich alle unterwegs zu ihren Sommerlagern und leicht reizbar.« Er streicht sich mit zwei Fingern über den Schnurrbart. »Den Tunnel zu deinem Vater konnten wir nicht sehen: Er war zu gut geschützt. Schließlich war das ja auch sein Versteck über die Jahre.«

Es stimmt also: Onkel Theodor hat Papas Nachricht nie erhalten. Sonst hätte er von dem Tunnel gewusst. Doch noch bevor ich nachfragen kann, redet Onkel Theodor auch schon weiter.

»Dein Vater wiederum wusste nicht, dass ihr verschwunden wart. Und selbst wenn er etwas geahnt hätte: Ohne Schlüssel konnte er die Karte nicht öffnen und nachsehen, wohin es euch verschlagen hat. Den Schlüssel, der übrigens wieder unauffindbar ist. Und den wir dringend, wirklich dringend brauchen.« Prüfend sieht er mich dabei an.

»Also: Ich hab ihn nicht«, kann ich guten Gewissens behaupten. Ich habe ihn nämlich wieder Moritz anvertraut. Der zwar noch nicht sein ganzes Gedächtnis wiederhat, aber auf dem besten Weg dahin ist.

»Als dein Vater deine Mutter besuchen wollte, kam er im Jahr achtzehnhundertdreiundzwanzig heraus«, fährt Onkel Theodor fort zu erzählen, ohne weiter auf das Schlüsselthema einzugehen. »Ihm war klar, dass der Tunnel aus irgendeinem Grund unterbrochen worden ist. Er wusste allerdings, wo er weitergeht...«

»Ja, in der Höhle auf dem Hügel.«

»Genau. Nichts ahnend spazierte er also am Haus der Sammler vorbei...«

»Ich habe ihn gesehen! Wusste ich's doch, dass ich ihn gesehen habe!«

»... und sprang aus der Höhle zu euch nach Hause. Erst da erfuhr er, dass ihr verschwunden seid.«

Das kommt hin. Nur wollte er nicht meine Mutter besuchen, er wollte sich stellen!

»Dein Vater platzte mitten in die Riesenaufregung. Ein Großaufgebot an Polizei suchte nach euch, es gab eine Sonderkommission...«

»Eine Sonderkommission?« Pluvius, der bislang noch nicht viel gesagt hat, sieht hoch. Er ist schon die ganze Zeit in düsterer Stimmung, was wahrscheinlich mit seiner Mutter zusammenhängt. Pandora hat sich erst fürchterlich aufgeregt, dass mein Vater entkommen ist, um sich dann schnurstracks in die Zentrale der Gilde zu begeben, »um zu helfen«. Ich kann nur hoffen, dass damit nicht die Jagd auf meinen Vater gemeint ist.

»Natürlich gab es die, was denkt ihr denn. Eure Mütter, also deine, Ariadne, und die von Moritz, waren völlig aus dem Häuschen. Und Pandora... Nun, sie muss sich erst einmal wieder ans Muttersein gewöhnen, Pluvius. Sei nicht so streng mit ihr.«

»Ich bin nicht streng«, erwidert Pluvius und blickt wieder zu Boden. »Ich frage mich nur, wie sie sich daran gewöhnen will, wenn sie ständig weg ist«, murmelt er. Er löst mich beim Hundestreicheln ab.

Onkel Theodor räuspert sich. »Dein Vater platzte also mitten in die Suche. Er hatte die Zeitkarte dabei...«

Ja, weil er sie aushändigen wollte.

»Und Alex hat sich dann daran erinnert, dass sie vor Wochen einen Schlüssel im Briefkasten gefunden hatte, der zu nichts zu passen schien und mit dem keiner etwas anfangen konnte. Weißt du, wie der dorthin gekommen ist, Ariadne?«

Ich schüttele den Kopf und kneife die Lippen zusammen. Eine Lüge klappt besser, wenn man sie nicht laut ausspricht.

Bei Onkel Theodor zumindest funktioniert es. »Chris erkannte den Schlüssel sofort und öffnete die Karte. Und dann war klar, wo ihr wart. Er hat Pandora und mir Bescheid gegeben und wir drei sind sofort hierhergesprungen.«

»Wie nett, dass Pandora ihn nicht gleich verhaftet hat«, sage ich ironisch.

Über Rufus hinweg wirft Pluvius mir einen undefinierbaren Blick zu.

»Sie wollte«, erwidert Onkel Theodor schnurrbartstreichend, »aber ich habe sie überreden können, deinen Vater mitzunehmen und ihn helfen zu lassen. Und versprochen, ein Auge auf ihn zu haben.« Er räuspert sich wieder und bringt beinahe so etwas wie ein Lächeln zustande.

Inzwischen mag ich ihn. Na ja, so einigermaßen zumindest. Schließlich muss er gewusst haben, dass mein Vater abhauen würde, kaum dass er weg war, um den Rollstuhl zu holen. Er hat ihn sozusagen entkommen lassen. »Was hättet ihr eigentlich mit Papa gemacht, wenn ihr ihn geschnappt hättet?«

Das Gesicht von Onkel Theodor versteinert augenblicklich und ich bereue, gefragt zu haben. »Das ist eine Angelegenheit der Gilde. Dazu bist du noch zu jung«, antwortet er knapp.

Ob sie ihn irgendwo eingesperrt hätten? In irgendeine Zeit, ohne die Möglichkeit zu entkommen? So haben sie es mit

Nike und Bia gemacht: Sie haben sie in ihrem Haus gelassen und sämtliche Ein- und Ausgänge der Tunnel in der erreichbaren Nähe verschlossen. Nike und Bia werden das neunzehnte Jahrhundert nicht mehr verlassen können. Nun, es gibt Schlimmeres: Sie haben genug Geld, Dienstboten... Sie müssen sich nur an Korkenzieherlocken und Keulenärmel gewöhnen. Oder gewöhnt haben: Schließlich ist diese Zeit schon vergangen, Nike und Bia sind mittlerweile also schon lange tot.

Merkwürdiger Gedanke. Zelos, Nike und Bia bin ich los. Bleibt noch Kratos.

Daran hat wohl auch Onkel Theodor gerade gedacht: »Pandora wird jetzt erst einmal dafür sorgen, dass wir den vierten Sammler, diesen Kratos, aufspüren. Es wäre natürlich alles viel einfacher, wenn wir die Karte hätten.«

»Die habt ihr ja«, werfe ich ein.

»Den Schlüssel natürlich auch, Ariadne. Ohne ihn kann die Karte nicht aktiviert werden, wie du sehr wohl weißt.«

Ich beiße mir auf die Lippen. Jetzt streichele auch ich Rufus wieder, und zwar sehr intensiv. Pluvius' und meine Hand arbeiten sich durch weißes und hellbraunes Hundehaar aufeinander zu, während ich blitzschnell abwäge. Einerseits will ich, dass Kratos geschnappt wird: Er ist schließlich der gefährlichste der Sammler und ich bin wahrlich nicht scharf darauf, ihm noch einmal zu begegnen. Andererseits kann man mit der Zeitkarte jeden Reisenden aufspüren, also auch meinen Vater. Und das kann ich auf keinen Fall riskieren. Nein, der Schlüssel bleibt, wo er ist: bei Moritz. Der mir auf Knien und bei seinem Leben geschworen hat, ihn zu beschützen – er ist wohl noch ein wenig zeitverwirrt.

»Wie geht es eigentlich eurem Freund, diesem Moritz?«, fragt Onkel Theodor in diesem Augenblick, als hätte er meine Gedanken gelesen.

Pluvius schnaubt verächtlich. Seine Hand, die eben noch den Hund gestreichelt hat, erstarrt. Ich versuche, so neutral wie möglich zu klingen. »Der muss nach unserer ›Klassenfahrt‹ erst einmal die Sachen im Hotel zusammenpacken. Schließlich können er und seine Eltern nun endlich in ihr neues Haus einziehen.«

Das glauben Moritz' Eltern nämlich: Dass wir auf Klassenfahrt gewesen sind. Dank Pandoras Fähigkeiten sind wir nur fünf Tage nach unserem Verschwinden in der Gegenwart gelandet, obwohl wir in Wirklichkeit fünf Wochen lang weg gewesen sind: Pandora ist eine wirklich sehr begabte Zeitreisende. Und meine Mutter gut darin, Gedächtnisse zu manipulieren. Sie hat es zwar nicht zugegeben, doch ich bin sicher, dass es nur so möglich gewesen ist, Moritz' Eltern von dieser überraschenden Klassenfahrt zu überzeugen. Und unsere Lehrer, dass wir die Woche über krank gewesen sind.

Moritz ist also wieder zurück im Hotel, packt seine Sachen und benimmt sich einigermaßen normal. »Er ist ein wenig höflicher als sonst und besteht darauf, eine Krawatte zu tragen«, berichte ich Onkel Theodor, »aber ich denke nicht, dass seine Eltern das schlimm finden. Gut, dass wir den Sternfasser haben. Notfalls können wir ihn...«

»Ihr habt den Sternfasser nicht mehr«, unterbricht mich Onkel Theodor.

»Was?« Ich blicke zu Pluvius.

Der streichelt wieder Rufus, ohne mich anzusehen. »Meine Mutter hat ihn mitgenommen. Ich musste ihn ihr geben.«

Pandora, die Wächterin. Ich musste ihr schon die Lanzette aushändigen. Das bedeutet, dass wir jetzt überhaupt keine Hilfsmittel mehr zum Zeitreisen haben! Nicht dass ich die bräuchte: Notfalls kann ich auch aus eigener Kraft hinspringen, wo und wann immer ich will. Wie Pandora. Ohne einen Zahn zu verlieren, obwohl: Sie hat einen Zahn verloren, nicht wahr? So ganz spurlos gehen diese Sprünge auch an ihr nicht vorbei.

Und das bringt mich auf die letzte Frage, die ich habe: die Nebenwirkungen. »Warum eigentlich«, formuliere ich, »haben manche Menschen so darunter zu leiden, wenn sie in der Zeit springen, und andere nicht?«

Onkel Theodor beobachtet mich genau. Er hat sogar seine ohnehin kleinen Augen zu Schlitzen zusammengekniffen. »Andere nicht? Wer denn?« Seine schmalen blassblauen Augen bohren sich in meine. »Zeitsprünge sind immer anstrengend. Für jeden von uns. Es kommt auf die Begabung an, wie sehr sie uns zusetzen, das schon. Aber einen Effekt haben sie auf alle.« Er zwinkert nicht einmal. »Auf dich doch auch, Ariadne, oder etwa nicht?«

»Doch«, sage ich gedehnt, »massig.« Ich ruckele an meinem Vorderzahn. »Noch ganz locker, siehst du? Und schlecht ist mir immer noch.«

Der Blick von Pluvius ist mir nicht entgangen.

Meinem Großonkel allerdings schon und das ist auch gut so. »Also«, sagt er und klopft sich auf die Schenkel, »wenn ihr dann keine Fragen mehr habt...« Er hebt eine Augenbraue, was lustigerweise auch die Spitze seines Schnurrbarts anhebt.

Haben wir nicht. Pluvius und ich schütteln den Kopf.

»Dann will ich mal wieder. Regina wartet sicherlich schon

mit dem Essen auf mich.« Onkel Theodor steht auf und schiebt sich durch die Tür.

»Massig Nebenwirkungen, ja?«, raunt Pluvius mir zu, als wir über den Hund steigen, um ihm zu folgen.

»Wirklich brutal«, flüstere ich zurück.

Wir hätten es fast geschafft, Onkel Theodor ohne weitere Fragen aus dem Haus zu bugsieren. Er zieht gerade seinen Mantel an, als es klingelt.

Kaspar und Rufus stürzen aus dem Wohnzimmer an uns vorbei zur Tür: Manchmal erinnern sie sich sehr wohl daran, Wachhunde zu sein. Vor allem, wenn vorher geklingelt wird. Kaspar bellt aufgeregt, Rufus wedelt einladend mit dem Schwanz.

»Nicht«, rufe ich noch, aber es ist zu spät: Mein Onkel hat schon die Tür geöffnet. Kaspar stürzt hinaus, dicht gefolgt von Rufus.

Pluvius versucht, wenigstens unseren Bernhardinermischling noch aufzuhalten, erwischt aber nur ein paar Haare.

Moritz, der vor der Tür steht, kann zwar Kaspar ausweichen, wird aber von Rufus angesprungen, der ihn freudig begrüßt. Beide gehen zu Boden.

»Festhalten«, rufe ich ihm zu, aber so schnell sind Moritz' Reflexe dann auch nicht: Rufus springt über Moritz weg und rennt schwanzwedelnd und freudig bellend Kaspar hinterher.

Onkel Theodor, der ja schließlich schuld ist an dem ganzen Chaos, zwirbelt nur seinen Schnurrbart und sieht verdattert drein.

Moritz rappelt sich auf, zieht seine Krawatte gerade und

streicht sich durchs Haar. Seine Augen funkeln. »Mir ist gerade etwas eingefallen«, sagt er.

Ich ahne auch schon, was das ist, seinem wütenden Gesichtsausdruck nach zu urteilen.

»Ach wirklich?«, lache ich nervös. »Wie schön. Komm doch erst mal rein.« Ich greife an Onkel Theodor vorbei und ziehe ihn am Arm.

»Ich weiß, ich soll ein Versteck finden«, beginnt Moritz, »aber ich habe ehrlich gesagt keine Lust…«

Mit zwei Schritten bin ich bei ihm, nehme sein Gesicht in beide Hände, ziehe ihn zu mir herunter und küsse ihn. Richtig. Vor Onkel Theodor, vor Pluvius, aber es ist das Erstbeste, was mir einfällt. Stundenlang, wenn's sein muss, damit er bloß nicht weitersprechen, nichts von dem Schlüssel erzählen kann.

»Nun dann«, räuspert sich Onkel Theodor, dem das anscheinend peinlich ist. »Ich sehe, ihr kommt auch ohne mich ganz gut zurecht.«

Und dann ist er weg und ich lasse Moritz los, atemlos, mit klopfendem Herzen. Und siehe da: Ein echter, richtiger Kuss löscht das Gedächtnis fast ebenso gut wie eine Zeitschleife. Moritz sagt nichts mehr.

Pluvius sieht mich finster an.

Die Haustür steht offen und die Hunde sind verschwunden, doch das ist im Augenblick völlig egal. Es gibt nur Pluvius, Moritz und mich.

Ich brauche eine Erklärung. Und zwar eine gute.

»Es hat alles seinen Sinn«, plappere ich drauflos. »Pluvius, du hast es mir selbst gesagt, dein älteres Ich. Es wird ein Haus geben, in dem ist ein Kästchen versteckt. Die Zeitkarte.

Doch dann ist das Haus in die Luft geflogen und du bist verschwunden. Aber wir haben die Zeit wieder hingebogen, so einigermaßen zumindest, nicht wahr? Wir haben es geschafft. Du bist hier, das Haus steht wieder, Moritz wird dort einziehen. Er hat nicht die Zeitkarte, aber den Schlüssel dazu.«

»Na und?«, fragt Pluvius. Er sieht gequält aus und jetzt weiß ich auch, dass das nichts mit seiner Mutter zu tun hat.

»Tja, die Zeitkarte brauchen wir doch.«

»Und warum brauchen wir die?«, will jetzt auch Moritz wissen. Seine seeblauen Augen beobachten mich aufmerksam.

»Um meinen Vater zu suchen. Mal wieder. Ich muss wissen, warum er so in Ungnade gefallen ist bei den Wächtern, auch schon vorher, bevor er mich retten musste. Irgendjemand hat seine Nachricht nicht weitergeleitet, das heißt, es gibt vielleicht einen Verräter in der Gilde. Und das ist ja nicht das Einzige...«

»Was denn noch?«, fragt Pluvius.

»Na ja, wir beide müssen wissen, was mit Phineus war, oder? Hat er sich nun umgebracht oder nicht? Hat er seine Nichte geheiratet? Das ist doch angeblich so wichtig, oder?«

Pluvius schweigt dazu und senkt den Blick.

»Und«, wende ich mich an Moritz, »ich muss herausfinden, was ich im Schloss gesehen habe. Etwas, das wichtig genug war, um es zu zerstören. Und schließlich«, das geht jetzt an beide, »wäre da ja noch Kratos.« Kratos, der Gott des Krieges. So wie ich es sehe, hat er uns nicht einmal den Bruchteil seiner Macht und seiner Stärke gezeigt. »Um ihn zu besiegen, brauchen wir alles, was wir kriegen können. Wir brauchen die Lanzette, die Karte und den Schlüssel.« Wir drei.

»Tja.« Moritz wirft Pluvius über meinen Kopf hinweg einen Blick zu.

Pluvius erwidert ihn, ohne mit der Wimper zu zucken.

Keiner der beiden sagt etwas.

»Hey«, versuche ich, »wir sind so etwas wie die blöden Musketiere, die ihr euch immer anguckt. Alle für jeden oder so.« Und ich strecke die rechte Hand aus, Handfläche nach unten.

»Alle für *einen*«, betont Moritz, doch er lässt sich erweichen. Nach kurzem Zögern legt er seine Hand auf meine.

»Und einer für alle«, ergänzt Pluvius und legt seine Hand auf die von Moritz.

»Na also«, strahle ich und lege meine linke Hand ganz obenauf.

Beide Jungen sehen auf mich herunter, der eine mit braunen, der andere mit blauen Augen.

»Gemeinsam sind wir unschlagbar«, sage ich.

»Das stammt doch nicht aus dem Film?«, fragt Pluvius. »Klingt nicht nach unseren Musketieren. Vielleicht die neue Verfilmung.«

»Stimmt«, nickt Moritz. »Die spielt in einer ganz anderen Zeit.«

Ich zucke nur mit den Achseln. Gemeinsam sind wir unschlagbar – hier und in allen Zeiten.

Kirsten John

Ariadne
Zeitreisende soll man nicht aufhalten

Ariadne kann es nicht fassen: Vor ihren Augen wird ihr Großonkel buchstäblich vom Erdboden verschluckt! Sie ahnt, dass es mit seinen Zeitsprüngen zusammenhängen muss. Und dass sie die einzige ist, die ihn jetzt noch retten kann. Dafür braucht sie allerdings die Hilfe von Moritz, der zwar echt süß ist – als Zeitreisender aber nicht gerade talentiert. Und sie haben es mit mächtigen Gegnern zu tun …

319 Seiten • Gebunden
ISBN 978-3-401-06676-9
www.arena-verlag.de

Pseudonymous Bosch

Als Hörbuch bei Arena audio

Der Name dieses Buches ist ein Geheimnis
978-3-401-06256-3

Als Hörbuch bei Arena audio

Wenn du dieses Buch liest, ist alles zu spät
978-3-401-06257-0

Dieses Buch ist gar nicht gut für dich
978-3-401-06258-7

Dieses Buch ist vielleicht gar kein Buch
978-3-401-06709-4

Arena

Jeder Band:
Gebunden
www.geheimes-buch.de

C. Alexander London

Wir werden nicht von Yaks gefressen*

*hoffentlich

Die Zwillinge Celia und Oliver Navel wollten während der Sommerferien einfach nur stundenlang fernsehen. Doch eine Intrige gegen ihren Vater zwingt die beiden, nach Tibet zu reisen, wo sie nicht nur nach ihrer verschwundenen Mutter suchen, sondern auch einem sprechenden Yak, gefährlichen Gifthexen und einer Geheimgesellschaft machtgieriger Forscher begegnen. Und so nimmt ein gänzlich unfreiwilliges Abenteuer seinen Lauf, das an Komik kaum zu überbieten ist.

978-3-401-06670-7

Wir werden von Kannibalen zum Essen eingeladen*

*oder gegrillt

Nach ihrer Rückkehr aus dem Himalaya wollen Oliver und Celia einfach nur fernsehen. Doch als ihr Vater am Amazonas entführt wird, müssen sie nach Südamerika reisen, wo sie pünktlich zum Abendessen bei kulinarischen Kannibalen landen …

978-3-401-06673-8

Wir ringen nicht mit Tintenfischen *

* mögen aber Tintenfischringe

Endlich Kabelanschluss! Doch schon sucht die fernsehsüchtigen Zwillinge wieder mal ihr Abenteurerschicksal heim: Ihre Mutter ist auf einer Pazifikinsel verschollen – bewacht von einem achtarmigen, unfreundlichen und überaus glibberigen Riesenkraken! Mit einer Horde luxusverwöhnter Piraten auf den Fersen sind die Zwillinge schon wieder mittendrin in einem neuen Abenteuer.

978-3-401-06749-0

Arena

Jeder Band:
Gebunden
www.navel-zwillinge.de

Risa Green
Magic 8

Ein Sommer voller Wünsche

Erin kann es nicht fassen, als ihre Tante während eines Gewitters von einem Blitz getroffen wird. Was hatte sie bei dem Unwetter draußen zu suchen? Und weshalb hat ihre Tante vor einem Jahr den Kontakt zu Erins Familie abgebrochen? Und vor allem: Hat sie wirklich nichts Besseres zu vererben als eine dämliche Kristallkugel aus Plastik? Eine originelle Geschichte voller Spannung und Humor.

352 Seiten • Gebunden
Mit großem Glitzerstein auf dem Cover
ISBN 978-3-401-06582-3

Was in den Sternen steht

Sam kann es nicht erwarten, endlich die magische Kugel in den Händen zu halten. Denn mehr als alles andere wünscht sie sich, von einem Hollywood-Regisseur entdeckt zu werden. Und tatsächlich – sie wird für eine Rolle gecastet. Doch das scheint gar nicht mehr so wichtig zu sein, als dieser supersüße Typ am Set auftaucht. Bryce lässt Sams Gefühle Achterbahn fahren und das Chaos ist vorprogrammiert.

320 Seiten • Gebunden
Mit großem Glitzerstein auf dem Cover
ISBN 978-3-401-06719-3
www.arena-verlag.de

Jamie Thomson

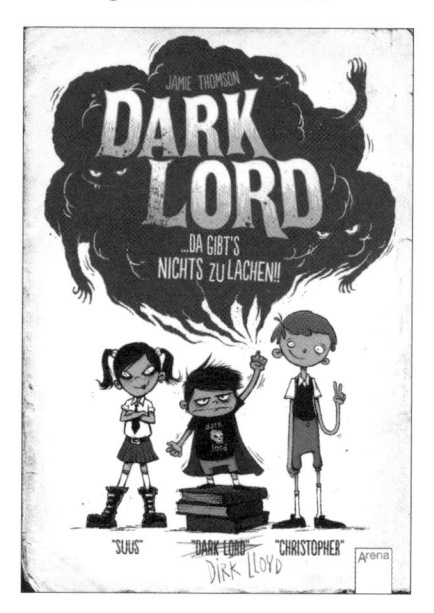

Dark Lord
… da gibt's nichts zu lachen!

Geht's noch schlimmer? Dark Lord, der größte Weltenzerstörer des Universums – von seinem Widersacher verbannt auf den kleinen blauen Planeten names Erde. Und das im erbärmlichen Körper eines Elfjährigen, den alle Dirk Lloyd nennen! Keine Frage: Der dunkle Lord muss schleunigst zurück in sein fernes Reich. Dazu muss er allerdings den letzten Rest seiner magischen Kräfte aktivieren – und seine irdischen Freunde Suus und Christopher um Hilfe bitten!

272 Seiten • Gebunden
ISBN 978-3-401-06654-7
www.arena-verlag.de